袖刀 著

上 册

青岛出版集团 | 青岛出版社

图书在版编目（CIP）数据

不二温柔 / 袖刀著. -- 青岛 : 青岛出版社，2024.
8. -- ISBN 978-7-5736-2223-5

Ⅰ. I247.5

中国国家版本馆CIP数据核字第2024DP0757号

BU'ER WENROU

| 书　　名 | 不二温柔 |
|---|---|
| 作　　者 | 袖　刀 |
| 出版发行 | 青岛出版社（青岛市崂山区海尔路182号） |
| 本社网址 | http://www.qdpub.com |
| 邮购电话 | 18613853563 |
| 责任编辑 | 郭红霞 |
| 特约编辑 | 徐晓辰 |
| 校　　对 | 郭金乔 |
| 装帧设计 | 蒋　晴 |
| 照　　排 | 梁　霞 |
| 印　　刷 | 三河市良远印务有限公司 |
| 出版日期 | 2024年8月第1版　2024年8月第1次印刷 |
| 开　　本 | 32开（880mm×1230mm） |
| 印　　张 | 17 |
| 字　　数 | 394千 |
| 书　　号 | ISBN 978-7-5736-2223-5 |
| 定　　价 | 65.00元（全2册） |

编校印装质量、盗版监督服务电话 4006532017　0532-68068050

# 目 录 上 册

| 第一章 | 江之尧 | 1 |
| 第二章 | 重　逢 | 26 |
| 第三章 | 分手快乐 | 53 |
| 第四章 | 择偶标准 | 80 |
| 第五章 | 你会选谁谈恋爱 | 106 |
| 第六章 | "金屋藏娇" | 131 |
| 第七章 | "我喜欢顾时深" | 158 |
| 第八章 | "520"和"521" | 186 |
| 第九章 | 他的表白 | 212 |
| 第十章 | 美梦成真 | 238 |

# 目录

## 下册

| | | |
|---|---|---|
| 第十一章 | 他才是替身 | 269 |
| 第十二章 | 危　机 | 300 |
| 第十三章 | "我爱你" | 325 |
| 第十四章 | 带他回家 | 346 |
| 第十五章 | 情动难歇 | 369 |
| 番 外 一 | 订　婚 | 396 |
| 番 外 二 | 盛大婚礼 | 443 |
| 番 外 三 | 真心换真心 | 488 |
| 番 外 四 | 永恒幸福 | 526 |

# 第一章
## 江之尧

国庆节长假结束,秋季也近尾声。

连下三天雨,深市的气温比国庆节黄金周前又低了一些,初见几分深秋的寒峭。深大地处大学城最繁华的地段,左右相邻好几条小吃街,烟火气甚重。校园内部却丝毫不受影响,秋色萧条,鸦默雀静。

孟浅把这次从家里带来的换季衣服整理好,放进衣柜里后,窗外已暮色苍茫。宿舍里其他三个室友也都先后收拾完毕。

沈妙妙提出一个非常严肃的问题:"姐妹们,你们饿了没?咱们晚饭吃啥?"

"我想去食堂吃,你们也一起呗。"陈茵轻飘飘地接了一句,似乎已经拿定了主意,语气里没有半分商量的意味。

要不是孟浅和苏子冉对去食堂吃没有意见,就凭这态度,陈茵免不了跟沈妙妙掰扯一顿。

深大校内一共有两个食堂，比邻而立，菜色、口味都不错，两个食堂有各自的招牌菜，装修风格也迥然不同，能满足学生们的不同喜好。

陈茵想吃1号食堂的糖醋鱼，便做主带着孟浅她们去了1号食堂。

或许是正当饭点的缘故，食堂内灯火通明，人头攒动，沸反盈天。孟浅一行人兵分两路，孟浅和苏子冉、沈妙妙去窗口排队点餐，陈茵去找空桌占位。

原本她们应该两两行动的，但鉴于陈茵点的菜比较多，两个人点餐拿不过来，沈妙妙便跟孟浅和苏子冉一起。

正好沈妙妙也不想和陈茵独处，感觉气场不合，也不喜欢陈茵说话的语气。陈茵总有一种趾高气扬的感觉，也不知道在骄傲什么。

排队时，孟浅仰着脖子在看窗口上方的"今日菜单"，暗暗盘算自己一会儿要点些什么。

站在她身后的沈妙妙亲昵地圈住她的腰，将脑袋搭在她的肩上，小声探问："浅浅，我之前听陈茵说，你们俩是同一所高中的？"

"是啊。"孟浅轻应了一声，心不在焉，视线依旧落在菜单上，正在鱼香肉丝和小炒肉之间做抉择。

"那你跟她熟吗？我的意思是，她读高中时就这么……固执己见吗？"沈妙妙斟酌了好一阵，才找到个相对委婉的词形容陈茵。

孟浅敲定了菜品，回眸看了她一眼，眼神迷茫："你刚说什么？我刚才看菜单去了，没注意听。"

沈妙妙噎住，欲言又止片刻，最后摇摇头："算了算了，都是一个宿舍的，我这么说好像也不太好。"

恰巧排在孟浅前面的苏子冉回头问她们俩要点什么菜，一会儿直接报给食堂阿姨，关于陈茵的话题便就此打住了。

孟浅三人端着餐盘找到陈茵时，那桌还坐着两个男生。六人位的长餐桌，两男一女占了三个位子，还有三个空位，其中一个在两个男生中间。

陈茵招呼孟浅她们过去，还给孟浅指定了座位："孟浅，你坐在这儿。"接过孟浅端过来的餐盘后，陈茵顺手将孟浅摁坐在了两个男生中间。

陈茵意味深长地笑了笑，朗声介绍其中一个人："这是张凡，建筑系三年级的学长，和我们是一个高中毕业的。"

被点名的男生目不转睛地看着孟浅，唇角几欲咧到耳根，还算清秀的脸红了一片，明眼人都能看出其心思。

沈妙妙见状，轻轻捅了一下与自己一起落座的苏子冉的手肘，凑到她耳边嘟囔："这个叫张凡的学长摆明对浅浅有意思，陈茵想干吗啊？"

苏子冉小幅度地移近她，也很小声："当红娘。"

"从军训到现在，咱们入学近两个月了吧，浅浅的桃花何时断过？"还用得着陈茵当红娘？最后一句，沈妙妙没说出口。她看了一眼那个叫张凡的男生，心里提前为其默哀了几秒。

饭后，孟浅和沈妙妙她们一起离开食堂。刚出门，孟浅便被人叫住，正是那个叫张凡的学长。

张凡小跑到孟浅面前，拘谨地表示想跟她单独说两句。孟浅拒绝了，显然已经猜到了对方的心思。孟浅的拒绝让张凡彻底豁出去了，他当着沈妙妙她们的面，他单刀直入地表达了对她的爱意。

表白内容和孟浅之前听过的没什么不同，她都已经听得麻木了，眼神平静，情绪也毫无波动，回话的声音冷冷的，还是一贯的回复套路："抱歉，我暂时还不想谈恋爱。"

当时孟浅他们就站在食堂门口，人来人往，口舌纷杂。大家都目睹了张凡表白被拒的场面。不过拒绝他的人是孟浅，众人也就见怪不怪了，毕竟孟浅可是今年这届新生里最有潜力角逐校花的女生。迎新生入学时，就有不少学长对她一见倾心，甚至有人偷拍她的照片上传到学校论坛上，在沉寂已久的校内官方论坛掀起轩然大波。

新生军训那半个月里，每天都有男生变着花样跟孟浅表白，和她同宿舍的苏子冉、沈妙妙和陈茵也没少被人拜托帮忙送花、送礼物、送情书……

后来军训结束的前一天晚上，集体活动，孟浅被大家起哄，现场跳了一支民族舞。那风姿，那身段，被人拍了视频发到论坛上，又给她狠狠招了一拨桃花，每天堵路表白的人两只手数不过来，就这么持续了近两个月。

面对那些来势汹汹的爱慕者，孟浅很淡然，回复始终如一——她暂时还不想谈恋爱，想把心思放在学业上。时间长了，被拒绝的人多了，那些孟浅的爱慕者似乎没了勇气，表白的热潮终于在国庆节长假前退了下去。

没想到这才返校，孟浅就又迎来了一个勇士。

可惜勇士虽勇，却始终动摇不了孟浅的内心。她的拒绝无疑也让那些同样青睐她的人感到心塞，他们一个个跟霜打的茄子似的，作鸟兽散了。

孟浅婉拒了男生后,便招呼发愣的沈妙妙和苏子冉走了。陈茵慢她们一步,稍稍安慰了那个叫张凡的男生一句。待陈茵追上孟浅她们时,沈妙妙正揽着孟浅的肩膀在其耳边叨叨:"浅宝,你真的打算大学这几年都把心思扑在学习上啊?咱们好不容易熬过辛苦的高中三年考上大学,不得谈一场轰轰烈烈的恋爱,奖励一下自己吗?"

孟浅撩起了被沈妙妙的胳膊压到的头发,拢到颈侧,弯唇露了一丝笑意:"托词而已,不可信。"

"我就知道!"沈妙妙一副"我懂你"的表情,"你就是没遇到合眼缘的,是不?你说你喜欢什么样的?我帮你物色物色!"

情绪忽然高涨的沈妙妙令孟浅难以招架,求助地望了一眼旁边的苏子冉。苏子冉冲孟浅耸了耸肩膀,摇摇头,表示无能为力。

"说嘛说嘛!"沈妙妙放柔了语气,娇得孟浅耳根子都软了。

孟浅妥协了,唇角弯出弧度:"非要说的话,我喜欢丹凤眼的男生……"

孟浅才刚说完第一个择偶标准,就被沈妙妙激动地打断了:"丹凤眼!"她松开了孟浅的肩膀,蹦到孟浅面前拦住了路,杏眼圆睁,"你说的是江学长吧!"

沈妙妙话音刚落,陈茵跟上了她们,正好听见孟浅狐疑地说道:"江学长?"

"哦,我忘了你一心只读圣贤书,两耳不闻帅哥事了。我给你科普一下啊。江学长呢,就是咱们学校建筑系三年级的才子江之尧,也是咱们深大的校草啦!我存了他的照片,给你看看!"沈妙妙如献宝一般掏出手机，从相册里找出了自己从学校论坛上下载下来的图片——不止一张，都是那些善良的楼主给广大校友发的"福利"。

孟浅淡扫了一眼沈妙妙的宝贝照片，本对所谓校草没什么兴趣，但她的视线被照片里男生那双邪魅狭长的丹凤眼勾住，停顿了几秒。

"没骗你吧，是不是很帅？"沈妙妙见孟浅难得对某个异性感兴趣，便多说了几句，"我可听论坛上的人说，他本人比照片更帅！"

孟浅弯起唇角，神色自若地移开视线，点了点头，还夸了一句："确实生了一双美不可言的丹凤眼，内勾外翘，妖里妖气，很招惹人。"和她记忆里的那个人的眼睛一样。

孟浅对江之尧的夸奖令沈妙妙惊喜不已，沈妙妙趁热打铁："那要是江学长来跟你表白，你会不会答应？"

沈妙妙做这种假设纯属好奇。没等孟浅回答，听她们聊了许久的陈茵出声打断："想什么呢？江学长怎么可能会跟孟浅表白？你以为他跟其他男生一样低俗，看人只看身材和脸蛋儿呢？"

陈茵顿了顿，视线在孟浅的身上打了个转，又回到了沈妙妙的脸上："江学长喜欢的是单纯可爱、善良乖巧的那一类，跟孟浅根本不搭边好吧？"

虽然孟浅的外形条件确实不属于可爱那一挂，但陈茵的意思像是变相在说孟浅既不单纯可爱，也不善良乖巧，除了身材和脸蛋儿一无是处似的，听着很刺耳。沈妙妙想反驳陈茵，还没来得及组织好语言，便听见一直没怎么插话的苏子冉哂笑了一声："江之尧那种花心大萝卜，也就只能使点儿低级的手段，撩拨撩拨那些心思单纯的小妹妹罢了。他那种人，怎么配入浅浅的眼？"

苏子冉说完，陈茵的脸色显而易见地变了。她又不是傻子，自然能感觉到苏子冉和沈妙妙对孟浅的维护，心下难免觉得她们仨是故意抱团儿，把她排除在外。她当即便不高兴了，黑着脸没再说什么，连招呼都没打一声便走了——不是回宿舍的方向。

无人在意陈茵离开，沈妙妙冲苏子冉竖了大拇指，夸她刚才说得好。

孟浅跟她们俩道了谢。对于陈茵刚才那些话，她倒是满不在乎——从小到大因为生得好看，她什么话没听过，闲言碎语也好，阿谀奉承也罢，反正不管别人说什么，都不会让她少块肉。

"冉冉，你真不觉得浅浅和江学长很般配吗？一个连任三届的校草，一个很有可能是本届校花，明明就是天造地设的一对嘛！"沈妙妙终于放过了孟浅，去缠着苏子冉了。孟浅松了口气，任由沈妙妙把自己当作话题，却忽然听见沈妙妙咋呼一声："忽然想起来一件事！我哥好像也是建筑系三年级的，他应该认识江学长吧！你们说我要不要问问他？兴许能要到江学长的联系方式……"

对于沈妙妙突然拔高的声音，苏子冉头痛不已，赶紧加快脚步，拉着孟浅往女生公寓巾帼楼的方向跑。

等她们俩跑出老远一截，沈妙妙才回过神，好气又好笑地追上去。

男生公寓须眉苑，417宿舍，坐在电脑面前画图纸的沈叙阳忽然打了个喷嚏。

与其床位相对的江之尧正用电脑玩LOL（《英雄联盟》游戏），带了一个妹子。游戏刚结束，江之尧便瞥见脸色不佳的张凡从外头回来就一头扎进了洗手间里,另一个室友孙彦则姗姗而至,满面红光。

等江之尧哄完妹子闭了麦,张凡才从洗手间里出来,依旧臭着一张脸。

江之尧问他:"这是怎么了?谁得罪咱们凡哥了?"

室友孙彦代为回答,语气倍儿轻快:"还能怎么了?表白失败了呗!早说了人家孟学妹不可能看得上你,非不信。"

"滚犊子。"张凡骂了一句,话题忽然一转,对孙彦道,"她连我都看不上,更不可能看上你。我劝你还是趁早死心,别去自取其辱了。"

"我偏不,我还就偏要去求辱,怎么着?之前是不是说好了咱们各凭实力表白?凭啥你被拒绝了,我就得跟着你一起放弃?万一孟学妹就喜欢我这款呢!"

他们俩一来一回之间,江之尧似乎明白了什么。江之尧用细长魅人的丹凤眼瞥了一眼对面看戏的沈叙阳:"他们俩说的孟学妹是?"

"戏剧影视文学一年级的孟浅。"沈叙阳也看了江之尧一眼,脸上没什么表情。

"你怎么这么清楚?"江之尧诧异地问道。

沈叙阳却一副理所当然的语气:"见过,她是我小妹的舍友。"

"沈叙阳,你居然藏得这么深!"吵得面红耳赤的两个人停了下来,把沈叙阳堵了。张凡悲愤交加:"老沈,你太不够意思了,这么重要的事居然不告诉我们!早知道我就找你妹妹牵线了,肯定比我那个高中学妹靠谱儿啊……"

孙彦:"知足吧你,人家能看在阿尧的面子上帮你,已经不错了。"

说到这里，孙彦趁机在江之尧面前告了张凡一状，把张凡用他微信当人情卖给那个叫陈茵的女生这事一五一十地说了。于是他们俩又打起来了，宿舍里吵成一团。

江之尧无法理解他们俩干吗为一个女人争得急赤白脸，不过这让他对那个叫"孟浅"的小学妹产生了一丁点儿的兴趣，他还去学校论坛找了下孟浅的照片。

看见照片的那一刻，江之尧承认自己确实被惊艳了。

孟浅不是他一贯交往的女朋友类型。他那些女朋友个个都是"小雏菊"，清新可爱、阳光朝气、俏皮有趣，随处可见又对他死心塌地。

但孟浅不一样。她身材匀称窈窕，形貌昳丽，美得惊艳又张扬，像一朵开在清晨白雾里的玫瑰，被雾气润湿，红得娇艳欲滴，却半遮半掩地藏在雾里，冷艳而神秘，危险而迷人。

以江之尧的经验来看，这一类女生的确难追。可她越是难追，越是容易引发人们的猎奇心理和强烈的征服欲。譬如此刻，江之尧就翻看着一则标题为"孟浅好难追"的帖子，征服欲空前旺盛。

他倒是想看看，孟浅这朵带刺的玫瑰到底有多难追。

孟浅读的是深大的戏剧影视文学专业，梦想是在未来的某一天能成为一名优秀的编剧。

在沈妙妙看来，孟浅这么出类拔萃，对自己的定位却如此平淡无奇，多少有点儿埋没才能。毫不夸张地说，孟浅要是愿意进军演艺圈，将来一定前途坦荡。可惜孟浅志在他处，白白浪费了那一身才华和好皮囊。

国庆节收假后,孟浅陆陆续续又收到了许多爱慕者的告白,其中自然包括和张凡同宿舍的孙彦。

为了彻底断了大众的希望,孟浅在学校论坛上注册了账号,实名发帖,简要而决绝地表示她暂时没有谈恋爱的意向,希望大家不要再打扰她,也不要在她的身上浪费宝贵的时间。

底下回帖的人很多,大多是她的爱慕者在回帖里鬼哭狼嚎,说她没有心。

后来不知道是谁在帖子里提了一嘴江之尧,便有人追问孟浅,如果换作江之尧追她,她会不会答应。

孟浅当然没有作答,发完帖子就退出了论坛,压根儿没看见其他人的回帖。

周五下午的课程结束后,沈妙妙提议去逛街,顺便在外面解决晚饭。苏子冉和陈茵都去了,孟浅想去图书馆找一本书,还有两篇影评要写,便只身留在了宿舍。

等沈妙妙她们仨出门后,孟浅慢条斯理地收拾了一下也出门了,去图书馆。

时近傍晚,秋日西落,余晖呈暖橘色照在黄绿的香樟叶上,璀璨如碎金,暖洋洋地落了孟浅满身。

这个点来图书馆的人不多,馆内静寂,没开灯,光源只有格子窗外微弱的夕阳。半明半暗的环境里,孟浅循着整齐排列的书架来回寻觅。找了好几排书架,她终于看见了自己要找的那本书。

不过书在书架最顶上那排,她踮脚够了两次,嫩笋般的指尖艰难地从书脊上滑过去。她本想拿住书脊把书抽出来的,奈何书多拥挤，卡得有点儿紧，费了很大劲也没成功。

"我还就不信了……"她嘀咕着，又一次踮起脚。不想手才伸到一半，她斜斜地映在书架上的影子便被一团更庞大的身影覆盖了。

与此同时，陌生而清淡的男士香水味和源源不断的热意从孟浅的背后围上来。她要的那本书也被来人轻松地抽出，从高高的书架上拿了下来。

先孟浅一步拿下书的那人就站在她身后，她明显地能感觉到背后若即若离的暖意，烘得她体温上升，于是皱了下秀丽的柳叶眉。

"你要的书。"低沉具有磁性的男声在孟浅的左耳畔缱绻地响起。声音的主人似乎刻意俯身贴近了孟浅，呼吸潮润温热，在她耳畔的肌肤上铺了一层薄薄的湿意。

孟浅也不是第一次经历这种突发状况。孟浅那些数不清的追求者里，不乏脑子灵光、手段高明的，什么制造偶遇、制造浪漫、制造独处她都历经过，所以此刻丝毫不慌，心安理得地接了对方好心递到她眼前的书，淡然地回头。

最先闯入孟浅视野里的是男生那双掩着光芒的眼睛，眼尾勾起，眼型细长，眼神流转生辉、惑人旖旎，是典型的丹凤眼。

孟浅的目光顿住，短暂的诧异后，她平静下来，将视线慢悠悠地从男生的眼睛上移开，回过身往后退，靠在书架上，浅勾了一下唇角："有劳江学长了。"

江之尧纳罕须臾，舒展了眉心，将手撑在书架上，顺势欺近孟浅一些，居高临下地凝视着似笑非笑的孟浅，也跟着勾起了唇角："没想到孟学妹竟然认得我，倍感荣幸。"

"江学长可是深大蝉联三届的校草，又是建筑系的大才子，当然得认得。"孟浅微抬下巴，泰然自若地看向他。

打量间，她仔细地拿目光去描摹男生的眼睛——真的很像，只是眼神欠缺了点儿温文尔雅。

孤男寡女处于图书馆二楼临窗的一隅，不仅近距离地对视，还是形似"壁咚"的暧昧姿势。这场面任谁看见了都会浮想联翩，懂点儿礼貌的人会立刻回避。

顾时深一向知书达礼，当他偶然经过那排书架，看见书架尽头那对男女时，想也没想便转身改道了。

他没想到现在的大学生这么不羁，竟然在图书馆这样的公共场合卿卿我我。只看了一眼，他便秉着非礼勿视的原则，收回视线，转身下一楼去。

待走出深大图书馆后，顾时深回头朝二楼的方向看了一眼。二楼窗口，那对小情侣的身影不见了，或许是他刚才离开时的脚步声惊扰了他们。

但是刚才惊鸿一瞥的那抹倩影让顾时深有些在意。他总觉得那个懒靠在书架上的女孩儿有种莫名其妙的熟悉感，可惜没来得及看清她的脸，不能确定认识与否。

"顾师兄！"一道清亮的女声打断了顾时深的凝思。

他将视线从图书馆二楼的窗口收回，循声看向不远处穿赫本风吊带皮裙的女生。

女生叫许佳人，是顾时深朋友的妹妹，也算是他的学妹。小姑娘生得娇俏，黑色高领打底毛衣衬得她皮肤白皙，像一朵盛开的白菊。

顾时深冲她点了点头，算是打了招呼。许佳人径直朝他走过来，脸上欣喜难掩："你也来深大借书啊？"

顾时深应了一声,将手揣进了西裤口袋里,摸出了振动的手机。没等许佳人把准备好的说辞拿出来邀请顾时深一起吃晚饭,他就对她使了个眼色,背过身去接电话了。

接完电话,顾时深回身看向许佳人,言简意赅地说道:"我还有事,先走了。"他说完也没等人家回话,已经先走一步。

许佳人半张着嘴,欲言又止,目送西装革履的男人大步流星地离去,有些黯然。她本来就是特意从她哥那儿打听到了顾时深的行踪跑过来和他"偶遇"的,结果话还没说两句,他就走了。眼下这书她到底借还是不借?毕竟她们深农大又不是没有图书馆。

就在许佳人纠结之际,一对男女从图书馆里走了出来。两个人男左女右地并排走着,有说有笑。

她一眼就认出了那个男生,不确定地喊了对方一声:"江之……尧?"

江之尧闻声,看向路边站着的女生,脸上的笑容顿时凝滞,眼眯成线,似乎在思索自己认不认识对方。

走在他身旁的孟浅也朝女生看了一眼。不知怎的,孟浅想起了之前陈茵说过的话——江之尧交往过的女生都是可爱乖巧的那一类,而眼前的女孩子长得就很符合他的择偶标准。

没等江之尧回应那个女生,孟浅先收回了视线:"既然江学长还有事,我就先走了。"她的声音娓娓动听,一副通情达理的样子。

江之尧终于想起了女生是谁——许佳人,算是他的前……前……前女友。

虽然好奇许佳人出现在深大的原因,但江之尧很清楚自己眼下不便追问,以免破坏孟浅对自己的印象。所以在孟浅提出要先走一步时,他手疾眼快地捉住了她纤巧的手腕:"还是一起走吧,说好了一起吃晚饭，然后去喂猫的，你该不会想反悔吧？"

孟浅看了眼被江之尧攥住的手腕，又看了看旁边的女生，想说什么，却被他看穿了心思。

"我跟这位同学都不认识，能有什么事？"江之尧一脸坦然，专注地看着孟浅，连余光都没分出去。

这倒令孟浅困惑了几秒。她还以为那个女生和江之尧有什么关系，说不定那是他的前女友。谁知江之尧却一副完全不认识对方的表情，还趁对方哑口无言之际将孟浅拽走了。

许佳人反应过来后气得发笑：也不知道自己那会儿怎么就瞎了眼，看上江之尧这个见异思迁的渣男——怪就怪自己没有早点儿遇见顾时深那样品行端正的优质男人。

江之尧追女生向来有一手，只不过一直没有遇到过值得他花费心思的人，孟浅是第一个。

在今天之前，江之尧花了近一周的时间做功课，不仅多方打听孟浅的喜好，甚至将他们班的课程表熟记于心，早早就摸清了孟浅日常的行动轨迹。他耐着性子匍匐在她看不见的地方，像一只蓄势待发的野兽。等一切尽在掌握，他才主动出击，目的是一击即中，彻底将孟浅拿下。

为此他精心打扮，特意在图书馆里与她偶遇，制造美好的初见。现在，他又陪着孟浅去须眉苑后面的小公园里喂猫，因为孟浅喜欢小动物。

据江之尧观察得出的规律，孟浅每周五到周日都会抽空去喂那些流浪于学校公园里的野猫——而今天就是周五。

之前在图书馆时，江之尧费了不少口舌征得孟浅的同意，陪她一起喂猫。

一切进展都在江之尧的意料之中。

他和孟浅从图书馆独处到食堂共进晚餐,再到小公园"幽会",关系突飞猛进。他们被不少校友撞见,甚至被偷拍了照片发到学校论坛上,关于他们的流言蜚语在深大校内不胫而走。虽然江之尧没有向孟浅表白,但大家都看得出他在追孟浅。

那可是换女朋友比换衣服还勤的江之尧,"浪子人设"在深大立了三年,不知道俘获了多少少女的心。向来只有别人追他,如今他却在追求孟浅!

这么劲爆的消息,谁不想看两眼?以至于接下来的小半年时间里,学校论坛上每天都会有新鲜出炉的热帖,播报江之尧和孟浅的进展。

深海的鱼:"你们敢信吗?江大校草竟然给孟美人送了小半年的爱心餐!"

秦时酒:"何止啊!江学长每天都会接送孟浅,风雨无阻,这份诚心也是难得。"

一个句号:"那可是江之尧啊!孟浅怎么敢的,居然到现在都没松口?"

孟浅真难追啊:"说真的,要是姓江的真追上了我的女神,我敬他是条汉子。"

…………

学校论坛上的那些帖子,孟浅有所耳闻,毕竟沈妙妙也是"吃瓜群众"之一,时刻奋战在"吃瓜"的第一线。只是孟浅没想到,江之尧会在除夕夜在学校论坛上公开跟她表白。

元旦过后不久,深大便正式进入了寒假模式。

孟浅记得自己坐高铁回丰市那天,深市下了一场铺天盖地的雪。相比深市,丰市稍暖和些,初雪是在除夕前一天下的。

孟浅的老家陶源镇被这场初雪装饰得银装素裹,像一座童话小镇。除夕夜,镇上张灯结彩,夜空星光闪烁,两相辉映,绘成一幅浪漫的画卷。

或许是受了环境的感染,孟浅看见沈妙妙发给自己的论坛截图,看见江之尧那篇真情实感的千字告白时,真的动容了。

恰好沈妙妙和苏子冉在她们三个人的小群里发消息。

沈妙妙:"正所谓'精诚所至,金石为开',浅浅,你要是再不开,我真的要拿锤子把你敲开了哟!"

苏子冉:"浅浅,你别听她的。"

苏子冉:"姓江的就是个花心大萝卜,交过的女朋友比你吃过的盐都多,跟这种人在一起风险很大的,你可千万别喜欢上他。"

沈妙妙:"冉冉,你这话我就不爱听了,浪子回头金不换,知道不?"

…………

她们俩为此在群里争论了不下99条消息。身为当事人的孟浅却捧着手机,对江之尧的照片审视了许久。她几度将照片放大,给了江之尧那双眼睛一个特写。端详许久,孟浅将手机界面切回了微信,在苏子冉和沈妙妙战火纷飞的争论里轻描淡写地插了一句:"可我已经喜欢上了。"

孟浅的消息迅速地被苏子冉和沈妙妙的对话淹没。等她们俩反应过来,去翻看消息记录时,孟浅已经登录学校论坛,在江之尧的告白帖下面郑重地回复，答应了他。

苏子冉的电话立刻打了过来："浅浅，你是认真的？你真的喜欢上江之尧了？！"

孟浅站在自己房间里的阳台上，将一本厚重的相册搭在栏杆上。她正翻看的那一页，有一张被她小心存放的单人照。照片里是个神采英拔、典则俊雅的青年，穿着白色衬衣、黑色长裤，怀里抱着一只黑白花的小奶狗，温文尔雅地站在夕阳下。

何等岁月静好的画面。

孟浅低垂着眼帘，看得有些出神，许久才笑了笑，一字一顿地回答苏子冉："真的，我已经喜欢上江之尧了。"

确切地说，她喜欢的是江之尧的眼睛——那双迷倒众生的丹凤眼像极了顾时深的。

二月春风似剪刀。入春后，冰雪消融，万物复苏，深大东门外河堤上的杨柳抽了新芽。整个深市被春风裁剪出全新的样貌，四处可见春回大地的勃勃生机。

孟浅他们已经开学一周了，她和江之尧交往的事也早就传遍了学校的每个角落里，现在全校师生都知道他们俩在谈恋爱。他们俩平日同行，无论走到哪里都会备受瞩目。

令人艳羡的是，江之尧将孟浅追到手后并没有就此懈怠、轻慢她，仍旧早晚接送她，陪她吃一日三餐。

所有人都说江之尧这次是浪子回头了，孟浅的福气还在后头。

又逢周五，孟浅带了猫粮和一些猫猫的小零食去须眉苑后面的小公园。

她最喜欢的一只猫怀孕了。在江之尧的协助下,她给它搭了一个隐秘性好、能遮风挡雨的小窝。

"谢谢你啊,辛苦了。"孟浅给刚干完活的江之尧递了一瓶水。

男生坐在花坛边,抬着眼皮暧昧地看着她,薄唇勾着笑意,却并不接水。

孟浅盯着他那双顾盼生辉的眼眸,心生茫然:"你不想喝水吗?不想喝的话,我……"

"想喝。"江之尧仰起了脖颈,笑意更甚,眼含流光。他拉住了孟浅递水的那只手,攥着她纤细的皓腕,拇指似有意又似无意般搓弄她腕部细腻的肌肤。

温热酥麻的触感令孟浅心里一哆嗦。她下意识地想抽手,却在对上男生噙笑的丹凤眼时打消了这个念头,任由江之尧抓着她的手腕,装作无事发生,将矿泉水又往他眼前递了递:"给你,快喝水吧。"

"想要你喂我。"江之尧扬着嘴角,看孟浅的眼神浮着薄薄的欲色,连说话的语气都十分缱绻,像极了对主人撒娇讨赏的坏狗,又乖又痞。

孟浅愣怔几秒,神情有点儿傻。江之尧也不催促,就笑吟吟地看着她。孟浅被他看得略微局促,想了想,替他拧开了瓶盖,将瓶口送到了他勾着弧度的唇边——这样总可以了。

江之尧别脸避开,睨着她,忍俊不禁:"笨蛋浅浅。"

孟浅一脸茫然,江之尧却饶有兴味地笑了:"就不能用嘴喂我?"

孟浅:"……"

见她木着一张冷艳明丽的脸不说话,江之尧不再造次:"逗你的。给我吧，我自己喝。"他说着，自觉地从孟浅手里接过了矿泉水瓶，仰头喝了一大口。

孟浅紧绷的背暗暗松下来，她给江之尧递了一张纸巾，然后借口去看猫咪，与他拉远了距离。

对于江之尧而言，将孟浅追到手已经让他获得了巨大的成就感。

每天看着学校论坛上其他人对他的敬佩、吹嘘，他很是志得意满，加上和孟浅相处比他想象中有趣许多，这场恋爱的时间便不知不觉地打破了他过往所有恋情的纪录。

在日复一日的相处中，江之尧对孟浅越发游刃有余。知道她性子沉静慢热，和他以往交过的那些女朋友不一样，他也不急着跟她更进一步。他就像耐性十足的猎人，等着孟浅对他彻底放松警惕，心甘情愿地跳进他的陷阱里。到时候，他再把她拆骨入腹。

谁也没想到江之尧这次谈恋爱会坚持两个月之久。学校论坛上有人时常播报他和孟浅的进展，连他们俩周末看电影、去游乐场，也会被人拿到网上热烈地讨论一番。

时不我待："讲真的，校花校草这种高颜值组合的情侣，我永远喜欢！"

渣渣渣渣渣："上周六我在游乐园里碰见他们俩了，他们确实很登对，站在一起也很养眼，但我总觉得他们俩不够亲密，半点儿没有热恋期的状态。"

去海边捡贝壳："我也是！之前大家嚷得太高兴，我都不敢说，怕被骂眼瞎。"

真好嗑："本来就眼瞎啊！谁说谈恋爱就一定得卿卿我我的？"

桃花开了:"其实不是这个问题吧,主要江校草以前可一直是'肉食主义者',你们什么时候见过他这么'素'了?"

真好嗑:"正因为某江之前是那样的,现在这样才显得他对孟美人专一啊!这就叫真爱,你们到底懂不懂啊?"

…………

江之尧看着最新的讨论帖,眉心皱了起来。跟他一起看完帖子的孙彦和张凡交换了一下眼神,打破了宿舍里的沉寂。

"阿尧,说说呗。你和孟学妹进展到哪一步了?"孙彦将手搭在了江之尧的肩上,一脸坏笑。

"这不像你啊。"张凡附和道,搭上了江之尧的另一边肩膀,"你不会连学妹的手都还没牵过吧?你到底行不行?"

他们俩你一言我一语地挖苦,逐渐磨光了江之尧的耐心。他起身挣脱了他们二人的围困,去饮水机那边给自己接了一杯水,喝完水才睨了张凡、孙彦一眼,似笑非笑地说道:"你们懂什么?好汤就得文火慢炖。"

他虽然找了理由将他们搪塞过去,却骗不了自己。他和孟浅的进展确实很慢,谈了两个月,还是上周六去游乐园回来的路上,他才正式牵到她的手。

原本江之尧还能安慰自己:感情这种事情得因人而异,孟浅和他之前交过的那些女朋友不一样,她慢热,不能心急。但是现在他被张凡他们奚落了几句,心里那个鼓包怎么也按不平了。

晚上,江之尧和孟浅一起在1号食堂里吃饭,一起的还有孟浅的三个室友——这是和孟浅交往后,江之尧第一次正式和她的室友们见面。

一起吃饭的提议自然是江之尧提的,他认为这样有利于加快他和孟浅之间的进度。

席间,他们一直都是全场的焦点。连一向活泼开朗的沈妙妙都被四周的人盯得拘谨起来,只能拼命压下八卦欲,心情激荡地在一线美滋滋地看着这对情侣。

孟浅和江之尧坐在一起,她对面是苏子冉,苏子冉的旁边依次是沈妙妙和陈茵。

陈茵接连瞄了江之尧好几眼,面上浮起不太自然的红,一直主动找话题调节氛围。只不过她聊天儿的对象仅限于江之尧,不包括孟浅她们。

作为旁观者,沈妙妙和苏子冉一致认为陈茵有点儿过了。毕竟江之尧现在是孟浅的男朋友,陈茵却当着孟浅的面拉着他天南地北地聊。这要是换了别人的女朋友,恐怕早就炸毛了,偏偏孟浅是个好脾气的,仿佛没看见陈茵和江之尧聊得有多开心,只垂着眼闷头吃饭。

在陈茵告诉江之尧自己小时候学过芭蕾舞时,向来看不惯陈茵做派的沈妙妙忍不了了,扯着嗓子加入了队伍:"江学长还不知道吧?我们家浅浅芭蕾舞跳得可好了。不只芭蕾舞,什么民族舞、拉丁舞、街舞……她都会跳呢!"

江之尧被沈妙妙的话吸引了,看了她一眼,又不可思议地瞥向身旁安静地吃饭的孟浅,勾着满含兴味的笑:"哦?我家浅浅这么全能吗?"

孟浅终于抬起了眼帘,浓密纤长的睫毛下那双乌溜溜、水汪汪的眼睛仿佛桃花。她先是看了夸大其词的沈妙妙一眼,随后又转向江之尧。和他对上视线后,她咽下了嘴里那块肉,抿唇舔了下嘴上的肉汁，才不疾不徐地道："学过而已，并不精通。"她说的是实话。因为她妈妈精通各种舞蹈，还在陶源镇上开设了一个舞蹈培训班，她3岁起就开始打基础，跟着妈妈学了15年。

"那你就没想过致力于一种舞蹈，精益求精？"江之尧显然对孟浅的事很感兴趣，好不容易说到了关于她的话题，自然不想轻易放过深入了解她的机会。

孟浅却没什么兴致，只笑了笑，淡声道："太苦了，我不太能吃苦。"

她说的是真话，却不知怎么戳中了大家的笑点。沈妙妙第一个笑出声来，江之尧则一脸宠溺和挖到宝贝的欢喜。连一直绷着脸、没给过江之尧好脸色的苏子冉都忍俊不禁地扯了扯唇角。

席上也就陈茵最格格不入，她沉着一张脸，捏紧了手里的筷子，看着孟浅，用力地戳了戳餐盘里的米饭。

晚饭过后，离开食堂时，孟浅本来打算和苏子冉她们一起回宿舍的，去了趟洗手间回来的江之尧却在小跑着追上她们后，亲昵又自然地牵住了孟浅的手。

被牵手的孟浅僵了两秒，江之尧便在此时提出想和她一起去操场散步，还自作主张地让苏子冉她们先回去。

"晚点儿我会亲自把浅浅送到巾帼楼下，你们放心。"江之尧原本将另一只手揣在裤兜里，说着便抽出来冲沈妙妙她们挥了挥。

事已至此，孟浅自然没有拒绝他的理由。待沈妙妙她们仨走远，她也被江之尧牵着手，带去了小公园的方向。

这个点，小公园里闲逛的人不多，这里僻静清幽，倒是不失为一个情侣幽会的好地方。

孟浅白嫩细长的手指被江之尧挤开，被迫与他十指相扣，掌心相贴。这一路走来，孟浅感觉自己的手心已经被汗浸湿了，黏糊糊的不舒服。

"不是说去操场吗？怎么来这儿了？"孟浅难得先开口，试图挣开江之尧的手，不料走在前面的江之尧忽然停下了脚步，她一头撞上了他硬朗的后背。

她往后退了半步，抬眸望过去："江之尧……"

"浅浅。"男声沉了几度，夹杂着什么，比平日沙哑许多。江之尧回身，另一只手熟稔自然地落在了孟浅的右耳旁，似乎替她整理散落在耳边的头发。孟浅神色一滞，僵了身体。

江之尧替她将发丝别回耳后，手却并没有离开，配合他低沉的声音，覆在她冰凉的颊侧。他呢喃着："浅浅，我真的……忍不住了。"

江之尧轮廓分明的俊脸垂低，欺近女孩儿。他呼吸湿热，凝望着孟浅被路灯的橘色灯光映出暖意的脸蛋儿，拇指不受控制地压上她柔润饱满的红唇，艰难地吞了口唾沫。

江之尧滚动的喉结映入孟浅的眼帘，她眸光闪了闪，在江之尧低头亲过来时缩了脖子，别脸避开了。江之尧扑了个空，胸腔里还残余着心脏的嘶鸣声。

就在刚刚，他的心跳前所未有地加快了，从未有过的紧张萦绕于心……但这些都被孟浅避让的动作击散了。江之尧心里像沉了一块巨石，令他憋闷。

"为什么？"他还是不敢相信，不理解孟浅为什么会躲。向来都是别的女生想亲他……他以前那些女朋友几时有过孟浅这样的待遇？

天际无月，城市的夜晚云深霾重，很难看见成片的星空。路边路灯的橘色灯光撑破了夜色，光晕垂怜地落在花坛旁伫立的两个人身上。

孟浅正看着江之尧，目光沉寂，不动声色。在她的注视下，江之尧打起了退堂鼓，手滑到了她的肩上，却又不甘心就这么退开，便依旧立在她跟前，垂着眼，居高临下地凝视着她。

"浅浅……从除夕到今天，我们已经交往两个多月了。我们之间的关系什么时候才能更进一步？"男声低沉，似乎很委屈。

"你知道大家都怎么说我们吗？说我们一点儿也不像热恋期的情侣，说我们进展慢，说……"江之尧的声音戛然而止，只因孟浅在他碎碎念时忽然踮脚朝他凑了过去。

她攀上江之尧的脖颈，冰凉的手指施力压着他后颈的肌肤，力气小得跟没吃饭似的，还得他低头配合她。

那一秒，江之尧的心脏跳动加快，心底没来由地生出一丝期待。他甚至主动地闭上了眼睛，敛了呼吸，却不想孟浅温热的吻竟是落在了他的眼睑上。

她的嘴唇软得超乎寻常，像棉花糖又像云，滚烫地压在江之尧冰凉的眼睑上，灼得他一激灵。

江之尧的期望落了空，可奇怪的是他并没有感到失望，反倒整颗心被孟浅蜻蜓点水的吻填得满满当当的，前所未有地充实。

"谈恋爱的是我们，不是他们。没必要在乎别人说什么。"孟浅亲了那双令她朝思暮想的眼睛，却没投注过多的感情。

亲完后，她便趁江之尧愣神儿时退出了他的怀抱："时间不早了，我该回宿舍了。你要送我吗？"

江之尧睫毛微颤,徐徐掀开眼帘,长睫下的眼眸还很混沌,盛着欲念,似乎还在回味刚才那个与众不同的吻。

思绪杂乱无章,江之尧只下意识地顺着孟浅的话呆呆地点头:"当然要送。"

回到宿舍后,江之尧坐在自己的桌前,对着电脑傻笑了很久,连孙彦和张凡叫他打游戏都没应,顿时引起了全宿舍人的注意。

"什么情况?阿尧,你吃错药了?"孙彦一巴掌拍在了江之尧的背上。

江之尧吓了一跳,笑意终于止住了,回头瞪了孙彦一眼。

张凡问道:"从回来开始你就坐在那儿一动不动,想什么呢?嘴角都收不住。"

江之尧难得没有炫耀,只是不自然地摸了摸眼皮,忍着笑意摇了摇头:"没什么,你们玩吧,我去打个电话。"

说完,他拿了手机去阳台那边——他突然很想听听孟浅的声音。

## 第二章

# 重 逢

江之尧以为，有些东西得到过了就不会再心心念念。

但他失策了。

自从孟浅那晚亲了他的眼睛以后，他见她时，脑子里总是不受控地浮想联翩，甚至几次三番地想让她再亲自己一次。可孟浅自那晚以后对他的态度又恢复如常，和之前没什么两样。他们俩之间的距离依旧没有拉近。

这让江之尧近日越来越烦躁，做什么事都提不起劲，连上课都心不在焉。如此日复一日，孙彦他们都快受不了他了。

追问之下，江之尧才把孟浅亲他的事告诉了他们。

"姓江的，你过分了！抢我的女神就算了，居然还当着我的面秀恩爱，还让不让人活了？"孙彦愤愤地捶桌。

江之尧白了孙彦一眼："少废话，快帮我想想该怎么办？"

张凡摸着下巴，只觉得稀奇："没想到啊，你江之尧也有为别人魂牵梦萦的一天。该不会是素太久了，憋坏了？"

虽然张凡是开玩笑的，但江之尧像是被点醒了似的，陷入了长久的沉默——难道他真是憋太久了？

就在他拧眉愁苦之际，张凡突然想起了什么，两只手握住了江之尧的肩膀："正好！阿尧，你这周六来参加我组织的联谊会吧，过过眼瘾也行啊，顺便帮我镇场子。"

张凡组织了一场联谊会。

自从江之尧和孟浅在一起后，张凡和孙彦一样对孟浅彻底死心了。秉着不能为了一棵树放弃整片森林的信念，他们两个人一直都在忙着自己的终身大事。

周六的联谊会就是一个绝佳的脱单机会，只是到目前为止，确定能参加联谊会的女生不够数，到时候狼多肉少，说不定会打起来。要是江之尧能参加，一定能吸引不少女生踊跃报名。

江之尧对联谊会并不抵触。他以前也参加过，好几任女朋友都是在联谊会上认识的。只是从追求孟浅到和她交往，他已有近半年时间没有参加过这种活动了。

如今听张凡一提，他心中确实有些痒痒。

周六这天一早，孟浅便收到了江之尧的微信消息。

"浅浅，我今晚有点儿事，不能陪你去喂猫了，也不能陪你一起吃晚饭了。"

"一会儿我把新买的猫粮给你送过去？"

孟浅应下了，几秒后又给江之尧发了一条微信："猫粮多少钱？我转给你。"

江之尧回："不用，我们还用得着分你我？"

见江之尧都这么说了，孟浅便没再坚持，更没追问他晚上有什么事,把手机放在桌上充电,就去洗漱了。她今天打算去图书馆待一整天,最近构思了一个故事,打算试着动笔写一下。

孟浅出门前,宿舍里只有陈茵和沈妙妙。苏子冉的家在深市,苏子冉昨天下午的课程一结束就回家了,说是明天晚上返校。其实沈妙妙的家也在深市,但距离深大有近两个小时的车程,沈妙妙不乐意来回跑,每周周末都会在宿舍里睡懒觉,今日亦然。

令孟浅奇怪的是陈茵。

学业上,陈茵一直都在和孟浅较劲。所以每个周末孟浅去图书馆,陈茵都会跟着去。今天陈茵却坐在餐桌前对着镜子心无旁骛地画眉毛。

看见孟浅要出门,陈茵叫住了她:"孟浅,你帮我看看,哪边眉毛更好看?"

陈茵左边是一字眉,右边是柳叶眉,两相对比,似乎一字眉更称她的脸型。于是孟浅指了指左边。

"左边真的更好看吗?"陈茵似乎狐疑,自己又对着镜子左看右看。

孟浅怕吵到还在睡懒觉的沈妙妙,压低了音量,声音懒懒的,听起来便有些敷衍:"其实都挺好看。"

陈茵皱了下眉,毅然决然地选择了右边,接下来又开始试口红。

孟浅见没自己什么事了,便抱着书往门外走。结果她刚走到门口,陈茵再次叫住她:"对了,孟浅,你今晚要和江学长一起吃饭吗?"

陈茵带着试探的语气令孟浅有些疑惑,不过孟浅并没有深想,如实回答:"吃不了,他晚上有事。"

陈茵"哦"了一声，冲她挤出微笑，漆黑的眼睛滴溜溜地转："这样啊，那还真是可惜了。你快去图书馆吧，好好学习。"

孟浅迟疑了几秒，点了点头："我走了。"

孟浅在图书馆里待了整整一上午。

中午到饭点时，沈妙妙给她打了个电话，约她一起去小吃街吃午饭。吃饭时，沈妙妙提到了陈茵，也觉得陈茵今天有点儿奇怪。

"我起床的时候看见她化了精致的妆出门了，还约了其他宿舍的女生，好像要去逛街买衣服。"沈妙妙一边拿筷子挑着碗里的牛肉米线，一边跟孟浅八卦，"你说她是不是谈恋爱了？"

孟浅吃了一口米线，泡椒味的酸辣汤汁浸染了她嫣红的唇，一片潋滟水光。她将汤汁抿去，又夹起一块腌制入味的牛肉，放到嘴边轻轻吹着："赶紧吃你的吧，别那么八卦。"

沈妙妙托腮，撇撇嘴："没意思，浅浅，你活得也太没意思了。突然有点儿想念冉冉了，呜——"

孟浅看了眼鼓着腮帮子不高兴的沈妙妙，有些哭笑不得。其实沈妙妙说得对，她活得确实没什么意思。仔细地想想，她以前好像也不这样，是从什么时候开始对大多数人和事失去兴趣的呢？

好像是两年前，顾时深离开陶源镇以后，她所有的少女心似乎被他一并带走了。

最好笑的是，顾时深本人可能还不知道，这世上有一个人因为被他惊艳了时光，温柔了岁月，从此对他念念不忘，以至于觉得世界上的其他人和事都那么寡淡无味。

午饭后，沈妙妙陪孟浅一起去了图书馆，结果待了不到一个小时便坐不住，先回宿舍了。

孟浅倒是一直待到傍晚，直到见玻璃窗外的天空黑云集结，在酝酿一场大雨，才收拾书本打算回宿舍，怕晚点儿真的下雨了，自己回不去。

恰巧沈妙妙给她发了微信："浅浅，你什么时候回宿舍啊？你回来的时候能不能帮我带份晚饭？什么都行，回来我给你钱。"

孟浅答应了。

等她去小吃街打包饭菜回到学校，夜色已经弥漫了整个校园。虫鸣鸟叫在清幽的环境里格外清晰，一串由远至近的雷声也一样。雷声过后，雨从天上浇下来，雨滴比孟浅的小指指头都大。

她忙不迭地护住打包的饭菜，低头小跑，途中遇到不少和她一样匆匆忙忙的校友，其中就有陈茵。

和陈茵擦肩而过的瞬间，孟浅闻到了浓淡适中的玫瑰香水味。她只回头看了陈茵的背影一眼，便转身继续往公寓大楼跑了。

孟浅回到宿舍，衣服还是湿了一半。她把饭菜放在桌上，先去洗澡。沈妙妙则跟着她到了洗手间门口，站在门外跟她说话："浅浅，你知道吗？陈茵今晚要去参加一个联谊会。我就说陈茵今天怎么那么奇怪，又是买新衣服，又是费时费力地化好几遍妆，原来是真有情况。

"不过我问联谊会的详情，陈茵支支吾吾的，没跟我说。

"不知道为什么，我总觉得陈茵好像做了什么亏心事似的，一提联谊会就特别心虚……"

晚上 10 点 30 分，孟浅坐在自己的书桌前看书，沈妙妙则趴在床上打游戏，心里还在为陈茵参加联谊会的事纳闷儿，奈何孟浅对这件事不感兴趣，满肚子的话只能憋着，人都快憋疯了。

约莫10分钟后，沈妙妙号了一嗓子："要是冉冉在就好了！"

孟浅头也没回："你可以给她打电话。"

"打过了，她给我挂了，然后回微信说今晚要和她哥还有她哥的同事们一起聚餐，叫我不要打扰她。"沈妙妙哼了一声，"不打扰就不打扰，憋死我得了。"

孟浅失笑，刚想合上书当一回沈妙妙的听众，自己搁在桌上的手机却"嗡嗡"地振动起来——是苏子冉的来电。

"这么晚了，冉冉给我打电话做什么？"孟浅狐疑。

在沈妙妙气呼呼的目光里，孟浅不紧不慢地拔了充电线，接通了苏子冉的电话。

电话刚接通，孟浅便听见苏子冉急切的声音："浅浅，我在微信上给你发了一段视频，你赶紧去看。"

苏子冉那边人声嘈杂，音乐震耳欲聋，太过吵闹，所以她只是心急火燎地催促孟浅看微信，说是在微信上聊，然后挂了电话。

孟浅一头雾水，甚至连应一声都没来得及，可见苏子冉真的很着急。

"怎么了？怎么了？冉冉打电话说什么啊？"沈妙妙从床上下来了，趿拉着拖鞋凑到了孟浅的书桌前。

孟浅看着手机上通话结束后的界面，云里雾里的："她让我看微信……"

"那你快看她给你发了什么。"沈妙妙催促着，恨不得拿过孟浅的手机操作。

于是在沈妙妙的催促下，孟浅登录了微信。

有三条未读消息，都是苏子冉发的。

苏子冉："江之尧这个渣男！"

苏子冉："算了，你自己看吧。"

最后一条消息是一段苏子冉录制的视频，孟浅和沈妙妙一起看。

视频里的环境昏暗暧昧，能听见如雷的音乐。地点应该是酒吧，镜头里是一条走廊。走廊墙壁上装了彩色的LED灯，灯光似雾似纱，蒙着一对男女。他们背对镜头，贴着墙根抱在一起。

随着镜头拉近，角度徐徐旋转，孟浅和沈妙妙终于从侧面看清了搂抱在一起亲吻的两个人。

"妈呀！江学长！"沈妙妙最先认出的是视频里男人的侧脸。虽然光线昏暗，但她曾仔细地欣赏过江之尧各种角度的照片，对他的侧颜再熟悉不过，所以万分确定。

沈妙妙整个人愣住了，因为她还认出来，那个被江之尧抵在墙角激吻的女生竟然是陈茵！

视频还在继续播放。孟浅幽幽地盯着镜头下吻得浑然忘我的两个人，直到他们察觉到有人偷拍，并先后朝镜头看过来。

"江之尧这个渣男！"耳边传来沈妙妙愤懑的骂声，孟浅却无动于衷，面色沉静，眉眼清冷，心平气和地继续看着视频。

视频里，江之尧似乎有些醉，盯着镜头愣了好几秒，才认出了偷拍的人是苏子冉，脸上的狐疑转为恼怒，一瞬后又被慌乱取代。

"你拍什么？"江之尧怒斥苏子冉，上手去抢手机。

画面几经翻转，陷入混乱中，孟浅和沈妙妙只能听见苏子冉和江之尧的声音。

"渣男贱女，你们还真是天生一对！我现在就把视频发给浅浅，让她好好认清你。"

"你敢！把手机给我！"

沈妙妙暗暗替苏子冉捏了一把汗，忍不住又把江之尧和陈茵骂了一遍。她的骂声里突兀地响起另一道陌生的男声，是从视频里传出来的。

"别抢了，再抢就报警了。"男声低沉，却不怒而威。

与此同时，视频里的江之尧被人从镜头前推开，醉醺醺的脸阴晴不定，眼圈微微泛着红，抢手机的那只手却被人抓住了。抓住他的手的那个人应当就是那道陌生声音的主人。视频里，男人只露了一只骨节分明、修长好看的手，控制着江之尧的手腕，随后用力将其推得后退两步。混乱的画面得以平静，男人的背影也进入了镜头。

沈妙妙狐疑地问道："这是谁啊？冉冉的朋友？"明眼人都看得出，视频里冒出来的男人在维护苏子冉。但苏子冉说过自己没谈恋爱，所以这人应该不是她男朋友。

孟浅似乎没听身边的人讲话，正全神贯注地盯着手机。就在刚才，她平静的内心有了波动——因为那道突兀出现的、让她觉得无比熟悉的男声。

此刻，男人的背影骤然进入她的视野里。孟浅拿着手机的手轻颤了一下，她瞳孔微缩，屏住了呼吸，心脏似乎被揪紧，目不转睛地看着视频里男人的身影。

男人回身面向镜头，眉眼的轮廓在镜头下清晰地浮现。他神情关切地问了苏子冉一句："你没事吧？"

画面戛然而止，视频录制结束。宿舍里又归于宁静，静得孟浅能清晰地感受到胸腔里心脏跳动的频率。

沈妙妙率先反应过来，刚才的气愤因为视频里最后出现的帅哥烟消云散。她的关注点直接被带偏了:"救命!刚才那个帅哥好好看!"

"浅浅,你看见没有?"她激动地抓住了孟浅的胳膊,晃了两下,才注意到孟浅不对劲。

"浅浅?"她将手在孟浅眼前晃了晃,见孟浅连眼睛都没眨一下,"你怎么了,浅浅?"

孟浅被连唤好几声,才从震惊中缓过神来,垂下鸦羽般的睫毛。她摇摇头,暗暗攥紧了手机,声音平静却有些哑:"没事。我只是……"她不敢相信有生之年竟然还能见到顾时深,这就像一场无厘头的梦,她突然很怕醒来。

"我明白了,你只是没想到江之尧和陈茵会做出对不起你的事,对吧?我也没想到。"沈妙妙接了她的话,以为她是因为视频受了打击,心里正盘算着该如何安慰她。

孟浅没吱声,现在满脑子都是视频里最后出现的男人。他就像一颗石子,毫无防备地砸进她的心里,溅起浪花,漾开涟漪。她陷入混乱中,好半响才抽丝剥茧地确定接下来该去做的事。

孟浅没敢耽误,立刻给苏子冉打电话,一边等待对方接通,一边去阳台那边的鞋柜上拿雨伞,看似急切,行动却井井有条。

倒是一直担心她的沈妙妙有点儿蒙了,完全不懂她在想什么,只是猜测她现在应该是要出门。

"你是要去找江之尧那个渣男吗?我陪你一起去!"沈妙妙慌忙地换衣服,因为她觉得孟浅应该不会特意停下来等她。

果然,孟浅穿好鞋,拿好伞和包便埋头往门外走。

沈妙妙赶紧提上鞋追出去:"浅浅,你等等我啊……"

春季的雨普遍柔和细腻，像丝线，像鬃毛，粘在头发上像裹了一层棉花糖的糖丝。今晚的雨却有盛夏的磅礴气势，豆大的雨滴砸在伞面上"噼啪"作响，一点儿消停的意思也没有。

孟浅和沈妙妙在学校东门口拦了出租车。上车后，孟浅说了苏子冉给的地址——酒吧街。

深市的酒吧街很有名，是在市中心附近由几条相邻的街道组合成的，又称"不夜街"。那个片区多的是24小时营业的火锅店、烧烤店……美食云集，服务对象都是附近酒吧、KTV的客人，一入夜便灯火通明，到处是肆意狂欢的人，颇受年轻人喜爱。

从深大打车到酒吧街需要四五十分钟，孟浅一路上都很不安，指腹摩挲着手机壳的一角，脑袋抵在玻璃窗上，任由拍打在玻璃窗上的雨珠模糊自己的视线。

下大雨的缘故，酒吧街片区的路口排了许多空的出租车，排着队载客人。

出租车司机将孟浅和沈妙妙载到了一家叫"深浅"的酒吧门口，收了钱，还不忘好心地叮嘱两个女孩子少喝点儿酒，早点儿回家。

沈妙妙道了谢，还想跟司机唠两句，孟浅却已经大步流星地往酒吧里去了，一副急不可耐的样子，像是怕江之尧和陈茵跑了似的。

孟浅和沈妙妙与苏子冉会合时，江之尧和陈茵已经离开了。苏子冉说，她是跟着她哥以及她哥的同事们一起来的，聚餐结束后来酒吧喝点儿酒，消遣一下，也没想到会在这里遇见江之尧和陈茵——她就是去了趟洗手间，回来的途中在走廊里撞见了他们。

其实在酒吧这种地方，言行举止亲昵大胆的男女很常见。她只看了一眼便觉得辣眼睛，想越过他们赶紧离开。恰巧她哥的一个同事来上洗手间，和她遇见。

两个人打了个招呼的工夫，苏子冉不经意地又看了那对贴着墙壁的男女一眼，这一眼便认出了陈茵和江之尧。惊愕几秒后，她怒火中烧。

"抱歉，浅浅，我实在是看不下去了，也不想瞒着你。江之尧就是个十足的渣男，你早点儿看清他的真面目，早点儿脱离苦海。"苏子冉现在已经冷静许多，也知道自己的冲动之举可能给孟浅造成了不可挽回的伤害。她一边说着，一边打量孟浅的神色，却发现孟浅的视线一直在游移，像在寻找什么。

"浅浅？"苏子冉狐疑。

和孟浅一起来的沈妙妙拽了拽苏子冉的胳膊，指着不远处卡座那边参差落座的几个男人，心猿意马地打断了她："冉冉，那就是你哥和他的同事们？"

苏子冉"嗯"了一声，暂时没心思给沈妙妙她们介绍。她仍看着孟浅，却见孟浅随着沈妙妙指的方向看去，巡视一周。

卡座那边的几个男人，各个二十六七岁，穿着西裤、衬衫，穿着打扮和气质都比她们这些大学生成熟，像是另一个世界的人。

孟浅并没有在其中找到顾时深的身影，有些怅然，生怕出现在那段视频里的顾时深真的只是一场梦。

没有人知道她这两年里多么期盼与他重逢。关于顾时深的梦孟浅做过无数次，但每一次都是离别的结局，好像一种征兆，预示着她这辈子都不会再见到他，他只是她浩瀚人生里一个匆匆一别的过客。

两年的时间，孟浅其实对久别重逢早已不抱期望，因为现实一向很残酷。可就在一个小时前，苏子冉发给她的那段视频，却让她尘封死寂的心躁动起来。

　　此时此刻，孟浅只想见到顾时深。什么江之尧，什么陈茵，她都不在乎。

　　她来这里只为顾时深。

　　思绪回笼后，孟浅重新打起了精神。她没能从人群里找到那抹熟悉的身影，便只能找苏子冉打听："顾时深在哪儿？"

　　苏子冉愣住，险些以为自己幻听了。她诧异地看着孟浅。旁边的沈妙妙则一脸茫然：顾时深是谁？她和孟浅来这里不是来"捉奸"的吗？

　　就在苏子冉压下满腹狐疑，打算回答孟浅的问题时，一道挺拔修长的身影不知何时站在了孟浅身后。

　　男人穿黑色衬衫，领口微敞，露出深凹的锁骨，以及锁骨中间一粒不起眼的红痣。黑色衬得他皮肤冷白，如玉胜雪，那颗血痣就如盛放于皑皑白雪上的红梅，冰冷妖艳，引人目光流连。

　　沈妙妙看直了眼，苏子冉半张着嘴，看看孟浅又看看她背后之人，欲言又止。

　　就在孟浅察觉到她们俩的异样时，背后响起了陌生又熟悉的男声，低沉温和，语速徐缓："在你身后。好久不见，小孟同学。"

　　好久不见，顾时深。

　　孟浅在心中默念，却不敢回身去看。她怕这真的只是一场梦。但凡她回了头，梦境就会坍塌，一切烟消云散。

　　但即便是梦，顾时深的声音也如同一只无形的大手攥紧了孟浅的心脏,她连呼吸都变得小心起来。

就在孟浅心头鹿撞,陷入两难时,对着男人那张举世无双的俊脸犯起花痴的沈妙妙讷讷地开口:"啊,好帅……浅浅,你什么时候认识这么一个大帅哥的?怎么从来没听你说过?"

苏子冉拉了下沈妙妙的衣袖,示意她不要再说了——顾时深还听着呢,而且孟浅的神色明显地不对劲。

所幸男人虽然听见了,但神情无异,只垂眼看着背对他的孟浅,想起两年前的她还只是一个穿蓝白校服、肩上垂着两条麻花辫的高中生,一转眼竟也长成大姑娘了。

女孩儿及腰的长发柔顺地垂于纤瘦的背上,背影清丽秀挺,像一株中通外直、临风伫立的芙蕖。

在顾时深打量之际,孟浅迟缓地转身,终于鼓足勇气看他一眼。

孟浅想通了。就算真的是梦,她也应该在梦醒之前见上顾时深一面,哪怕只是笑着对他说一句"好久不见"。

当孟浅真正对上男人睫毛下那双狭长微翘的丹凤眼时,那句"好久不见"却蓦地卡在了嗓子里。她只唇瓣微张,瞠目而视,形似桃花的眼里流光转动,水光微漾。

她发愣的样子猝不及防地映入顾时深的眼帘。

目光微顿,他被惊艳了一瞬,暗暗感慨:当真是女大十八变。他正犹豫要不要说点儿什么,叙叙旧,卡座那边的苏子玉他们几个已经在催他了:"老顾,你接个电话怎么这么久,是不是想故意拖时间?"

"快点儿过来,大家都等着听你的真心话呢!"

顾时深应了一声,打消了和孟浅叙旧的念头:"我先过去,你们聊。"

"需不需要我让老板再给你们开个卡座？"这话顾时深是对苏子冉说的。她是他医院的合伙人之一苏子玉的妹妹，自然需要多照拂一下。

苏子冉本想拒绝，但转念一想，或许孟浅今晚需要喝点儿酒浇浇愁，便点头应下了："谢谢顾大哥。"

"不客气。"顾时深走之前，最后看了孟浅一眼。他还记得不久前被苏子冉拍视频的那对男女，听苏子冉说，其中那个男的是她朋友的男朋友。她把拍下的视频发给了她的朋友，而她的朋友则问她要了酒吧的定位，说是要赶过来。

当时苏子冉便提到过"孟浅"的名字，所以顾时深早有心理准备，只是不确定此"孟浅"是不是他认识的那个"孟浅"。

直到刚才，他看见孟浅的背影，听见她追问苏子冉他的去向，这才确定了心中的猜想。

18岁的孟浅早已退去了16岁时的稚嫩青涩，仿佛18岁就是一道分割线，曾经含苞待放的花骨朵儿现在正肆无忌惮地盛放着。

一时之间，顾时深竟有些无法理解孟浅那个男朋友的渣男行径。那人是眼瞎还是心盲？思及此，顾时深皱了皱眉，看着孟浅欲言又止，最终什么也没说，只是打了招呼，给她们几个小女生腾出空间。毕竟女生才是最懂女生的，安慰的话，还是苏子冉她们去说比较好。

顾时深前脚离开，沈妙妙后脚便抓住了孟浅和苏子冉的胳膊，声音比之前低了许多，却掩不住地兴奋："这个顾大哥就是冉冉发的视频里最后出现的那个男人吧？"

"好帅好帅！真人比视频里还要帅千百倍！对了，浅浅，听顾大哥刚才那话，你们俩以前认识啊？"沈妙妙一向自来熟，对帅哥毫无抵抗力。虽然这是她第一次见顾时深，但这并不影响她跟着苏子冉一起亲切地称呼他。

孟浅的思绪被她拉回，视线却不肯从男人渐远的背影上收回。一直注视到顾时深在那几个穿着衬衫和西裤的男人间落了座，孟浅才点了点头："认识……"

顾时深找酒吧老板给孟浅她们仨安排了卡座。在服务生的带领下，三个女生去了距离顾时深他们不远的卡座。

刚坐下，沈妙妙便迫不及待地继续刚才的话题："你们俩怎么认识的？什么时候认识的？怎么从来没听你说过？"

沈妙妙一连串的问题令孟浅招架不及，苏子冉赶紧把她拦下来，嗔怪地瞪了她一眼："现在是说这个的时候吗？"

"江之尧和陈茵……"苏子冉欲言又止。

沈妙妙也终于冷静下来，言归正传："那对渣男贱女呢？怎么没看见他们？"

苏子冉看向不作声的孟浅，却见孟浅一直看向不远处的顾时深他们那边，一副心不在焉的样子，根本就没有听自己和沈妙妙讲话。

"浅浅？"苏子冉唤她。

孟浅这才收回视线："抱歉，我刚才在想事情。"

苏子冉叹了口气："因为江之尧和陈茵，你受了不小的打击吧？不好意思啊，我没能帮你拦住他们，等你赶来抓个现行。"

现在回想起来，苏子冉都忍不住怪自己冲动。她当时就应该悄悄拍了视频发给孟浅，然后等孟浅赶过来亲自"捉奸"的，那就不至于像现在这样,江之尧和陈茵都走了,害孟浅白跑一趟。

"没事,跑得了和尚跑不了庙。他们总归是要回学校的。"孟浅声音沉静,看上去比苏子冉想象中更冷静理智。如此,苏子冉倒也放心许多。

"你后面打算怎么办?"苏子冉试探着发问。

孟浅的视线却又不自觉地转向顾时深那边。他落座的位子与她遥遥相对,借着酒吧里忽明忽暗的灯光,她依稀能看到他的脸。

他们几个大男人在玩扑克,轮到顾时深洗牌。只见他衣袖挽至臂弯,露一截劲瘦健实的手臂,正慢条斯理地摆弄着扑克牌。

其间,似乎有人与他说了什么触及笑点的话,向来严肃、一丝不苟的男人勾了勾唇角,殷红胜血的薄唇如盛开于暗夜的红玫瑰,散发着致命诱惑的气息。

就在孟浅盯着顾时深发愣时,对方似乎有所察觉。他洗牌的动作微滞,低垂的眉眼蓦地抬起,隔空循着孟浅的目光看过来,猝不及防地对上她的眼睛。

顾时深望过来的那一眼,让孟浅心下一慌。她连忙躲闪,心跳如擂鼓,掩饰似的看向苏子冉,沉声回道:"分手。"方才她虽然在看顾时深,但也把苏子冉的话听清楚了。既然江之尧劈腿了,分手是一定的。

"分手是对的。不愧是你啊,浅浅,拿得起放得下。"沈妙妙虽然喜欢过孟浅和江之尧这对情侣,但如今江之尧做出对不起孟浅的事,着实也把她恶心坏了,瞬间觉得自己以前真是瞎了眼。

苏子冉也觉得孟浅决绝的样子有点儿酷,但是分手也只是针对江之尧的打算。

"陈茵呢?"苏子冉觉得一个巴掌拍不响,江之尧和陈茵,谁也不能放过。她甚至想唆使孟浅找人把江之尧打上一顿——反正她哥认识的人不少。江之尧倒是好收拾,但陈茵呢?陈茵是女生,又跟她们同宿舍,处理起来确实有些棘手,她总不能也找人打陈茵一顿吧?

孟浅摇摇头,还没想好。就在此时,苏子冉的大哥苏子玉过来叫她们:"你们几个聊完了吗?时间不早了,该撤了。"

沈妙妙第一个从座位上起来,抢在苏子冉之前回话:"报告苏大哥,我们聊完了。"

这种时候她们就算没聊完,也得说聊完了。苏子冉听沈妙妙回了话便闭上了嘴,随后提议让孟浅和沈妙妙今晚去自己家住,先别回宿舍了。

现在回去,孟浅就得面对陈茵,到时候还不知道会发生什么事,还是先冷静一晚上,好好想想。

沈妙妙自然是乐意去苏子冉家借宿的,孟浅也没意见,于是她们跟着苏子玉他们一帮男人,浩浩荡荡地离开了酒吧。只是最终孟浅和沈妙妙借宿的地点,从苏子冉家变成了距离深大更近的顾时深的公寓,没喝酒的顾时深开车送她们俩过去,把人安顿好再回医院值班。

夜雨弹珠般砸在车窗玻璃上,车内除了"噼里啪啦"的雨声,一片沉寂。

沈妙妙刚才在酒吧里尝了一杯蜜桃味的鸡尾酒,这会儿约莫是酒劲上来了,抱着孟浅的胳膊,靠在她的肩上酣睡。车厢里尚且清醒的,便只剩下孟浅和驾驶座上的顾时深了。

漫长的静谧里,孟浅的心跳一直很快,落在顾时深后脑勺儿上的视线也一直未曾挪开过。

当黑色大G（奔驰G级越野车）在红绿灯路口停下后，车里的寂静被打破了。

驾驶座上，原本心无旁骛地开车的顾时深抬眼从后视镜里看了后排的两个女孩儿一眼，见孟浅似乎在盯着他，眸光微凝。

"在想什么？"顾时深低沉的嗓音温和舒缓。

孟浅的心脏"突突"地跳，她强装镇定："没什么。"她总不能告诉顾时深，她想寻个契机，对他补上一句"好久不见"。

话音刚落，孟浅发觉自己的回答大有把天儿聊死的迹象，便接着问了一句："你什么时候回国的？"

她记得，两年前顾时深离开陶源镇时说过要出国深造，或许以后还会留在国外发展。正因为顾时深这番话，孟浅才认定他们这辈子可能不会再遇见。

没想到造化弄人，顾时深竟然回国了。

"快一年了。"顾时深话音刚落，绿灯亮起。车轮碾过空无一人的斑马线，黑色的车扎进了连绵不断的雨幕里，车内又陷入了寂静中。

孟浅正绞尽脑汁地寻找新的话题，要自然不显突兀，要有趣不能寡淡。就在她仔细地斟酌之际，顾时深先开口了："你在深大念书？"

孟浅愣了一下，思绪慢了半拍："对，深大戏剧影视文学专业，一年级。"

她答得详细而谨慎，顾时深却声音悠扬徐缓，如沐春风："这么说，我早前在深大图书馆里看见的人确实是你。"他当时只匆匆地瞥了一眼，不敢确定，而且她跟前还有一个男生，两个人举止亲热,他也不好折回去。最重要的是,顾时深也不确定孟浅是否还记得自己——毕竟他们只相处过一个月,孟浅对他的印象不见得有多深刻。

思绪回笼,顾时深想起苏子冉录制的那段视频。他知道视频里那个男的是孟浅的男朋友,想到自己好歹也曾是她的半个家教,安慰她道:"视频的事你别太难过,渣男不值得。"

孟浅还在想顾时深几时在学校图书馆里见过自己,蓦然听见他的话,愣了一瞬,眉眼噙笑地轻声道:"我知道,其实我一点儿也不难过。"

她反倒很庆幸——如果不是今晚江之尧和陈茵闹这一出,她可能永远不会知道顾时深是苏子冉大哥的朋友,也永远不会知道他一直就在附近,他们之间其实只隔了一点点距离。

顾时深自然不信孟浅不难过这种话。他虽然没有谈过恋爱,却也见过别人谈恋爱,那些被感情伤害的人,总是喜欢在外人面前装坚强,孟浅应该也是如此。这种时候,顾时深该做的只有假装相信她。

"那就好。"他喃喃一句,不再言语,只专心地开车。


顾时深的住处就在深大东门外的那条小河对面,坐北朝南的独栋公寓临河而立。这地段再好不过,更何况公寓还是一梯一户的平层布局,五室两厅三卫,带超大双阳台,住在这里实乃一种享受。

顾时深将车停在地下车库里,孟浅叫醒了睡着的沈妙妙,两个人跟在顾时深身后进了电梯里。电梯门合上后,酒醒一些的沈妙妙对着电梯里的镜子搓揉着睡得发麻的腮帮子,一边搓一边偷瞧西装革履的顾时深。

见他身如劲松地立在那儿，神情一丝不苟，略显严肃，沈妙妙心里莫名其妙地发怯，那些痴话便没敢说出口。

等电梯到了十五楼，顾时深率先出去，给孟浅她们开了门："进去吧。"

"谢谢顾大哥，那我们就打扰了！"沈妙妙对一梯一户的大平层充满了好奇心，这会儿只想进屋去探索未知的领域。

沈妙妙走在前面，玄关的感应灯随着她的脚步一路点亮。孟浅随后也进了屋，却刻意放慢脚步等顾时深。

起初孟浅以为，顾时深把她们送到后便会离去，一路上都在盘算着找个什么理由留他多相处片刻，不承想他也跟在她身后进了屋。他在鞋柜里拿了两双崭新的男式拖鞋给孟浅和沈妙妙："只有男式拖鞋，你们将就一下。"

"谢谢顾大哥！"沈妙妙欣喜地接过拖鞋，却又像是想起了什么，"顾大哥没有女朋友吗？"不然家里怎么会只有男式拖鞋，没有女式的？

沈妙妙随口一问，却问出了孟浅的心声。孟浅心脏揪紧，下意识地看向换好鞋站在一旁等她们的顾时深。

顾时深似乎没想到沈妙妙会如此直白，冷峻的神情微滞，不过很快调整好状态，迟疑地回答了沈妙妙的问题："没有。"

"竟然真的没有！这不科学！"沈妙妙惊呼，激动得抓住了孟浅的衣袖，"浅浅，你说是吧？这太不科学了！"

顾时深的视线随之落到了孟浅身上，眼神似乎在询问她：他没有女朋友有什么问题吗？为什么她朋友的反应这么大？

孟浅答不上来，只是推着换好鞋的沈妙妙往客厅走，以掩饰自己的满眼喜色。

顾时深带她们熟悉了一下环境。鉴于自己有轻微洁癖,他并没有让沈妙妙和孟浅直接入住他居住的主卧,而是不嫌麻烦地帮她们铺好了主次卧的床。

他家有一间主卧、两间次卧,另外还有一间书房和健身房。顾时深安排给孟浅和沈妙妙的便是带洗手间的主次卧,紧挨着书房,在入户玄关的左侧尽头。

"房间里有洗手间,可以洗澡。公卫也能洗澡,你们自己看着安排。"顾时深替她们铺好了床,便退出了主次卧。

带上房门前,他又补充道:"我准备去煮点儿夜宵,吃完再去医院。你们要吃吗?"

沈妙妙摇头,她在车上时就困了,这会儿只想赶紧洗澡、睡觉。孟浅虽然不饿,但是出于私心,还是冲顾时深点了点头。

顾时深退出了房间,体贴地为她们带上了房门。

刚刚还强打精神的沈妙妙顿时跟泄了气的皮球似的,往大床上一倒,四肢伸展,忍不住喟叹:"真是小说男主角照进现实啊!人帅得惨绝人寰也就算了,一个人住的房子居然这么大。最重要的是,帅哥不仅有钱有颜,还会铺床做饭……而且还是单身!"

"浅浅,你说,顾时深是不是照进现实的小说男主角?"沈妙妙念叨完,撑着身子从床上坐了起来,急切地想要从孟浅那里得到认可,便眼巴巴看着孟浅。

若是平日,孟浅定是一笑而过,催沈妙妙赶紧去洗澡。这一次,孟浅却挨着她坐下,两只手搭于膝盖上,认真地思忖了很久,才点头附和她道:"确实是,他是我见过的最优秀的人。"

孟浅恳切的评价惹来沈妙妙睁大眼,满目惊愕。记忆里孟浅可从来没有如此兴致盎然地与她讨论过哪个异性,更别说对其毫不吝啬地夸奖了……这也太诡异了。

"我突然有点儿好奇了……"沈妙妙喃喃道,偏头将脸探到孟浅眼前,"你和顾大哥到底是怎么认识的?你怎么如此欣赏他?难不成他除了长得帅又有钱,还有什么别的我不知道的优点?!"

孟浅嗤笑,食指压在沈妙妙的眉心上,将她的脸从眼前推开:"行了,别八卦了,赶紧去洗澡吧。你不是困吗?"

"你呢?去外面的公卫洗吗?"沈妙妙确实困倦难当,见孟浅站起身便多问了一句。没想到孟浅却说:"我去厨房看看有没有需要帮忙的,你去洗吧。晚安。"

沈妙妙明了地点点头,又觉得哪里不对劲。奈何困意上涌,脑子都变得迟钝了,她便没再深想,只目送孟浅出门去。

孟浅带上主次卧的房门后,握着门把手深吸了一口气。一想到接下来要和顾时深独处,她心里就莫名其妙地躁动、紧张。片刻后,她才松开了门把手,沉心静气地转身,顺着走廊穿过玄关,往餐厅的方向去。

顾时深家的厨房邻近餐厅,餐厅和厨房的阳台是相通的,风吹雨斜,阳台外沿湿了一条直线。屋里冷白的灯光照出去,将湿润的地面映得反光。

孟浅悄声走到厨房时,顾时深已经把速冻水饺倒进了沸腾的水里。他背对孟浅,西服外套已经脱了,只穿了一件黑色衬衫,衬衫衣摆塞在裤腰里,将男人宽肩、窄腰、大长腿的身材优势全然凸显出来。

孟浅的视线落在顾时深宽阔的后背上,思绪有些游移——她依稀记得,当初他曾背着她沿着陶源镇的河岸,在夕阳余晖里慢悠悠地回家去。

如今回想起来,她竟觉得那个场景美好得有点儿不真实。

"小孟同学。"低沉却穿透力极强的男声破空唤回了孟浅的神思。她涣散的目光重新聚焦,与厨房里回身看着她的顾时深的目光对上了。

孟浅默默站直了身体,纠正道:"我已经不小了。"

或许16岁的少女和24岁的青年看起来差距很大,站在一起也会让人觉得违和,但18岁的孟浅和26岁的顾时深站在一起应当是般配的。毕竟两年的时间里,孟浅已经退去了少女的稚气,是个成年人了,模样已经彻底长开,是一只成功地破茧的蝴蝶,再也不是顾时深眼里的高中生。

孟浅的话令顾时深困惑了几秒。随后他明白过来,勾了勾嘴角:"那我以后叫你的名字。"

孟浅很满意。她进了厨房里,走到了顾时深身边,探头往锅里看。顾时深见状,后知后觉地询问她:"玉米白菜猪肉馅儿的饺子,可以吗?"

孟浅弯唇,偏过头,开玩笑地审视他:"要是不可以,你要给我做别的好吃的吗?"

她噙着笑,眉眼弯弯,自重逢以来,还是第一次在他面前露出俏皮的一面。

有那么一瞬,顾时深似乎看见了16岁时的孟浅——朱唇皓齿、明艳动人,有时内敛害羞,动不动就脸红;有时又活泼搞怪,恬不知耻。

重逢后一直萦绕于他们两个人之间的那种陌生感和隔阂，似乎在这一刻轰然瓦解了。

顾时深鬼使神差地伸了手，撸猫似的摸了摸孟浅的脑袋，向来冷肃的脸上流露几分宠溺，连语气都颇为无奈："当然。所以到底可不可以，小孟……"男声忽顿，随后在孟浅盈盈美目的注视下，顾时深生硬地改了口，"孟浅……同学？"

孟浅眼睛成线，目光充满威胁："去掉'同学'，重来一遍。"

顾时深瞬间如临大敌，表情僵硬，从未觉得改口这么难："孟浅……"

"继续，多巩固几遍。"

顾时深："孟浅……"

一遍。

"孟浅。"

两遍。

"孟浅。"

三遍。

"嗯。"孟浅应了他，眉眼终于舒展开，渐渐笑成月牙儿状，"欢迎回来，顾时深。"


吃完夜宵后，顾时深便准备离开。孟浅将他送到门口，却又忽然想起了什么，叫住他："等一下。"

话音刚落，见顾时深停下狐疑地回头看来，她没来得及解释，匆忙地跑去了主次卧，拿了手机出来。随后在顾时深的注视下，她把自己微信加好友的二维码倒腾出来，递到他面前："既然重逢了，加个微信好友吧，以后……多联系。"

顾时深看了她一阵子，又垂眸看着她的手机。他似乎没有什么可犹豫的，更没有拒绝的理由，毕竟两年前，他在陶源镇逗留的那一个月一直都住在孟浅家的民宿里，和孟浅同处一个屋檐下，抬头不见低头见，关系自然不算差。更何况他还辅导过孟浅的学习，而孟浅也给他当过向导，带他逛遍了陶源镇。

一个月的相处时间不算长，如果不是这次机缘巧合地重逢，他们也只不过是彼此生命中的过客。但那一个月的时光对于顾时深而言，确实是前所未有地自在快乐。

所以一向很少添加异性微信好友的顾时深，只犹豫了几秒便从裤兜里摸出了手机。

"回屋吧，早点儿休息。"互加微信好友后，顾时深收起了手机。

他想起了什么，额外对孟浅说了一句："冰箱里有啤酒和甜品，心情不好的时候……它们都是很好的调剂品。"

孟浅看着他，神情有些茫然。顾时深却没再多说什么，只用眼神示意她赶紧回屋去，然后转身头也不回地进了电梯里。

孟浅回卧室时，沈妙妙早已经睡熟了。

夜色已深，平日里这个时候，孟浅早就进入了梦乡。但今晚她的精神头出奇地好，洗完澡出来，她更是连最后一丁点儿困意都没有了。

偌大的房子里静谧无声，孟浅借着手机微弱的光去了客厅。她不困，翻来覆去地睡不着，索性起来去翻一翻顾时深的微信朋友圈。

顾时深的微信头像很符合他本人一贯冷淡沉稳的气质，是一片漫无边际的、墨染般的夜空。

她点开头像大图，才隐约能看见一颗藏在云里光芒微弱的星星。一颗暗淡孤独的星星被浩瀚的夜色吞没，弱小可怜又无助。

孟浅没有给顾时深添加备注，因为他的微信名很好辨认——S深。

他的朋友圈很干净，似乎平日并没有什么事情值得分享。最新的动态还是一年前的，简简单单的一行字："玉深动物医院今日开业。"下面配一张剪彩时的合照，照片里有顾时深和苏子玉，他们站在中间。

再往下，就只有一些风景照——日出、日落，甚至是阳光从树叶的缝隙里洒落的意境照，有一种孤寂的美。

孟浅直翻到底部，看完了顾时深朋友圈里所有的动态，最早的一条可以追溯到两年前。

令孟浅欣慰的是，顾时深朋友圈里第一条动态是两年前他在陶源镇小住时发布的，内容是陶源镇一年一度的陶瓷展。

那时候微信尚未普及，孟浅也只是一个高中生，用的还是老爸淘汰下来的按键手机，功能仅限于打电话、发短信，最多再登录一下QQ。

她和顾时深交换的联系方式只有手机号，但后来顾时深离开了陶源镇，似乎更换了手机号。孟浅后来换新手机想要把新号码告诉他时，对方的号码已成空号。

现在想来，那时候的她对于顾时深而言，可能真的只是一个萍水相逢的过客。他应该一早就想好了，离开陶源镇后便不再跟她有任何联系。又或者，他只是把她当成一粒遗落在角落里的尘埃，所以他才会在更换手机号时也没想过告诉她一声。

虽然顾时深的不在意令孟浅感到些微难过，但她可以理解，也能想通。

毕竟对于顾时深而言,她那时候就是一个 16 岁的小丫头,他从不知晓她对他藏着什么心思。

时间分分秒秒地流逝,已经凌晨 2 点多了,孟浅回到了卧室。她想了想,还是得睡觉,这样才能养足精神,待回学校后处理江之尧和陈茵的事。

第三章
# 分手快乐

一夜好梦，孟浅醒来时，窗外晨光熹微。沈妙妙一如既往地喜欢睡懒觉，还没醒——尤其是周末，如果没人打扰她，她能一觉睡到中午饭点。

如果是平日在宿舍里也就罢了，孟浅肯定任由沈妙妙睡到自然醒，但她们现在是在顾时深家里，总不好让她赖床赖到大中午。于是，孟浅洗漱完，便把沈妙妙从被窝里扯起来了："先起床，等回到宿舍你再补觉行吗，姑奶奶？"

"呜呜呜……浅浅，我恨你……"沈妙妙虽有一百个不情愿，但架不住孟浅再三催促，实在睡不下去了，便拖着困倦的身子去了洗手间。

等她从洗手间里出来时，整个人已经清醒许多了。卧室里已经没了孟浅的身影，沈妙妙只看见被自己睡得皱巴巴的床单已被整理得平整，连被子都被叠好了。

除此之外，外面客餐厅和厨房的卫生清洁孟浅也没落下，顾时深这房子看着比她们昨晚来借宿时还要干净明亮。

"我的亲娘，浅浅，你怎么如此贤惠？"沈妙妙挠挠脸颊，既惊讶又感慨，"以后谁娶了你，简直就是八辈子修来的福气。"

孟浅被逗笑了："没办法，谁让我爸是开民宿的？"在家里时，她都会帮爸爸收拾、布置房间，所以这些对她来说都是小菜一碟。

沈妙妙会意地点点头，却又忍不住盯着孟浅。不知为何，她总觉得从昨晚开始，孟浅就变得有点儿不一样了，仿佛性子更活泼了些，少了几分平日里的冷艳感，多了几分古灵精怪，连说话都比往常风趣。

"浅浅，你没事吧？"沈妙妙忍不住担心，认为孟浅这翻天覆地的变化可能和江之尧劈腿陈茵有关——恐怕孟浅是受了天大的刺激，才变成现在这样的。

孟浅未能察觉她话里的深意，只浅浅一笑："没事啊，我能有什么事？"

"你收拾好了吗？收拾好了我们就走吧，去小吃街吃个早餐再回去。"孟浅说话间，已经往玄关那边去了。

沈妙妙欲言又止，最后什么也没说，乖乖地跟上她，只是出门时忽然想起这房子的主人来。

"顾大哥怎么没回来？他们动物医生这么辛苦吗？值班到现在都还没下班？"沈妙妙嘀咕着，眼见着孟浅带上了入户门。

随后她们俩一起到电梯口等电梯。孟浅看了眼手机上的时间——九点半。虽然她也不清楚顾时深他们医院的工作时间，但大概能猜到，顾时深说去医院值班应该只是借口，八成是为了避嫌才找借口离开，不与她们两个女孩子同住在一个屋檐下。

所以他应该不会这么早回来，而且他怕是也不好问她们什么时候离开，便决定今天一整天都不回家吧。

想到这里，孟浅在微信上给顾时深发了第一条消息："我和妙妙回学校了，感谢收留。"

收到这条消息后，顾时深应该就会考虑回家了。孟浅发完消息便把手机熄屏了，没想过顾时深会回复自己，毕竟她和他现在的关系，或许连朋友都还算不上。

结果等她和沈妙妙过了桥，走到学校东门外的小吃街时，她的手机响起了微信提示音。她惊诧片刻，趁沈妙妙给苏子冉打电话时，小心翼翼地查看了消息。

S深："回去的路上注意安全。"

孟浅心动神驰，立刻回了一句："收到！"

S深："我先去忙了。"他还发了一个摸头的表情。

孟浅回了一个星星眼摇尾巴的卡通猫猫表情包，狠狠地卖萌一通。顾时深没再回她消息，大概真的去忙了，又或许只是找了个借口结束与她的对话。

"浅浅，你看，那是不是江之尧？"沈妙妙已经打完了电话，声音拉回了孟浅的思绪。

孟浅微抬视线，顺着沈妙妙指的方向看过去，看见了在小吃街街口的那家早餐铺子前排队买早餐的高个子男生。那个人的确是江之尧，与他一起的还有他的室友张凡、孙彦。

孟浅刚要叫江之尧，他买完早餐从队伍里退出来，也恰好侧头看见了她。

两个人对上视线的瞬间，江之尧神色一慌，随后转身大步离开。沈妙妙见状，连忙扯着嗓子喊他。结果江之尧立马跑了起来，头也不回，连和他一起的两个室友也都跟见了鬼似的飞快地跑走。

沈妙妙："什么玩意儿，他跑什么？"

孟浅也不理解，江之尧在想什么？他想故意躲着她吗？

"算了，先不管他。"孟浅拉住了摩拳擦掌的沈妙妙，示意她先去吃早饭。反正大家同在一所学校，跑得了这次，跑不了下次。她们犯不着为了一个江之尧，连早饭都不吃了。

沈妙妙见孟浅如此淡定，不免心生佩服："浅浅，你到底是怎么做到的？我要是你，现在肯定吃不下、睡不着，非得把这口气出了不可。"

"干吗要为了一个渣男茶饭不思？做错事的又不是我，我为何要惩罚自己？"孟浅轻描淡写地说完，拉着沈妙妙去早餐铺子排队。

被她的两句话搅乱思绪的沈妙妙蒙了，好半晌才醍醐灌顶地叹服道："你这么一说，还真是挺有道理的。要是这世上所有被辜负的女生都有你这份觉悟就好了。"

孟浅但笑不语。她没告诉沈妙妙，所谓有觉悟，不过是因为她从未对江之尧付出过真心罢了。

换作顾时深试试，她定不能如此泰然处之。

昨夜的雨断断续续地下到天明。雨停后，晨光初现，地面才慢慢晾干。

上午10点的光景，风吹散了浮云，阳光普照，如千丝万缕的金线，穿过茂林密叶的缝隙，洋洋洒洒地铺了一地光斑。

孟浅和沈妙妙买了早餐，从深大东门进校，经过一排香樟树，不久便到了巾帼楼。进入公寓大楼时，沈妙妙来回看了孟浅好几眼，想着一会儿回到宿舍，要是看见陈茵，孟浅会不会跟陈茵打起来，要是她们俩真的打起来了，她一个人能不能拉住，也不知道苏子冉什么时候才能赶回来。

就在沈妙妙忧心忡忡之际，电梯到了。孟浅率先进去，脸上恢复了平日的淡然，冷艳逼人。同进电梯里的还有其他宿舍的女生，大家看孟浅的眼神和平日没什么差别。

沈妙妙猜想：江之尧劈腿的事应该还没有在学校里传开。

电梯到三楼，孟浅提醒了沈妙妙一句，第一个出去。随后两个人很快到了305宿舍门口，仍旧是孟浅在前，沈妙妙在后。

"浅浅……"沈妙妙小声开口，扯了扯孟浅的衣角，"冉冉已经在赶回来的路上了。你答应我，一会儿先别和陈茵打起来，成吗？"

孟浅偏头对上沈妙妙担忧的视线，顿时哭笑不得，内心一阵无语：她什么时候说要和陈茵打架了？

"你就别瞎操心了。"孟浅说着，拿钥匙打开宿舍门。

门开的那一瞬，一阵风从阳台那边灌入，扑面冲向孟浅和沈妙妙。两个人衣发飞舞，凌乱了一瞬。风止后，宿舍里寂静无声。

孟浅先看了一眼陈茵的床位。她的床帘拉得严实，不透光，看不清里面的情况。但沈妙妙和孟浅都知道，她肯定在床上。因为她的床帘平日都是敞开的，被子、枕头叠放得比任何人的都整齐。

而且陈茵和孟浅一样都不是深市本地人，除了宿舍也没地方去。发生了昨晚的事情，想来她也没心思去图书馆。

沈妙妙一个箭步过去，气势汹汹地拉开了陈茵的床帘。陈茵果然在床上，面朝外侧正在睡觉，但沈妙妙一眼看出陈茵在装睡，因为她的睫毛在动，抓着被角的手也用了力气，明眼人都看得出来。

于是沈妙妙回头冲孟浅使了个眼色，孟浅会意地上前，屈指敲了敲陈茵的床栏:"别装了,起来和我谈谈。"

沈妙妙没想到孟浅竟能如此心平气和,再看陈茵,眼皮动了动,仍是不肯睁开,似乎打定主意要装到底。

正当沈妙妙的暴脾气快压不住时,孟浅继续说道:"敢做不敢当,可不像你的风格。你要是再不醒,我不介意把那段视频发到网上去,让全校师生共赏。"

话音刚落,床上装睡的陈茵猛地睁开了眼睛。她又羞又恼,阴沉地看了孟浅一眼才坐起身,一言不发。

沈妙妙撇了撇嘴角:"什么态度啊?不知道的还以为是浅浅对不起你呢,自己做了见不得人的事,还怕被人知道不成?"

陈茵翻身下床,冷着脸,憋红了眼圈。可见她确实被沈妙妙的揶揄气到了,偏偏又没理,不能顶回去。

陈茵有多玻璃心,宿舍里其他几个人都是知道的。

军训结束前最后的活动,大家投票选表演节目的人。当时陈茵的呼声很高,她还背地里精心地学了一支舞,打算在活动上大放光彩来着,没想到最后以一票之差落选。后来她还为此偷偷哭过鼻子。

这件事孟浅并不知情,是沈妙妙和苏子冉偶然看见的。为了不让陈茵丢面子,她们便谁也没跟别人说。

但自那以后,陈茵的品性她们也算有目共睹,往后相处过程中更是日渐显著,这便是沈妙妙不待见陈茵的原因。之前沈妙妙一直声称是气场不合,也没当面指责过陈茵什么,但这次发生了这么大的事,沈妙妙实在是忍不住了。

若是视频里出现的是别的女生也就算了,偏偏是陈茵。她明知道江之尧现在是孟浅的男朋友,还做出和他激吻的事情来,这不是成心想硌硬人吗?

"你想谈什么?"陈茵单刀直入,目光看向孟浅,顿了顿,接着说道,"谈可以,但只能我们俩单独谈。"

沈妙妙气笑了:"干吗单独谈啊?你是不是就看浅浅好欺负?"

她刚想劝孟浅别听陈茵的,孟浅却先一步答应了:"好,单独谈。"

沈妙妙气结,就想问孟浅是不是傻,但看孟浅稳重淡然的神情,还是把话憋了回去,并在孟浅的眼神示意下转身往宿舍外走:"我去看看冉冉到了没。"

走到门口,沈妙妙又不放心地回头看向孟浅:"浅浅……要是有什么事,记得给我打电话。"说着,沈妙妙意有所指地看了陈茵一眼,似乎怕陈茵做什么伤害到孟浅的事。

孟浅朝沈妙妙点点头,给了她一记安心的眼神,她这才放心地离开。

宿舍的门被带上后,室内沉寂无声。下床后的陈茵去了一趟洗手间。她出来时,孟浅就在洗手间门外的阳台上,抄着手,一副没骨头的样子,懒懒地靠着栏杆。

一看见陈茵回来,孟浅便开门见山:"为什么那么做?你有没有想过那么做的后果?不管怎么说,接下来四年的时间,我们都要同处在一个屋檐下,你就不怕今后跟我相处会很尴尬?"

孟浅很平静,语气淡淡的,仿佛在和陈茵聊家常。陈茵对此深感意外,并且心里有些发怵,总觉得孟浅这是暴风雨前的平静,是想削弱她的警惕性。

陈茵回道:"我有什么好怕的?就算没有这件事,我在宿舍里的处境不也一直都很尴尬吗？你多有能耐啊，军训那会儿就和苏子冉、沈妙妙抱团儿，故意排挤我，现在又何必假惺惺地跟我说这些？"陈茵冷嘲热讽，夹枪带棒，没有哪个字是孟浅爱听的，但孟浅还是继续听她把话说下去。

"我背着你参加联谊会，和江学长接吻是我不对，但一个巴掌拍不响，你懂不懂？你不敢去找江之尧，就只敢来找我，是不？"陈茵冷笑了一声，扫了孟浅一眼，别开脸去。

"谁说一个巴掌拍不响了？不如我打你一巴掌试试，看看响不响？"孟浅扬手，作势要打下去，吓得陈茵后退了半步，闭上眼睛挡住脸。

但那巴掌最终并没有落在陈茵的脸上，孟浅只是吓吓陈茵罢了。为江之尧劈腿这点儿破事打人，孟浅还没那么没品。

"知道怕就对了。"孟浅放下手，靠回栏杆上，不疾不徐地接着道，"小三行为不可取，我希望你记住。以后别再做一些给我们陶源镇和陶源一中丢脸的事。"

说罢，她顿了顿，似乎又想起什么："江之尧我自然会去找，这个你不用担心。我会跟他分手。至于那段视频……我不会放到网上，但会一直保存。如果你不想身败名裂，接下来的四年里最好安分一些，别做什么惹我生气的事。"孟浅最后几句话说得有些阴沉。

在陈茵看来，孟浅笑着威胁自己的样子就像电视剧里那些坏事做尽的蛇蝎美人，极其恶毒可恨。她怨愤地瞪着孟浅，紧咬嘴唇，气得脸上的皮肉都在抖，却又不敢对孟浅做什么，只能打碎门牙往肚子里咽。

看着陈茵一副"看不惯又干不掉"的愤恨交加的模样，孟浅勾了勾唇角，眼神冷淡地瞥过陈茵，缓步回了屋。

接下来，她该去找江之尧谈谈了。

孟浅回到室内时，沈妙妙和苏子冉恰好从外面进来。看见她和阳台那边脸色不佳的陈茵，两个人对视了一眼，最终还是沈妙妙捏着嗓子小声地问孟浅："你们……谈完了？"

询问时，她将孟浅上下左右打量了一番，确定孟浅身上没有伤痕，这才松了口气。得到孟浅肯定的回复后，她又去阳台那边看了一眼陈茵。

陈茵似乎只是精神上受了点儿创伤，身体上连根头发丝都没少。见到沈妙妙，陈茵一撇嘴，没什么好脸色。

如今苏子冉和沈妙妙都回宿舍了，陈茵继续待在宿舍里，很难与她们心平气和地相处。再加上想起刚才孟浅警告她的那番话，她麻利地收拾了一下东西，出门了。

陈茵一走，沈妙妙和苏子冉默契地看向已经在自己书桌前落座的孟浅。前者忍不住内心强烈的八卦欲："浅浅，你们都聊什么了？就这么让陈茵走了真的好吗？"

孟浅把因为没电而关机的手机充上电，才侧头看向凑过来的沈妙妙和苏子冉："也没什么，就是跟她确定了一下情况。"把该说的当面说清楚，总好过回头陈茵在外面说孟浅冤枉她。而且进屋之前，孟浅还顿住脚，回头问过陈茵能不能把江之尧约出来。可惜陈茵根本不肯配合，似乎怕孟浅想玩什么花招儿，想要迫害她和江之尧。

没办法，孟浅只好将充上电的手机开机，一边翻通讯录，一边接着对苏子冉和沈妙妙道："俗话说，女人何苦为难女人。这件事主要责任在江之尧，就算要打要骂，我也应该冲着他去，是不是?"孟浅说完,勾着唇角似笑非笑,完全一副安之若素的样子,仿佛正在和她们聊的不是自己的事。

见孟浅心里早就做好了打算,似乎也没人能够更改她的心意,苏子冉和沈妙妙都默契地没再多话,只旁观孟浅给江之尧打电话。

第一次孟浅打过去,"嘟"声一直响到结束,电话也没被接通。

孟浅接着打,直到第三次拨过去时,冰冷的语音提醒她对方已关机。

"江之尧那个渣男,这是铁了心要躲着你了?"沈妙妙都替孟浅感到生气。

苏子冉拧眉,抄手靠在了孟浅的衣柜门上:"他躲你做什么?莫非不想跟你分手?"

孟浅若有所思,想起不久前在小吃街上江之尧看见她跟见了鬼似的表情,认为苏子冉的怀疑有些道理。

但分手这件事,她心意已决。江之尧就算躲她一辈子,也改变不了分手的事实。思及此,孟浅给江之尧发了微信:"你和陈茵的事我已经知道了。收到消息后给我回电话,我们当面谈谈。

"一味地逃避是解决不了任何问题的。你要还是个男人,就别躲着我。

"你们俩的视频在我手里。我给你三天时间,如果你还是不肯直面我,我会把视频发到网上,单方面跟你结束一切关系。"

孟浅仍旧拿视频说事,试图威慑江之尧,逼他见面。

毕竟分手这种事,还是双方当面说清楚比较好,这样能省去日后不必要的麻烦。所以她耐着性子给江之尧发微信、发短信,以确保他能看见消息。

但孟浅低估了江之尧的厚脸皮。尽管孟浅以视频要挟,他仍旧不为所动，始终像只缩头乌龟似的，躲着不见她。

就这样你追我逃地拉扯了三天，孟浅终于在周三这天晚上，在男生宿舍须眉苑门口堵到了江之尧。这一切还得感谢沈妙妙。要不是她跟她哥沈叙阳软磨硬泡，孟浅怕是也很难知道江之尧的行踪。

春季已至末尾，深市的气温悄然上升，已有入夏的趋势。

周三这天晚上，天空忽然轰鸣，春雷滚滚，一场雨生生又把近日升上来的温度降了下去。

孟浅下楼时，雨已经"滴滴答答"地下了起来，地面很快被淋湿。她折回宿舍拿了伞，这才正式出门。

连绵的雨打在透明雨伞的伞面上，一道道水痕蜿蜒而下，在伞沿成了雨幕，将伞下的孟浅围得严严实实。

孟浅撑着伞等在须眉苑1号楼门口。她身后是一片樱花林，紧挨着乒乓球场，而樱花林和乒乓球场旁边就是女生住的巾帼楼。实际上，男生公寓和女生公寓之间的直线距离并不远。

晚上9点多，江之尧和室友张凡、孙彦去小吃街买夜宵。

三个人刚撑着伞从须眉苑1号楼出来，便一眼注意到了在路边那丛万年青前站立的倩影。雨幕繁密，如纱如雾地笼着女生。她侧身站在透明的雨伞下，白裙白鞋，像一朵白栀子花，淡雅娴静、超凡出尘。她的身姿倒是平白为这个令人心烦的雨夜添了些意境。

张凡看着她，那些抱怨大雨天还要陪江之尧出门的话一时间竟说不出口了，心里前所未有地感到宁静平和。

就在他们好奇女生是谁，想绕到她跟前看看正脸时，女生似乎也注意到了他们，将雨伞抬了抬，在他们走近时露出真容来。

江之尧隔着雨幕看清伞下的孟浅时，第一反应是转身，跑！

可惜孟浅有了前车之鉴，这次反应比他的反应快，已经三步并作两步上前，抓住了他的一只胳膊。因动作幅度大，她手里的雨伞甩出一片雨，洒了江之尧一身。

他被抓住了胳膊，试图挣脱。没想到孟浅抓得比他想象中的使劲许多，他第一次竟没能挣开。

随后，孟浅随机应变，知道自己的力气肯定不如男生的大，便主动松开他的手，绕到他面前，伸手拦住他的去路。

密密的雨里，孟浅的声音极具穿透力："江之尧，你个孬蛋，我瞧不起你！"

雨声嘈杂，孟浅不得不拔高分贝，那两句话几乎是喊出来的。撑着黑色的雨伞、被她拦住去路的江之尧当即愣住了，神情微凝，俊脸忽明忽暗，脸色别提多难看。

虽然孟浅这几天一直在给他发微信、短信，内容和她刚才所说的大同小异。但不管是微信还是短信，她都是用文字向江之尧表达不满的，所以看见那些消息时，他还能假装没看见，多看几次也就麻木了。

可现在，孟浅当面喊话。她说这些话时冷漠的神情以及字句间夹杂的盛怒，都清晰无误地传达给了江之尧。他再也无法无视她的话，心脏像是被一把看似并不锋利的刀狠狠地刺了一下，钝痛难忍。

江之尧躲了孟浅这么些天，心里一直乱糟糟的，连自己都不知道自己这是怎么了——不就是被现任女友抓包他和其他女生暧昧吗？以前又不是没有过这种事，出了事，他以往的女友要么装作不知道，睁一只眼闭一只眼，要么找他哭闹，闹得他心烦意乱，受不了提分手。

　　这又不是什么天塌下来的大事，思来想去，江之尧都认为自己没有任何理由躲着孟浅。她若是和他以往那些前任一样哭闹，他便如实跟她解释就好。他就说那晚和陈茵……是酒精作祟，而且是那个叫陈茵的主动招惹他的。她若是要分手，那分手就是，反正他身边从没缺过女人。

　　这些心理建设，江之尧早在事发当晚被苏子冉拍了视频后就做好了。但第二天上午，他真在东门外的小吃街遇上孟浅时，心里却没来由地怕了。

　　当时江之尧只觉得自己脑袋一空，第六感告诉他，孟浅那样一副淡然的神态，说明她不会找他哭闹。她若是来找他，那必定是来跟他提分手的。

　　这个念头在他心里浮现后，他下意识的反应就是逃跑，他不想面对孟浅，不想听她提分手……

　　孟浅不是江之尧以往交往过的那些女生。在他们俩交往期间，她一直都很理智。江之尧能猜到，她定然接受不了他任何意义上背叛她的行为。

　　如今终究还是被她抓住了，他再也没办法继续装聋作哑地躲下去。于是江之尧闭了闭眼，沉下脸色，低声回应了孟浅："你不就是想分手吗？"

　　见孟浅没有否认，江之尧侧头扫了一眼旁边的张凡和孙彦。在他不耐烦的逼视下，那两个人麻溜儿地离去，头也没回。于是1号楼门前的柏油小道上，就只剩下孟浅和江之尧两个人相对而立，视线于伞下悄然相接。

　　"你确定要跟我分手，是吗？"江之尧绷着俊脸，神情冷硬，没等孟浅回答,又补充道,"孟浅,你最好想清楚一点儿。除了分手,这件事或许……"

"我已经想得很清楚了。我确定要跟你分手。"孟浅打断了他的话。"或许"后面的内容,江之尧没来得及说出口。

他整个人都被神色淡然、目光平静的孟浅惊愣了。她斩钉截铁地说分手,眼里对他半分留恋都没有。这让江之尧炙热的内心瞬间冰凉,有种被人迎头浇了一盆冰水的感觉,冻得心里一阵刺痛。

但他并没有将心里的感受表现在脸上,只是看着孟浅,忽然笑出声来。笑过之后,江之尧冷下脸,桀骜地扬了下眉毛,往前走了半步,忽然靠近孟浅,脸上没有半分歉疚。

见孟浅仍旧波澜不惊,甚至对自己带着浑身戾气靠近视若无睹,江之尧气不打一处来。他抬起没撑伞的那只手,用食指重重地戳在孟浅瘦削的肩膀上:"分就分,谁不分谁是孙子!"他一字一顿,咬牙切齿,戳着孟浅薄肩的力道也不轻,戳得孟浅肩膀生疼。

孟浅欲避开,不与江之尧一般见识,却听他接着道:"孟浅,你也太把自己当回事了,真以为我爱惨你了,舍不得跟你分手?"

江之尧冷笑,食指仍用力地戳着她,似乎没完没了了:"实话跟你说吧。老子追你,是因为他们说你很难追,结果也不过如此。分了正好,我正愁找不到理由甩……"

江之尧话没说完,他戳在孟浅肩膀上的食指蓦地被她抓住。孟浅使了所有的力气,掐着他的指尖,直掐得他脸色变紫,吃痛惊呼。

就在对方脸色大变,痛得五官皱成一团时,孟浅神色平静地松了手,又挥了他一巴掌。

"啪"的一声,江之尧当即被打蒙了。

孟浅沉着脸,忍着肩膀难消的痛感,漠然地退开,鄙夷地瞥了男生最后一眼,声音隔着雨幕染了薄怒:"傻玩意儿,话真多。"

江之尧听了一愣,没等他反应过来,孟浅已经撑着伞越过他,头也不回地走了。

被雨淋湿的柏油道又被道路两旁暖橘色的灯光笼上一层温柔的薄纱。

孟浅沉着脸离开,一边走,一边将雨伞换到另一只手上,腾出手来揉了揉被戳疼的肩膀。没想到江之尧会那么用力,戳得她肩膀的骨头都疼了。所以她才没忍住,骂了脏话不说,还打了他一巴掌。

熟悉孟浅的人都知道,她一向宽以待人,性情温和。能把她惹到这个份儿上,江之尧也算独一份儿了。

想到这儿,孟浅在一丛万年青前停下,将雨伞架在肩上,用胳膊压着伞柄,好腾出手来拿手机发朋友圈。

她极少发朋友圈,这次也只是发了短短的四个字:"分手快乐"。

这四个字的意思非常明确,却让熟悉她的人感到费解。

或许这个时候,大家正好都在逛朋友圈。孟浅刚刚发布动态,还没来得及退出界面,便有了好几条回复。

沈妙妙:"分手快乐!等你回来我们庆祝一下!"

时淼:"你姐什么时候谈的恋爱?怎么没人通知我@孟航?"

孟航回复时淼:"有没有可能我也不知道?"

…………

沈妙妙是第一个评论的,后面还有孟浅的闺密时淼,以及孟浅那个常年不着家的弟弟孟航。除他们以外,还有班里其他同学,其中追问孟浅和江之尧分手缘由的居多,安慰她的也不少。

但这些人的回复、点赞都不是孟浅想要的。她发这条朋友圈的目的是让顾时深知道她现在是单身状态,她也暗暗期盼着顾时深能够看见这条动态,对她说点儿什么。

可惜孟浅并未能如愿。她轻叹了一口气,将手机锁屏,暂时不想处理那些回复。就在孟浅心情低沉地经过桃林时,她接到了苏子冉的电话。

"浅浅,你还好吗?"苏子冉的话里透着关切,她似乎很担忧孟浅眼下的状况,"你回来没?到哪儿了?要不要我和妙妙去接你?"

孟浅淡笑了一声,安抚她的情绪:"我没事,很快就回去了。你们别出来,外面还在下雨。"

苏子冉沉默了片刻,终于问出了心中的疑惑:"那你怎么突然发朋友圈了?"

据苏子冉了解,孟浅平日里事事低调,很少在公共平台透露自己的近况,包括生活、学业、感情……那句"分手快乐"根本与她平日的人生态度大相径庭。所以苏子冉在听沈妙妙提到这件事时,便心生担忧,怕孟浅是在和江之尧谈分手的过程中受了什么刺激。

"我只是……心血来潮。"孟浅艰难地开口。虽然理由比较敷衍,但苏子冉信了。

苏子冉最后在电话里催促孟浅赶紧回去,还说自己和沈妙妙点了外卖,备了些啤酒和下酒菜,等孟浅回去,庆祝孟浅"脱离苦海"。

孟浅应下了,挂了电话便加快了脚步。没想到她才走出两步,便有一只通体漆黑的猫从桃林里蹿出来。

孟浅被黑猫拦了路,停下了脚步。

"喵——"黑猫浑身被雨淋湿,看上去很是狼狈,但它那双在路灯下泛着黄绿幽光的眼睛炯炯有神,眼神坚毅。

"喵——"它又冲孟浅叫了一声,粗犷的声音浑厚有力,又像是在祈求什么,尾声哀戚。

孟浅原本被忽然蹿出来的黑影吓了一跳,等看清那只黑猫后,她走近了一些:"如墨?你怎么跑到这儿来了?"如墨是孟浅给黑猫起的名字,它是另一只白猫似玉的丈夫。孟浅每到周末去须眉苑后面的小公园里给流浪猫们投食时,都会和如墨、似玉打照面。

一回生二回熟,现在学校里那些流浪猫见了孟浅都会主动地靠近她,对她很是亲昵。但孟浅最喜欢的流浪猫就是似玉——那只毛发纯白如雪、圆圆的眼睛蔚蓝如一汪海洋的白猫简直就是猫中公主,其美貌不仅俘获了许多公猫的心,也俘获了孟浅的心。要不是学校明确规定宿舍里不许养宠物,孟浅早就把似玉带回宿舍正式收养了。

那只漂亮的白猫似玉连叫声都是娇滴滴的,很惹人怜爱。

让孟浅没想到的是,不过一个寒假的时间,等她开学返校时,似玉已经怀孕了,它身边也多了这只叫如墨的黑猫。

虽然孟浅因为似玉意外怀孕的事对如墨心有不满,但还是秉着爱屋及乌的理念,开始亲近、接纳如墨。不久前,她还带着江之尧给似玉、如墨造了一个小窝,就是希望似玉在临盆时能够有个遮风挡雨的地方。

"喵——"如墨又望着孟浅叫了一声,然后越过她往她身后跑,跑出两步又停下来继续叫,眼神越来越急切。

孟浅见状没再多想,转身跟上如墨,一路小跑着去了须眉苑后面的小公园,很快便找到了如墨和似玉的小窝。只是窝里躺的不是似玉,而是一只胖胖的橘猫。

孟浅的到来惊醒了熟睡的橘猫,它回头看了孟浅一眼,眼神凶巴巴的,加上它左眼上的毛掉了一撮儿,留了血痕,看上去更显凶相。

孟浅来不及多想,四处唤着似玉。刚刚跑没影儿的如墨又不知道从哪个草丛里钻了出来,凑过来用脑袋蹭孟浅的小腿肚。随后孟浅似有所悟,连忙跟着如墨往草丛里钻,终于在须眉苑后面的屋檐下找到了奄奄一息的似玉。

那只通体雪白、眼神温柔、眼睛如蔚蓝大海的漂亮猫咪,这会儿看上去比如墨更加狼狈。它大着肚子侧躺在檐下,毛发脏兮兮的,身上被雨水溅湿了一大片。

看见孟浅,它有气无力地叫唤了一声,虚弱极了。孟浅见状,猜测似玉这是要生了。但不知道出了什么状况,它现在看上去很难受,可能没力气支撑到自然分娩。

这么一想,孟浅赶紧扔了伞,腾出手小心翼翼地去抱似玉:"乖啊,似玉,我带你去医院。"她一边抱起它,一边温柔地哄着。

似玉倒是很乖,全程没有乱动,很配合孟浅。孟浅把它抱在怀里,一刻也不敢耽搁,埋头冲进雨里,往东门的方向跑。她身后,那只叫如墨的黑猫一直跟着,一路跟,一路叫。一个人两只猫冒着大雨,艰难地跑出了深大的东校门。

这个点,街上的行人很少,但车流不减。为了如墨的安全着想,孟浅跑出东门后便停下来呵斥它,让它回去。如墨却很执着,不管孟浅怎么凶它,依旧跟着。

孟浅不得不多顾着它一些,尤其是过人行道时,走两步就得回头看看如墨有没有跟上,怕它丢了或者发生危险。

玉深动物医院是深市第一家正规的专为动物服务的医院,占地面积是深市人民医院的一半,是国内规模最大的一家动物医院。医院内分科明确,每个科室都有专业的医生团队。

这家医院虽然创立的时间还不算长,它在业内却是有口皆碑的。毕竟医院的院长苏子玉以及几个合伙人都是深农大毕业的高才生。

其中名气最大的要数顾时深。

顾时深曾在国外一家世界排名第一的动物医院里任职过一年,不管是在学术界还是业界,他的影响力和声望都非同一般,这也是玉深动物医院以苏子玉和顾时深名字结合命名的原因。

孟浅之前就听苏子冉提过她哥和几个校友创立动物医院的事,对医院的具体位置也有所耳闻——据说离深大很近,就在顾时深的公寓对面的那条街。

孟浅过了芙蓉桥,径直往医院的方向跑。一路风吹雨淋,等到了玉深动物医院时,她的身上已经湿透了。

医院前台的护士第一个注意到孟浅,连忙上前询问情况。孟浅简单地说明了似玉的情况,虽神色急切,但言语逻辑清晰,在最短的时间里让护士清楚了似玉的情况。

顾时深正巧下班,从走廊那边过来时刚好看见了孟浅。她一身纯白如雪的连衣裙和乌黑如墨的及腰长发全都被雨水浸湿,贴着她的肌肤。白色布料遇水则透,女孩儿婀娜的身子在大厅里冷白的灯光下若隐若现。

所幸这个时间点，医院大厅里没几个人。顾时深确定那人是孟浅后，便快步走了过去。孟浅把怀里奄奄一息的猫咪交给护士，他则把脱下来的黑色西装外套轻轻地披在了她的肩上。

孟浅吓了一跳，因为顾时深是从她侧面走过来的，她一心与护士说话，完全没有注意到他的靠近，只蓦地感觉周身一暖，纤美的身子被覆盖。随后顾时深又拢了拢衣襟，将孟浅的上半身用他的西服完全包裹住。

被吓到的那一刻，孟浅的心漏跳了一拍。随后她抬眸，看见了顾时深低垂着的浓密如鸦羽的眼睫。她的心脏才恢复正常，又异乎寻常地加快搏动，如战鼓擂起。

"顾时深……"孟浅语气诧异，难以置信。

替她披上西服外套的顾时深低低地"嗯"了一声。待拢好外套，确保将她裹得严实后，他才抬起长睫，居高临下地对上她望来的视线，沉默着，不动声色地打量她素净白皙的脸。

孟浅连眉毛、睫毛都被雨水浸湿了，白瓷般的肌肤上覆上了薄薄的水痕。她整个人像是刚被从水里捞起来似的，清丽脱俗，胜过出水芙蓉。

顾时深想说什么，却又不知该说什么，到最后也只是松开了拢着西服外套的手，退后一步，若无其事地拉开了距离。

方才从孟浅手里接过猫的护士盯了他们俩好一阵子，终于在顾时深退开后朝她看去的沉沉的目光里，把猫送去了超声室。前台的另外两个护士也都悻悻地收回视线，低头忙自己的事了。

孟浅后知后觉地反应过来，转身去寻跟她一起来的如墨。顾时深不知所以，终于开了口："你去哪儿？"他说着，跟上了孟浅。

孟浅回头看了他一眼，带着浅浅的笑意："找猫。"

顾时深只愣了一瞬，便跟着孟浅走到大厅门口，看见了闭合的玻璃门外坐姿端正的黑猫。它看见孟浅，张嘴叫了一声，尾巴在地上扫了扫。

孟浅上前拉开了玻璃门。黑猫站起身，又冲孟浅"喵喵"叫，摇着尾巴，但还注意到她身后的男人，便迟疑着没有进门的意思。

"那个……"孟浅这才想起了什么，回身问顾时深，"能让如墨进来吗？刚才被护士抱走的那只猫是它的老婆。"

顾时深反应了半响，才反应过来"如墨"是门外那只黑猫的名字。他也终于明白孟浅出现在这里的原因。沉默几秒后，他问孟浅："你养的猫？"

孟浅摇头："它们是我们学校里的流浪猫。它能进来吗？"

顾时深微愣，看着神情真挚的孟浅，恍惚想起了两年前的一个夏夜。

那夜也像今晚这样，下着一场滂沱大雨，孟浅和他冒雨跑回良家民宿，在附近的巷子里听见了狗叫声。本该第一时间跑回家洗个热水澡的孟浅忽然停下，让顾时深陪她循着声音去看看。

她当时也是用这样真挚的、带着央求的眼神看着他。16岁的少女，骨子里透着让人怜惜的无助。顾时深又怎么可能拒绝得了她的请求？

顾时深带着孟浅上了二楼，回他自己的办公室。至于那只叫如墨的黑猫，他也让护士送去一楼的宠物日常护理中心，享受洗剪吹一条龙服务。

玉深动物医院一共有三层楼，所有医生的办公室都集中在医院二楼。除顾时深和院长苏子玉各自单独的办公室以外，其他医生都被安排在同一间大的办公室里。

顾时深的办公室恰好与其他医生的办公室相对，所以他带着孟浅进门时，对面值班的几个医生都注意到了他们俩，其中就包括之前在酒吧里与孟浅照过面儿的杨铁军。他几乎一眼就认出了孟浅，只是见她头发湿透，身上又披着顾时深的西服外套，诧异了片刻才后知后觉地打招呼："又见面了，小冉的朋友。"

除了顾时深，那晚在酒吧里和孟浅打过照面儿的医生，对她的定义都是苏子冉的朋友，杨铁军亦然。

孟浅冲杨铁军笑了笑，并不记得他的名字。但这不妨碍杨铁军八卦："这是怎么了？淋着雨来的？"

孟浅不知从哪儿开始解释，张了张嘴，没说话。顾时深见状睇了杨铁军一眼，又看了看杨铁军身后扒着办公室门边朝这边张望的其他医生，不动声色地拉过孟浅，将她往自己的办公室里塞，还对杨铁军道："你要是闲着没事，就去病房里转转。"

"我这刚转回来，坐下还没来得及喝口水呢……"杨铁军撇撇嘴角，费力地辩驳。

奈何顾时深根本没有听他说话的意思，不温不火地下了命令后，直接和孟浅一起消失在办公室门后。"砰"的一声，顾时深办公室的门被重重地关上了，不仅如此，连他房间里对着走廊的窗户也被拉上了窗帘。

这一切发生在瞬息之间，孟浅都没反应过来，人已经被顾时深带进办公室里了。

他握着她两边的肩膀，半推半带地将她安置在沙发那边，挨着室内另一侧的窗户。窗外是无边的雨幕，没完没了地下着，连纱窗孔里钻进来的细风都带着潮湿的泥土腥味。

顾时深安顿好孟浅，便去靠墙的柜子里翻出了吹风机和一条柔软干净的浴巾。都是他为了平时值班方便，在医院里准备的日常生活用品。

"这条浴巾我没用过。你把外套脱下来吧，用这个。"比起一个男人的外套，自然是崭新的浴巾更适合给孟浅裹在身上。所以话音刚落，顾时深便背过身去，方便孟浅脱去他的外套。

可是孟浅不乐意。比起浴巾，她当然更喜欢带着顾时深身上那种淡淡烟草味的西服外套。

"不用那么麻烦……"她扯了扯西服外套，将自己裹得更严实，声音坚定地说道，"我觉得外套挺好。"

背对她的顾时深欲言又止，最终妥协般回过身，将孟浅上下打量了一番。他并未看出什么端倪，只好略过这个话题："那我帮你吹头发？"

"你帮我？"孟浅端坐于沙发上。因为顾时深的话，她望向他的眼中似乎有星光在闪烁。

原本不觉得有什么不妥的顾时深不禁又慎重地考虑了一下，说道："你要是方便的话，也可以自己来。"

"我……我不方便，所以就麻烦你了，顾时深。"孟浅达到了捉弄他的目的，眉眼笑弯，心情难得见好。

反应过来的顾时深有些哭笑不得。


顾时深吹头发的手法很娴熟，不知道的还以为他经常给女生吹头发。

但孟浅旁敲侧击地问过他之后，才知道有时候一楼的宠物日常护理中心人手不够，他们这些医生也会去帮忙。给小猫小狗洗澡、吹毛、修剪指甲，都是玉深动物医院里的动物医生必备的技能。

"我是小猫还是小狗?"孟浅歪头看着将吹风机收回柜子里的男人,看着他修长挺拔的身体顿在柜前。他过了好几秒才回头,顺着她的话提问:"你想是什么?"

这个无厘头的问题又被抛给了孟浅,把她自己难住了。

放好了吹风机,顾时深回到沙发那边,坐在了孟浅对面的单人沙发上。他十指交叉,手肘随意地搭在膝盖上,微微倾身,神情沉郁地看着孟浅:"要不你先回学校吧,似玉这边我帮你盯着。至于如墨,可以暂时安顿在我的办公室里。"

其实顾时深思虑得十分周到,但孟浅不放心似玉,也想趁机和顾时深多一些相处的时间,所以还是拒绝了。

提议不被采纳,顾时深倒也没再坚持。既然孟浅不肯先回去,他只好去给她泡一杯热茶,让她暖暖身子,怕淋雨后的她感冒。

热茶泡好后,顾时深直接送到了她手里,督促她喝一些。然后他便一直看着孟浅,笑着调侃:"你还是和以前一样,心肠软,爱管闲事。"

不然两年前她也不会把那条被滂沱大雨淋得"嗷嗷"叫的小奶狗抱回家去。

孟浅喝了热茶,感觉热气在胸腔内晕开,被雨淋得冰凉的肌肤总算回暖一些。她捧着陶瓷水杯,抬头对上顾时深含笑的双眸,也扯起了唇角:"我就当你是在夸我了。"

顾时深忍俊不禁,轻笑出声,难得有了闲聊的兴致:"当初被你捡回家的那只小奶狗,现在怎么样了?"

两年前那个雨夜,顾时深虽然陪着孟浅把那只可怜无助的小奶狗抱回了良家民宿,但是小狗的后续,他并不清楚。因为那晚之后,顾时深便动身离开了陶源镇。

他走的时候听民宿老板，也就是孟浅的父亲说，孟浅带着小奶狗去镇上的宠物诊所做检查了。也因此，顾时深没来得及跟孟浅告别，他的来去就像一阵捉摸不透的风，根本无迹可寻。

说起小奶狗，孟浅也想起了顾时深的不辞而别——这件事一直是她心里的一个结。

过去的两年里，她一直都想打开这个结，但现在和顾时深又遇见，反倒对这个结没那么在意了。她依旧笑盈盈的："你说月老啊？它现在有了铁饭碗，给我爸看家护院呢。"

孟浅的父亲是做民宿的，民宿旁边还建了一个陶瓷工艺坊。他老人家平日里除了照顾民宿的生意，偶尔也会在工艺坊里做做手艺活儿。如非旅游旺季，民宿基本没什么客人，有只狗看着，足够了。

顾时深在意的倒是狗的名字，满脸狐疑："月老？"

孟浅点头，似乎看穿了他的心思："就是被我们捡回去的那只小奶狗啊。月老是我给它起的名字。"

顾时深了然："懂了。"

他懂了？孟浅呆住，她还等着顾时深继续追问呢。

"你怎么不问我为什么给它起名叫月老？"孟浅皱了皱柳叶眉，似乎有些不乐意。

顾时深见状，顿时觉得好笑，顺着她的话问下去："那你说，为什么？"

"因为……"她便是在捡到月老的那个夜晚，意识到自己对他动心的。孟浅自然不能吐露自己真实的心声，于是她话锋一转，冲男人狡黠地勾了勾唇角，偏头不再看他，"不告诉你。"

她的一再捉弄令顾时深陷入了短暂的沉默中。平日里他断然没有这样闲，和一个女孩子东拉西扯，完全被她牵着鼻子走。今晚也不知怎么，他竟想再和孟浅多说几句，甚至自己找了一个新的话题："你和你的男朋友怎么样了？"

顾时深思来想去，他和孟浅之间能聊的话题，除了两年前相处的那一个月里的陈年旧事，便只剩下重逢后，她男朋友劈腿的事了。

提到这件事前，顾时深深思良久，怕言辞不当，会触及孟浅的伤心处。还好，她比他想象中要坚强，反应也很淡，眉宇间并未流露半分伤悲。

孟浅抬眸对上他探究的视线，捧着热茶又喝了一大口，才貌似随意地问顾时深："你平时都不看朋友圈吗？"

顾时深："什么？"他在问她和她男朋友的事，她却提起了朋友圈，这两个话题有什么关联吗？

顾时深正不解，只听孟浅接着道："我跟他分手了，来医院之前刚发过朋友圈。所以他现在只能算前男友了。"

"原来如此……"顾时深松了口气，还以为自己和孟浅之间的代沟已经深到了难以正常交流的地步。

他紧握双手，沉思片刻，认真地对孟浅道："挺好的，那人配不上你。"那种渣男，配不上这世上的任何一个女生。

顾时深的话令孟浅心跳加快，她看着他，眼里暗光闪动，悄然欣喜。她愣了好一阵子才堪堪回神，张了张嘴想说什么，办公室的门却忽然被人敲响了。门外传来女护士的声音，说是有一台紧急手术，需要顾时深主刀。

因为医院里的其他值班医生这会儿都有各自的事情要忙，而这台紧急手术的风险系数很高，护士只能拜托顾时深。顾时深没有理由推脱,他和孟浅的对话自然终止。

打了招呼后,顾时深便跟着护士离开了,留下孟浅独自一人待在他的办公室里。

满心的欢喜像千万只蝴蝶振翅从她的心底飞出来。

顾时深说江之尧配不上她,这是不是变相说明——在顾时深的心里,她其实很优秀?

第四章

# 择偶标准

"阿嚏——"孟浅打了个响亮的喷嚏，似乎是感冒的预兆。

她今晚淋了雨，浑身都湿透了，正常情况下应该早点儿洗个热水澡，再冲一包感冒药，防患于未然。但现在孟浅顾不上这些，只想和顾时深待得久一点儿，再久一点儿。哪怕他现在去忙了，他的办公室里就剩下孟浅一个人，她也舍不得离开。

就在她裹着顾时深的西服外套，贪婪地低头嗅着衣服上属于他的味道时，被她随手放在茶几上的手机忽然振动起来，继而响起了铃声。

静谧被打破，也将深陷于美好幻想中的孟浅拉回了现实中。她拿起手机看了一眼，竟是时淼打来的电话。

时淼是艺术生，大学念的是深市影视大学表演专业。高考结束后的暑假，她同家人去深市毕业旅游，在旅游过程中被深凝传媒的星探相中，签约成为深凝传媒的艺人。

大一开学，时淼就被公司安排出国培训，连寒假都没回过陶源镇，忙到没时间跟孟浅打电话唠嗑。这学期开学，时淼倒是回了深市，但前不久又被安排进了剧组，行程很紧，也没来得及和孟浅见面吃顿饭。

时间长了，孟浅也就习惯了时淼的忙碌。平时没事她基本不会主动地联系时淼，怕打扰时淼工作。没想到时淼今晚倒是有空，反倒给她打来电话。

铃声响了没多久，孟浅便接听了电话，那头蓦地传来时淼穿透力极强的声音："喂，浅浅吗？"

时淼还是一贯喜欢问些傻问题。孟浅将手肘撑在膝盖上，不禁抚额："不然呢？你打电话之前都不看备注吗？"

时淼干笑两声，不以为意："我这不是怕你身边还有其他人吗？万一是别人替你接的电话呢？"

孟浅失笑，没打算和时淼继续掰扯，问她："你今天怎么有空给我打电话？"

时淼拔高分贝："你说呢？还不是因为你谈恋爱没告诉我。要不是你今天发朋友圈说分手，我和孟航都还被你蒙在鼓里。"孟航和时淼忙碌的性质类似，只不过他们俩一个是体育生，另一个是艺术生。时淼高考后签约影视公司，开始拍戏；孟航则早在初中时就进了省体育队，是一名射击运动员。

他们俩高考完都很忙。虽然两个人报考的大学都在深市，却和孟浅所在的深大坐落在一南一北两个方向。而且他们俩上大学后，拍戏的拍戏，参加比赛的参加比赛，根本没时间联系孟浅，所以谁也不清楚孟浅的近况。

给孟浅打电话之前，时淼先给孟航打了个电话，再三盘问，确定孟航不知道孟浅谈恋爱的事,才特意给孟浅打来电话询问:"说说吧,到底怎么回事?记得说得详细一点儿啊,别落下什么细节。"时淼是抱着吃瓜的心态打电话的。

她和孟浅做了这么多年朋友,还是第一次听说孟浅谈恋爱,当然要从头到尾八卦一遍。可惜孟浅没什么兴致与时淼细谈自己和江之尧之间的事,沉默片刻,回了她一句:"没什么可说的,那些都不重要。"

孟浅是实话实说。对于她而言,和江之尧的那点儿烂事远不及她和顾时深重逢这件事的千分之一重要。

时淼却无法理解:"这还不重要?你都谈恋爱了,现在又分手了!这都不重要,那什么才算重要?"

孟浅陷入沉默中,在时淼在电话那头急得抓耳挠腮时,才幽幽地开口:"我遇见顾时深了。"

前一秒还在催促她说分手事宜的时淼愣住了:"你的恋爱对象是顾时深?!"

孟浅:"怎么可能?"如果她的恋爱对象是顾时深,她是死也不会跟他分手的好吗?这种事动动脑子都能想明白的,偏偏时淼是个不爱动脑子的,一动脑子就容易用力过猛,想得太多,偏离正轨。

比如现在,时淼大脑高速地运转,得出了一个她自己认为极度荒谬的结论:"浅浅,你该不会是为了顾时深才跟你那个男朋友分手的吧?你不会还对顾时深贼心不死吧?"

孟浅再度沉默,半响才深吸一口气:"我跟江之尧分手,和顾时深没关系。"

时淼半响才反应过来:那个叫"江之尧"的就是孟浅的那个男

朋友。

架不住时淼细细追问,孟浅终究还是把江之尧的所作所为告诉了时淼。时淼这暴脾气当场就炸了,扬言要把这件事告诉孟航,让孟航找几个队友去把江之尧打一顿。

孟浅都懒得劝时淼,知道时淼在气头上,谁的话都听不进去,于是沉默地听着那头的时淼在电话里骂了江之尧十几分钟。

直到时淼口干舌燥,想喝水了,孟浅才找到机会插一句嘴:"骂够了?"

"还没!"时淼愤愤地说道。

孟浅被她逗笑了:"行了,我都没你这么生气。再说了,也是多亏了江之尧,我才能和顾时深重逢,说起来我还得感谢……"

孟浅还没说完,时淼截停了她:"你这是对顾时深死灰复燃了?浅浅,你可要想清楚了。"

"我想清楚了。既然老天爷让我跟顾时深重逢,那就说明我和他之间是有缘分的,我自然不能辜负了这段缘分。"

人的一生可短可长,会遇见形形色色的人,有的人遇见便是永恒,有的人分离则是一生。

两年前,孟浅曾以为自己这一生都不会再遇见顾时深,为此懊悔过、痛心过,却又不得不屈服于现实的残酷。如今和他重逢,她当然要拼尽全力去抓住他,哪怕最后的结果不尽如人意,但至少她不留遗憾。

"万一你们俩是有缘无分呢?你应该很清楚,从两年前起,你在顾时深眼里就是一个小屁孩儿。浅浅……你和他可相差了足足8岁,你们……"

"年龄不是问题,我不介意。"孟浅打断了时淼的话。

时淼愣住，片刻后才叹了口气："你是真傻还是装傻？我的意思是万一他介意呢？"

有些事不是努力了就会有好结果的。在时淼心里，孟浅一直都是极聪明的一个人，想事情向来通透，也不知道怎么了，在顾时深这件事上偏偏犯起了糊涂。

"不试试怎么知道？淼淼，我不想后悔。"孟浅沉声道，语气格外坚定。

时淼被她说服了，无奈又担忧地说道："你说的也有点儿道理。既然你已经想清楚了，那我也不再多说什么了。作为姐妹，我祝你心想事成。"

孟浅笑笑，道了谢，随后听见电话那头传来一道男声，似乎是时淼的经纪人催促她去拍戏。两个人久违的一次通话就这么结束了。

挂断电话后，孟浅去窗边站了一会儿。她用两只手拢着顾时深的西服外套，将身子包裹严实，仿佛将西服外套当成了顾时深的怀抱，带着略有病态的贪恋。


一个小时后，顾时深结束手术，回到了办公室。

他一进门便看见了站在窗边往外看的孟浅。他的西服外套裹着她纤细柔弱的身子，宽大的衣摆下，纯白的裙角在灌入室内的夜风里轻轻飘荡。裙下那两条修长莹白的腿纤细笔直，十分吸人眼球。顾时深只无意瞟了一眼，便飞快地移开了视线。

他往办公桌那边走，声音沉稳有力地说道："做手术前，我去问了一下似玉的情况。检查结果显示，似玉可能没办法完成自然分娩，需要进行剖腹产手术，手术前需要禁食禁水四个小时。"

对着窗外漫无边际的黑夜发呆的孟浅回了神，后知后觉地发现顾时深回来了。她回身看向他，听他继续说："似玉的手术同意书我已经签字了，费用也交过了。它现在已经禁食禁水一个小时了，再等三个小时，就可以接受剖腹产手术了。"

说话间，顾时深拉开办公椅坐下，打开了电脑。话音刚落，他抬眸对上孟浅投来的视线，声音蓦地有了些许温度："你不必担心它。"

孟浅点头，忽然想起什么："手术费多少钱？我转给你。"她猜测，猫咪剖腹产的费用应该不低，加上术后住院观察的费用等，估摸着得上四位数。

顾时深却没有回答她，只是接着道："除了剖腹产手术，我还替它们夫妻约了绝育手术，到时候似玉的绝育手术会和剖腹产手术一起进行。"

孟浅愣住，想说什么却又说不出口。因为她知道，顾时深的决定是正确的。对于那些在外流浪的猫猫狗狗而言，绝育是件好事，不仅对身体好，还能有效地遏制流浪猫狗的泛滥。

"你还没告诉我多少钱。"孟浅执着于此。

她没想过让顾时深替她担负似玉的手术费用，然而顾时深早就预料到她的执着，认真地说道："手术费用我来承担。因为……我打算收养似玉和如墨。"顾时深说完，低头写着报告，便没看见孟浅震惊的神情，也没看见她眼里的不可思议和欣喜。

"你真的要收养它们？"孟浅走近了一点儿，隔着办公桌，难得居高临下地看男人一次。

顾时深手里的笔顿住，他抬头看向她："嗯，真的。"随后他来不及收回的视线里，孟浅笑靥如花，明眸皓齿，绚烂夺目得令人移不开眼。

"那我以后能经常去你家看它们吗?"孟浅开心,一方面是因为似玉和如墨即将拥有一个好的归宿;另一方面则是因为她有了合适的理由去顾时深那儿串门。

顾时深却只知其一,不知其二,没想到自己的决定会让小姑娘这么开心,脸色不禁变得温和,忍不住勾起了唇角:"当然,随时欢迎。"

他又提了一次让孟浅先回学校:"时间不早了,你一个女孩子大晚上的只身在外不安全,先回去吧,似玉有什么事我会及时通知你。"

说罢,顾时深犹豫了几秒,把桌上的文件合上了,打算亲自开车送孟浅回去。

孟浅看了眼手机上的时间,回他:"来不及了,已经11点30分了,我们宿舍楼已经落锁了。"

收拾东西的顾时深停了下来,看看孟浅,又看了下墙上的挂钟——还真如她所说,已经过了晚上11点30分。

深大男女生宿舍晚上是有门禁的,这一点顾时深也知道,毕竟他时常会去深大图书馆里找书看。

沉默间,顾时深考虑着孟浅的去处——让她去酒店住倒是可行,但是看她的样子,也不可能随身携带身份证。没有身份证,她就没办法开房。

到头来,孟浅的去处只剩下顾时深的公寓。

过了12点,雨势渐小,蒙蒙夜色在雨雾里像被水晕开的墨。

顾时深提议先送孟浅回自己的公寓,让她洗个热水澡,冲一杯感冒冲剂。

眼见雨还在下,他的本意是开车送孟浅过去,但孟浅拒绝了:"这里离你那儿也就一个天桥的距离,步行10分钟就到了,不用那么麻烦。"

孟浅说这话时眸光恳切,尽量不让自己心里那点儿小九九暴露。所幸顾时深信了孟浅的说辞,拿了两把雨伞便和她一起下楼了。

他们俩离开时,经过其他医生共用的大办公室门口,孟浅还被杨铁军问候了几句:"小冉的朋友这是要回去了?外面还在下雨呢,让老顾开车送你吧。"

孟浅笑着道了谢,并未与他多寒暄,心里盘算着如何把手里这把伞丢掉。她想步行去顾时深的公寓,有一半原因是想和他共撑一把伞来着。谁能想到,顾时深竟然不按常理出牌。

两个人行至医院北门出口时,孟浅眼尖地注意到门口依偎着两个护士,似乎是正打算去医院旁边的24小时便利店买东西。她们手里正好没有雨伞,正商量着找人借一把。

孟浅路过时听见了,想也没想便把自己手里的长雨伞递了过去:"这个给你们用吧。"

两个小护士扭头看向孟浅,自然也看见了她身旁的顾时深,先是诧异,随后才小心翼翼地接了她递过来的雨伞,目光在她身上那件男式西服外套上游移。

"谢谢啊……那我们回头怎么还你?"护士看看孟浅,又看看在孟浅身边停住脚步的顾时深,很是艰难地忍下好奇心,这才没有八卦孟浅和顾时深的关系。

孟浅对她们打量的目光视若无睹,只笑了笑:"放在你们前台就行。顾医生会取走的。"说着，她回头望着顾时深，笑容更深，冲他眨眨眼："是吧，顾医生？"

顾时深滚了下喉结，和孟浅对视了几秒，才神色无奈地看向两个护士，沉沉地"嗯"了一声，算是附和了孟浅的话。

护士们对视一眼，似有万千个问题想问，却又碍于男人沉冷的俊脸和过于严肃的神情，暗暗打了退堂鼓。最终两个护士也只是再次向孟浅和顾时深道谢，然后撑着伞步入了雨幕中。

见她们走远，孟浅才重新看向顾时深："看来我只能蹭你的伞了。"

顾时深慢条斯理地撑开黑色的雨伞，淡笑一声："那你应该庆幸，我的伞够大。"

伞面撑开的那一瞬，孟浅抬头望了一眼——确实够大，不过再加上顾时深，这把雨伞也就勉强够用。

雨"滴滴答答"的，如珠落玉盘般坠在伞面上。顾时深将雨伞倾向孟浅那边，以保证她不会再被雨水淋湿，倒是没顾上他自己，右边的肩膀露了一截在伞外。两个人一直走到天桥，孟浅才发现这件事。虽然顾时深的温柔体贴让她心里风和日暖，很舒服，但她也不忍心让他被雨淋。

于是在上台阶前，孟浅一声不响地抓住了顾时深的胳膊。没等他反应过来，她的身体已经顺势贴近了他的手臂，将他们之间的距离缩到最短。顾时深明显地感觉肘部一片温热，脚步微顿，身形僵住。他错愕地看向孟浅，却听女孩儿认真地说道："这样我们就都不会淋湿了，快走吧。"

孟浅拽着顾时深的胳膊上台阶，他为了给她撑伞，不得不跟上。两个人就这么相互依偎着上了天桥。

顾时深想说什么,但那些话卡在了嗓子眼儿里,吞吐半晌,最终也没说出口。

其实他并不喜欢与异性亲密接触,孟浅贴他这么近,早就越过了他针对异性划出的界限。他刚才就想提醒孟浅来着,可是转念一想,她就是一个小姑娘,而且他以前还背过她,现在这样似乎也不算什么。

只是一路上,顾时深都无法忽视左侧胳膊上的温暖。孟浅身上若有若无的清淡栀子香混在夜风里,一直萦绕于他的鼻间。他全程静不下心来,这也导致他的身体感官始终聚焦于孟浅贴靠的左侧,异样的感觉油然而生。

没等顾时深细想,他们已经到了公寓门口。他等孟浅进了大楼里才不紧不慢地收好雨伞,跟上她。两个人乘电梯上楼,在寂静封闭的环境里,谁也没有出声打破沉寂。

一直到顾时深家门口,孟浅才试探似的开口:"顾时深……"

"嗯?"

"你今晚……也住在这里吗?"孟浅只是想确定一下顾时深的安排,怕他像上次那样找借口离开。

顾时深则以为她是担心他们孤男寡女共处一室,传出去坏了名声,忙不迭地解释:"我晚点儿去老苏那儿睡,你放心。"他说着便转身输密码开门,根本没有注意到孟浅眼里的光一瞬间熄灭了。

进屋后,顾时深提醒孟浅先去洗个热水澡。如果她不介意的话,可以去主卧的浴室里泡澡,因为这套房子里只有主卧的浴室带了浴缸。

孟浅当然不介意,但是她没有换洗的衣服……

就在孟浅苦恼之际，顾时深从衣帽间的衣柜里翻出一件自己没穿过的T恤。纯黑色的男式T恤对于孟浅来说完全不合身，但她可以当T恤裙穿。

"你今晚……将就一下。"顾时深把衣服递到她手里。

孟浅点头道谢，想了想，风情妩媚的桃花眼又望向他："顾时深，你有衬衫吗？黑色或者白色的都行。"

她看着他时，已经脑补出了无数电视剧里男女主角三更半夜共处一室的经典场面。那些经典场面都有一个共同之处——女主角必定穿着男主角的衣服，且大都是男主角的衬衣。孟浅自认身材应该不比电视剧里那些女主角的身材差，她若是穿上顾时深的衬衣，说不定也能把他迷得魂不守舍。

"衬衫？"男人沉吟着，有些不解，"一定要衬衫吗？"

他拧眉思考片刻，微微摇头："没有新衬衫，都被我穿过了。"毕竟他这个职业，日常搭配就是衬衫和白大褂。

孟浅听完，似乎有些失望："那算了。"她暗暗叹口气，转身进了主卧的浴室。

浴室门合上之前，顾时深分明听见孟浅说了句什么。他追问，门内却传来女孩儿拔高分贝的一句："没什么，我什么也没说。"

顾时深不再问，转身离去。

门外传来渐远的脚步声，靠在浴室门后的孟浅这才站直身子，看着旁边洗手台上的镜子，脸上缀满失落之色。

"其实穿过的也不是不行……"孟浅又喃喃了一句，这正是顾时深没听清而追问她的内容。她实在没好意思大声告诉他，其实她更想要他穿过的衬衫。

在洗手台前整理了一下仪容，孟浅将脱下来的西服外套挂在了干区。

按照顾时深所说，孟浅冲完热水澡，便泡进了浴缸里，温暖的水温柔地包裹着她。直到脑袋发晕，她才从浴缸里出来，又去莲蓬头下冲洗了一遍。

女生洗澡一向很慢，孟浅在浴室里足足磨蹭了一个半小时，才套上顾时深宽大的T恤出去。彼时顾时深已经做好了夜宵，煮的丝瓜肉丸面口味清淡，香味怡人。

又过了大概10分钟，孟浅才从主卧出来。她要回主次卧，必然要从客厅和餐厅之间穿过。顾时深听见响动，便从餐桌前站起身，静候她的出现。几秒后，孟浅果然出现在了顾时深的视野里。

她洗了头发，用干毛巾裹住头发，绾在头顶上，脖颈和前额上只零零散散地飘着几缕碎发，略显俏皮可爱。

她身上穿着他不久前买的那件黑色T恤。宽大的衣服衬得她的身材纤细娇小，衣摆刚好盖住她的腿根，底下那双白生生的腿，行动间很是引人注目。更何况孟浅没穿鞋，一双巴掌大的脚被热水泡得脚指头泛着暧昧的红晕。

饶是顾时深，也被闯入视野里的女孩儿狠狠地冲击了视觉。他呼吸微窒，前所未有的窒息感令他气息急促，俊脸在短时间里充血发烫。

顾时深忙不迭地错开视线，调整心率，连准备好的问题都遗忘了，大脑里雾茫茫一片。

孟浅也被餐桌前伫立的顾时深惊到了。但她很快便回过神来，扯下了头上包裹头发的毛巾，赤脚朝他走去。

她的视线从顾时深的身上转移到餐桌上冒着热气的汤面上。

"我还以为你已经走了。"话音刚落,她人已经走近,手臂擦过桌旁站着的男人,斜斜地撑在桌沿上,探头仔细地看汤面的配料。

见桌上有两碗面,孟浅蓦地抬眸,偏头去看顾时深别向一侧的脸。

"有两碗面,是不是代表也有我的一份儿?"孟浅调笑,见顾时深没反应,便伸手轻轻拽了一下他的衣袖,"顾时深,你怎么啦?在看什么呢?"孟浅顺着顾时深视线垂落的方向看去,但目光所及处只有地板,实在搞不懂他究竟在看什么,难不成是在看地板上的纹路?

她思虑间,顾时深平复了心情,神色也恢复如常。

"没什么……"顾时深应道,极不自在地避开了孟浅,去餐桌的另一侧落座。

距离拉远后,孟浅沐浴后身上那股若有似无的幽香才被隔断。顾时深松了口气,视线落在她的脸上,只停留了一瞬便又落于面上:"坐下吃面吧。我是用冰箱里仅剩的食材做的,不知道合不合你的口味。"

"只要是你做的,都合我的口味。"孟浅拉开椅子坐下,双腿顺势伸展,不小心踢到了坐在对面的顾时深的鞋尖。

他穿着夏季的拖鞋,孟浅的脚趾不偏不倚正巧踢到他的脚趾。冷热分明的触感令两个人双双愣住,他们默契地隔空对视了一眼。

"不好意思……"孟浅缩回脚。

对面的顾时深神情僵硬地抿了抿薄唇,垂下鸦羽般的睫毛,声音微哑地说道:"没关系。"

话音刚落,餐厅里陷入沉寂中。好半晌,顾时深才轻咳一声,清了清嗓，声音温润地问道："你怎么不穿拖鞋？"

孟浅正准备拿起筷子开吃，看能不能压压野马奔腾般的心跳，蓦地听见顾时深的话，又飞快地看他一眼，声音极不自然地说道："太大了……不合脚，容易掉……"

顾时深了然，也看了她一眼，心下沉了口气，语调恢复如常，说道："吃面吧，一会儿就坨了。"

孟浅"嗯"了一声，两个人谁也没再说话。

整个吃面的过程中，孟浅心惊肉跳，一直在回味碰到顾时深的脚趾时的感觉，心脏似乎要扑腾着从胸腔里飞出来。

她没敢抬头去看顾时深，只低着头一口接一口地吃面，仿佛只有这样才能将快要跳出胸腔的心脏镇住，不露异样。

静谧持续到孟浅和顾时深相继吃完面，时间让他们俩之间的氛围恢复如常。

孟浅在收拾残局时，终于鼓足勇气向顾时深打听他的择偶标准："顾时深，你喜欢什么样的女生？"

她问得直白，丝毫没觉得自己这么问有多突兀。好在顾时深并没有谈过恋爱，也没有被女生当面问过这种问题，一时间竟也没觉得孟浅这么问是另有深意。

他同她一起将碗筷收到厨房，直接扔进洗碗机里，设置好程序。孟浅就在旁边看着，满怀期待地等着他的答案。

许久，顾时深似乎才琢磨出答案，视线落在孟浅的脸上，与她对上目光，坦然地扬唇道："说不好。"

"为什么？"孟浅不解。

顾时深见她神色认真，便也靠在厨房的工作台上，认真地回答她："喜欢是一种很缥缈的感觉。在遇见那个人之前，很难确定自己喜欢的人到底是什么类型，不是吗？"

虽然顾时深没有实际体验过，但这并不妨碍他具备一定的理论知识。他觉得自己的回答没有任何问题，却不知道为何，孟浅的表情看上去似乎并不赞同他的说法。

"难道你有具体的择偶标准？"顾时深反问，但问过以后便后悔了，觉得自己问了个傻问题。孟浅定然是有具体的择偶标准的，毕竟她刚结束一段恋爱，虽然结局不尽如人意，但起码她亲身体验了过程，总比他这个纸上谈兵的半吊子强得多。

孟浅并没有想那么多，只是看着顾时深，认真地回答了他的问题："我喜欢的人得是丹凤眼。

"身高185厘米以上，帅得惨绝人寰。

"还得是黑色短碎发，发质得粗硬一些，摸着扎手的那种。

"眉毛要长一点儿、粗一点儿，不能太阴柔。鼻梁要挺，嘴唇要薄。

"要长得俊美且不失男人味，要成熟稳重，张力爆表。

"性子冷、严肃一点儿没关系，但是得对我温柔，最好是独一无二的温柔……"

孟浅徐缓清晰地说着，内容极度烦琐，没两句就把顾时深听傻眼了。

不知道为什么，听完孟浅的叙述，顾时深觉得自己似乎很符合孟浅的择偶标准。

翌日，晨光明媚如金箭穿透厚云，照射在卧室的落地玻璃门上。窗帘没拉，床上的孟浅被阳光刺醒，拿手挡了挡，缓了几分钟才徐徐坐起身。

与此同时,床头柜上的手机"嗡嗡"地振动,响起了铃声。孟浅闭着眼接了电话,声音带点儿刚睡醒的沙哑:"喂……"

"浅浅!今天上午的课你去吗?去的话,我和妙妙帮你把书带去教室。"打电话的是苏子冉。

昨晚孟浅将似玉和如墨带到玉深动物医院后,便接到过沈妙妙打来的电话。因为孟浅之前就说在回宿舍的路上,结果等了一个多小时,苏子冉和沈妙妙也没等到孟浅回去,怕孟浅出意外,这才火急火燎地给孟浅打电话。

孟浅把似玉的事简单地一说,苏子冉和沈妙妙这才放心下来。后来临近宿舍门禁的时间点时,苏子冉也在微信上提醒过孟浅,但孟浅那时候已经打定主意不回去了,便没当回事。

今天上午他们班有课,苏子冉便又给孟浅打电话,询问孟浅的打算。孟浅终于掀开眼皮,看了眼手机上的时间。距离上课还有近一个小时,她现在起床肯定能赶回去上课。于是她便让苏子冉帮忙把课本带去教室,作为交换,她决定给苏子冉和沈妙妙带早餐。

和苏子冉打完电话,孟浅便起床了。

昨晚顾时深和她一起收拾完厨房的残局,便洗澡出门去苏子玉那儿了。临走前,他询问孟浅早餐想吃什么,说是今早回来换衣服时顺便给她带点儿早餐。所以孟浅得赶紧梳洗,不能让顾时深看见自己刚起床的样子。

至于他们俩在厨房里谈论的关于择偶标准的话题,当时因为顾时深接了个医院的电话,被迫终止。他那个电话接了挺久,后来那个话题便直接被略过了,谁也没再提起。

孟浅洗漱完,去阳台上收了晾干的衣服。她刚换完衣服,还没来得及收拾头发，门铃便响了。孟浅以为是顾时深碍于她在家，不好擅自开门进屋，便趿拉着男式拖鞋，急匆匆地跑去玄关那边开门。

拉开房门的那一瞬，孟浅弯着唇角，勾出自以为最是魅人的弧度，那句"早啊，顾时深"也堪堪到了嘴边，却被门外两道袅娜的倩影惊得吞了回去。

孟浅摆正站姿，扶着门框，将门外的两个女人从上到下打量了一番。她们俩形貌都不差，看着比孟浅年长几岁，穿着打扮成熟得体，且一身行头都是名牌，价格不菲。其中一个人，孟浅觉得她的眉眼与顾时深的有三五分相似。

就在孟浅打量她们之际，她们也同样在打量孟浅。三个女人无言片刻，还是孟浅先开口，打破了沉寂："你们是来找顾时深的吧？他现在不在，不过应该快回来了，你们要进来等他吗？"孟浅语气温和，对两个人算得上是礼貌客气。

即便如此，其中那个留着披肩长发的女人还是没给她什么好脸色。此刻似乎终于反应过来了，女人秀眉一拧，语气不悦地质问孟浅："你是谁？怎么会在时深家里？"

她对顾时深的称呼格外亲昵，这让孟浅心里拉响了警报。就在孟浅暗暗揣测这个女人和顾时深之间的关系时，另外一个留着齐耳短发、眉眼三五分像顾时深的女人开口了，语气相对温和许多，却也令人不敢懈怠。

"你好，我是顾时深的姐姐，顾凝。这位是我的朋友，施诗。我们来找时深有点儿事。"顾凝的话音刚落，电梯口那边"叮"的一声，门徐徐地开了。

三个人齐刷刷地循声看过去，果然看见西装革履的顾时深拎着打包的早餐从电梯里出来。他出了电梯,也看见了聚在门口的三个女人,长腿微微一顿。

他先是将视线落在门内的孟浅身上,随后又看向顾凝:"姐,找我有事?"

顾凝应了一声,视线落在顾时深手里拎的外卖袋上,若有所思地回眸,又看了孟浅一眼——看着不过十八九岁的小姑娘,应该还是在校大学生,不像是顾时深平日里能接触到的人。可她一向独居的弟弟竟然带了个小姑娘回家,而且看这情况,小姑娘昨晚八成还住在这儿……

顾凝没来得及继续深想,顾时深已经走近她们,随手将打包的早餐递给了孟浅:"不知道你喜欢吃什么,就都买了点儿。多的带回去分给你的朋友吧。"顾时深声音低沉,同孟浅说话时认真地看着她,仿佛旁边两个人不存在似的。这让顾凝更加好奇了。

"时深……"施诗轻唤,秀眉拧得越来越紧。她生硬地打断顾时深和孟浅说话,以至于让孟浅连句"谢谢"都没来得及说出口。顾时深扭头看了她一眼,神色有些冷淡。

施诗赶紧接着道:"我和凝姐来找你是有很重要的事情要跟你说。"她的言外之意是让顾时深分清事情的轻重缓急,别只顾着和那个小丫头废话。

话末,施诗意味深长地看了孟浅一眼,又补了一句:"而且这件事最好我们三个聊,不方便有外人在。"她将"外人"刻意咬得重一些,显然是指孟浅。

孟浅蹙眉,掀起眼皮对上施诗的视线,面上不露声色,却在心里冷笑了一声。顾凝同为女人,自然看得出施诗对小姑娘的敌意,虽然理解,却也觉得她过分了点儿,于是说道:"倒也算不上什么私密的事。不如我们先进屋,大家一起坐下聊。"

不是私密事,也就是说孟浅要是想旁听,也是可以的。孟浅能感受到顾凝的善意,但她自己也不是那么不懂礼貌的人,更没有旁听别人私事的爱好。她对顾时深道:"时间不早了,我得回学校上课了。你们忙你们的,我梳完头发就走。"

顾时深应下,等孟浅进屋收拾好准备离开时,又问她:"上课来得及吗?要不要我开车送你?"

"不用,就几步路,来得及。"孟浅换好鞋出门,冲顾时深挥了挥手,还不忘跟顾凝打招呼。

虽然她年纪小,但礼数十分周到,这让顾凝对她多了几分好感。在孟浅进电梯里后,顾凝还毫不吝啬地在顾时深面前夸了两句:"这小姑娘长得真漂亮。乖巧、机灵,有礼貌,挺讨喜的……"

话音刚落,顾凝余光瞥见旁边脸色不太好的施诗,才把最后那句"你从哪儿拐回来的"生生地咽了回去。

孟浅离开后,顾时深并没有邀请顾凝、施诗二人进屋,而是将手揣进裤兜里,靠着走廊里冷冰冰的墙壁,一副"有什么事就在这里说"的表情。

"找我有什么事?"顾时深沉声问,视线落在顾凝身上。顾凝看了眼旁边的施诗——方才还脸色阴沉难看的女人,这会儿却因为顾时深的一句话腼腆起来。

见状,顾凝只好自己回答顾时深的问题:"爸打算和施家联姻,要你抽空回去一趟,两家一起吃个饭……把你和诗诗的婚事定下来。"

顾凝说完,施诗才抬眸羞赧地看了顾时深一眼,还没来得及表达对他们的婚事的憧憬,就被顾时深冷冷的一眼扫得表情僵住,脚底生寒。

"我的婚事还轮不到他来做主。他要是想联姻,让他自己娶。"顾时深冷声道,本来还想提一提那个继兄温寒,却又碍于顾凝,生生忍下了。

说着,顾时深便越过顾凝进屋去,并转身欲关门,丝毫没有请她们进去的打算:"对了,姐,下次请不要随便带闲杂人员来我这儿。有什么事可以给我打电话,或者你自己一个人来就行。"顾时深把话说得很清楚,并没有避着施诗的意思,那句"闲杂人员"更是把人里里外外伤了个透,施诗的脸色白了不说,眼圈都红了。

顾凝见状,连忙呵斥了顾时深一声,示意他闭嘴。顾时深却丝毫不给她面子,又冷声重申了一次:"谁也别想安排我的人生,尤其是我的婚事。"说着,顾时深当着顾凝的面关上了房门,完全一副没商量的态度。

门关上的那一刻,施诗鼻子一酸,当场哭了出来:"凝姐……我该怎么办?我真的很喜欢时深……"

顾凝给她递了纸巾,看着紧闭的房门叹了口气,也很无奈:"时深的性子你也知道,他决定的事情谁也改变不了。联姻的事……我劝你还是不要抱太大的期望。"

施诗微愣,随后哭得更厉害了。


孟浅离开顾时深住的公寓大楼后,心不在焉地往深大的方向走,一路上都在想那个叫施诗的女人。女人的第六感告诉她——施诗和她一样,也喜欢顾时深。

施诗应该年纪和顾时深差不了多少,而且还是他姐姐的朋友。

怎么看，施诗和顾时深在一起的概率都要比孟浅和顾时深在一起的概率大一些——他们毕竟年纪相仿，又近水楼台。

正因如此，孟浅才会烦闷、心不在焉，在早餐铺子排队时，连排在她旁边队伍的江之尧一行人都没注意。

江之尧倒是第一时间认出了孟浅。她还穿着昨晚那条白色连衣裙，将头发编了条鱼骨辫，斜斜地垂在左肩上，气质虽温婉清纯，形貌却是明艳娇媚，纯与欲糅在一起，让她成了人群中最亮眼的存在。

"那不是孟学妹吗？"和江之尧一起的张凡拍了一下江之尧的肩膀，分贝没把控好，吵到了心烦意乱的孟浅。

她循声侧目，对上斜上方正打量她的江之尧的视线，对方复杂的眸光立刻变得锐利冰冷，像针尖一样刺人，仿佛他们分手以后就成了敌人。

孟浅倒是不在意江之尧对自己的态度，只粗略地扫了他一眼便移开视线，继续为如何高效地追求顾时深发愁。

她这般淡然的反应，不知怎么戳中了江之尧的痛处。他当即脸色变换，心里平白生出一股恼意来。偏偏张凡是个没眼力见儿的，还在江之尧耳边小声感慨："孟学妹还是跟之前一样光彩照人啊！看来你们俩分手对她并没造成什么影响呢。"

说着，张凡还拍了拍江之尧的肩膀，极认真地问江之尧："阿尧，你老实说，后不后悔和孟学妹分手？"

江之尧当即竖眉，挥开了张凡搭在他肩上的手。似乎为了证明什么，他刻意拔高了声音，冷笑着答道："后悔什么？本就是玩玩而已，某些人还真把自己当回事了。"

他的话一字不落地传到了孟浅的耳朵里。她转头朝他看去，故作关切地问:"江学长,脸还疼吗?"

话音刚落,她明显地看见江之尧的脸色又沉了几分。她看着他咬牙切齿的样子,刚才烦闷的心情竟好转许多,于是又笑盈盈地给江之尧补了一刀:"分手快乐啊!"

江之尧气结。

上午的课结束后,孟浅和苏子冉、沈妙妙一起回了宿舍。一路上沈妙妙都在同她们俩商量中午吃什么。到了宿舍,关上房门,沈妙妙才终于克制不住八卦欲,追问起昨晚的事来。

"浅浅,你昨晚住在哪儿了?我看你也没带钱包出门,肯定不是住旅馆吧。"沈妙妙虽然平日里稀里糊涂,但八卦起来,智商快赶上爱因斯坦、达·芬奇的智商了。

孟浅被她眯眯盯着,一举一动都在她的视线之内,根本撒不了谎。好在喜欢顾时深也不是什么见不得人的事,孟浅也不怕被别人知晓,便大方地承认道:"我昨晚住在顾医生那儿。"

沈妙妙激动地拍了一下餐桌,满脸都是猜对答案的喜悦:"我就知道!"之前孟浅和顾时深碰面,沈妙妙就感觉他们之间有种旧相识的氛围。只是赶上江之尧劈腿那件事,事情太多、太杂,沈妙妙便没来得及询问孟浅和顾时深的情况。

现在孟浅和江之尧已经谈妥,彻底分手了,孟浅也算是正式恢复了单身。所以沈妙妙认为,是时候支持一下孟浅和别的男人在一起了。

"浅浅,你和顾大哥是什么时候认识的?"沈妙妙的话匣子打开了,便再难合上。苏子冉拿沈妙妙没办法,只能同情地看孟浅一眼,不过心里也暗暗地好奇孟浅和顾时深的故事。

"两年前,在我的老家陶源镇。"孟浅倒也不藏着掖着,毕竟接下来她要做的事很难瞒过沈妙妙和苏子冉,不如趁现在早早地给她们打个预防针。

"两年前!"沈妙妙惊叹。连一向淡定的苏子冉都愣了一下,看向孟浅时眼里也起了兴致。

孟浅莞尔:"两年前的盛夏,顾时深来我们镇上参加一年一度的陶瓷展。当时他在我们那儿小住了一个月,就住在我爸开的民宿里。"

"原来如此。这么说来,你们俩缘分不浅啊!深市这么大,萍水相逢的两个人还能重逢,这简直比中彩票的概率都低。"沈妙妙摸着下巴,瞬间脑补出百八十万字的言情小说情节,脸上不禁露出笑容,看着有些傻乎乎的。

趁沈妙妙想象之际,苏子冉换了个话题,毕竟已经弄清楚孟浅和顾时深之间的关系了:"浅浅,你和江之尧分手,要不要在学校论坛上发个帖昭告全校?你们俩之前交往的时候,就在论坛上掀起了一阵热潮。我估摸着,现在学校里知道你们分手的人应该不多。"

听苏子冉这么一说,孟浅倒是被提醒了。

她和江之尧谈恋爱谈得全校尽人皆知,现在分手了,她怎能闷声不响呢?回头她还要追顾时深,可别因为江之尧生出什么误会。

这么一想,孟浅掏出手机,打算去学校论坛上发帖。结果她还没登录论坛界面,宿舍的门被人一脚踹开。

陈茵抱着书怒容满面地进来:"孟浅!你个卑鄙小人!"她将手里的书砸向孟浅,气得浑身颤抖,咬牙切齿。不过孟浅反应快,躲开了她的攻击,倒是苏子冉和沈妙妙被吓了一跳。

方才还和谐静谧的宿舍里顿时剑拔弩张,空气中浮动着浓浓的火药味。苏子冉第一个反应过来:"陈茵,你疯了?"她居然想用书砸孟浅,不是疯了是什么?

"我是疯了!那也是孟浅逼我的!"陈茵冲苏子冉吼了回去,声音大得连对面宿舍的人都听见了,开门探头往她们305这边看。

沈妙妙赶紧去把门关上:"有什么事好说好说,动什么手?再说了,你抢浅浅的男朋友的时候,浅浅都没跟你动手。你凭什么?"

苏子冉和沈妙妙的态度已经证明她们和孟浅站在同一阵线上。看她抱团儿一致针对自己的样子,陈茵只想作呕。但她知道自己现在是一对三,势单力薄,便也没和苏子冉、沈妙妙计较。

压下心里那口闷气,陈茵直奔孟浅:"这是我们两个人的事情,麻烦让你那两条忠心的狗闭嘴。"

"嘿!我这暴脾气!你骂谁是狗?信不信我真打你?!"沈妙妙说着便要捋起衣袖冲上去。

苏子冉拉住沈妙妙:"你别跟某些人计较,谁让人家家里没人教她说话做人。"

"你说谁呢?"陈茵回身,瞬间对苏子冉、沈妙妙揎拳捋袖。

孟浅当然得拉住陈茵:"你有什么事冲我来,别把无关人员拉下水。要想打架,我也奉陪。"

宿舍里闹得乌烟瘴气不说,四个人的情绪都坏透了。

陈茵红了眼圈,一副受了大委屈的模样,仿佛孟浅她们仨合伙欺凌了她,扯着嗓子冲着孟浅一通控诉:"我们闹成这样还不是因为你这个虚伪小人?是谁说不会把我和江之尧的事情发到网上去的?

"之前装得一脸大度,我还以为你真是宰相肚里能撑船呢,没想到你竟然当面一套背后一套!"

"我什么时候把你和江之尧的事情发到网上去了？"孟浅打断她，清艳莹白的脸微沉，竟有股不怒而威的气势。

因为孟浅的话，陈茵被震慑了，方才嚣张的气焰灭了。

陈茵看向孟浅的眼神变得不再如刚才那样坚定，因为孟浅看上去一身凛然，完全一副身正不怕影子斜的强硬态度。这让陈茵不禁怀疑论坛上那则帖子到底是不是孟浅发的。不过即便内心有所动摇，面对孟浅时陈茵也绝不退缩。她接着道："论坛上有人发帖提了江之尧参加联谊会劈腿的事……你敢说不是你发的？"

孟浅微愣，下意识地拿手机去论坛上翻看陈茵说的帖子。

"怎么可能是浅浅发的？她哪儿有空去论坛上揭露你们俩的奸情？你未免也太瞧得起自己了，真把自己当根葱了，就你和江之尧那点儿破事，谁稀罕说啊？"沈妙妙抄着手靠在衣柜门上，撇着嘴角，没打算给陈茵好脸色。

"不是她还能有谁？哦，对了，还有你们俩。"陈茵蹙眉，视线在苏子冉和沈妙妙之间来回游移，把沈妙妙气得差点儿又捋袖子。

孟浅看完帖子，及时阻止了这场冲突，声音冰冷，沉如击鼓："那晚一起参加联谊会的人应该不少吧，你怎么就能断定知道你和江之尧的事的人只有我们三个？"

"我说过，只要你接下来四年里不惹事，我就不会把你和江之尧的事捅出去。我向来说到做到。"孟浅斩钉截铁的语气差点儿就让陈茵信服了。

"空口白牙谁不会？"陈茵仍嘴硬。

孟浅默了默，然后深吸一口气稳住情绪，才接着道："如果我真想跟你和江之尧计较，就会直接把你们俩在酒吧里激吻的视频传到网上，而不是在那儿发帖子，捕风捉影地带节奏。"孟浅一口气说完，看陈茵的眼神像在看傻子，"你的脑子是在和江之尧激吻的时候被他吸走了吗？这么显而易见的事都想不明白？"

陈茵呆住，显然已经完全相信了孟浅的说辞。

论坛上的帖子到底是谁发的？当初参加那场联谊会的女生，除了陈茵和她的一个朋友是深大的，其他的都是别的大学的人，按理说应该不知道江之尧和孟浅谈恋爱的事。可论坛上发帖的那个人，显然对孟浅和江之尧恋爱过的事情十分了解，定然是学校内部的人。

陈茵绞尽脑汁地想了许久，才终于不敢相信地怀疑起当时和她一起参加联谊会的那个朋友。她没再和孟浅她们说什么，转身气势汹汹地拉开房门出去了。

第五章

# 你会选谁谈恋爱

陈茵一走,宿舍里的硝烟自然也就消散了。沈妙妙骂了句"有病",然后上论坛去看陈茵说的那个帖子,最后她们仨简单地收拾了一下,一起出门吃了午饭。

傍晚时,学校论坛上又出现一则新的帖子,是陈茵自己发的。

沈妙妙看过之后,"啧啧"两声:"真是'塑料姐妹',说崩就崩啊。"说完,她还不忘让苏子冉和孟浅一起去论坛上看戏——因为陈茵和那个要好的朋友在帖子里撕起来了。

论坛上似乎已经证实之前说江之尧劈腿孟浅同班某个女生的帖子,就是陈茵的那个好朋友发的。

"这年头,也不是什么人都可以称作好朋友的。"苏子冉慢条斯理地吃着饭,扫了沈妙妙递过来的手机一眼,只轻飘飘地说了这么一句,便对陈茵和她朋友"扯头花"的事不感兴趣了。

孟浅一只手拿着筷子戳着餐盘里的米粒,另一只手拿着手机,刚打开微信。顾时深给她发了一条消息,问她下午有课没,要不要去医院看看似玉和如墨。

S深:"它们一家四口,都已经平安了。"

孟浅:"一家四口?似玉就生了两只小猫?"她记得似玉的孕肚还挺大的,还以为它至少怀了四五只小猫。

S深:"对,就两只。两只黑白花猫。"

顾时深给孟浅发了两张照片,一张是似玉和两只黑白花的小猫的合照,另一张是如墨的独照。两只大猫都戴着伊丽莎白圈,躺在医院专门设立的猫病房里。

约莫是话题和顾时深的专业有关,所以他和孟浅多说了几句,比如似玉这两天没办法奶小猫,只能人工哺育。

S深:"我打算让似玉和如墨继续住院,等似玉拆线后再带它们回家。你觉得如何?"

孟浅:"可以啊。你已经是它们的主人了,这种事情你自己决定就好。我呢,就等着你安顿好它们,通知我去你家探望它们就行。"

消息发过去后,孟浅还额外发了一个可爱的表情包。

顾时深那边一直显示"正在输入",好几分钟后,孟浅却只收到了一句"好"。

再后来,顾时深说他先去忙,对话就此结束。

孟浅将手机放在桌上,抬眸看了眼坐在对面的苏子冉和沈妙妙,犹豫了一下,还是提议道:"周末我们去逛街吧。"

"好啊,你有什么想买的东西吗?"沈妙妙欣然答应。她已经很久没和孟浅、苏子冉一起出去逛街了。

"有,我想买点儿新衣服,还有化妆品。到时候你们帮我挑一下?"孟浅一脸坦然,但是她的话让对面的苏子冉和沈妙妙双双望向她。

苏子冉惊道:"你要买化妆品?"

沈妙妙也有点儿不敢相信:"对啊,衣服也就算了,你居然要买化妆品!你要学化妆啊?"

孟浅天生丽质,平日里顶多用点儿水乳和面膜,化妆品是半点儿都不碰的,不然也不会被誉为深大史上唯一一位"素颜校花"。

"你受什么刺激了?"沈妙妙觉得很不可思议。

苏子冉却接受得很快:"越是这种时候,越要让自己美美的,对吧,浅浅?"

孟浅忍俊不禁,为了不让她们担心,决定如实相告。因为她们在食堂里,周围人多眼杂,所以她冲苏子冉和沈妙妙招了招手,等她们凑近,才小声道:"我想,追——个——人。"

孟浅和江之尧分手的事,因为陈茵和她的那个朋友在论坛上"扯头花"的事件,现在是尽人皆知,所有人都知道孟浅被江之尧劈腿了,而且江之尧劈腿的对象还是孟浅的室友。

这件事让陈茵在深大名声扫地,反倒对江之尧的影响不大。因为在大多数人眼里,江之尧本就是个浪子,劈腿这种事情发生在他的身上,似乎并不会让人觉得有多意外。

众人因为怜惜孟浅,便把所有的矛头指向了陈茵。无论是在学校论坛上还是在生活中,总有人对陈茵指指点点。

迫不得已,陈茵休学了。

就在周六那天,孟浅和苏子冉、沈妙妙出门逛街,晚上回到宿舍后,她们注意到陈茵的床位空了,书桌上的东西也带走了不少。不仅如此,陈茵还给孟浅留了一封道歉信,信里提到了从高中时候起，她对孟浅日积月累的忌妒心理。这便是她当初参加联谊会，在明知道江之尧是孟浅的男朋友的情况下还与他暧昧不清的原因。她只是……想要赢过孟浅一次，哪怕不择手段。

信的最后，陈茵诚恳地向孟浅道了歉，也谢谢孟浅之前出面去找自己的朋友删帖。

虽然孟浅的理由是不希望自己的私事被人放到网上议论消遣，但陈茵知道，孟浅其实是在帮她。论坛上的帖子删掉以后，至少她和江之尧的事情不会继续在网上发酵，这件事的热度也会随着时间的推移慢慢降下来。

"这个陈茵，早点儿想通多好啊，干吗非得把自己折腾到休学的地步？"虽然沈妙妙对陈茵的所作所为并无好感，也气陈茵之前无事生非，与孟浅针锋相对，可这周以来，陈茵所遭遇的，也让同为女生的沈妙妙感到可悲。

"明明这件事也不是陈茵一个人的错，为什么到头来受舆论影响最大的人只有她？大家对江之尧那个渣男未免也太宽容了吧？！"沈妙妙抄着手，越想越来气，最后没忍住，跑去论坛上发了个帖子，匿名骂了江之尧好几层楼。

苏子冉早就对这种情况见怪不怪，只浅叹了一句："男人真可怕！"

孟浅在边上低笑了一声，难得加入讨论："其实可怕的不是男人，可怕的是对男人动心，尤其是对渣男动心。"

"有道理。浅浅对江之尧没动过心，所以他渣任他渣，最后不也没伤到浅浅半分？"沈妙妙像是参悟了什么人生哲理似的，眼睛圆睁，一副悟了的表情。

孟浅笑个不停,心情极好地整理衣柜去了。

之前孟浅说过要追一个人,苏子冉和沈妙妙当时惊呆了,好半晌才反应过来,追着孟浅问了许多。所以她们现在也知晓了孟浅的秘密——她想要追求的人是顾时深。

沈妙妙第一个支持,愿以一己之力,力挺孟浅去拿下顾时深。

苏子冉虽然诧异,但作为朋友也支持孟浅,还特意从她哥哥苏子玉那里打探了不少关于顾时深的消息,比如顾时深的生日、口味喜好以及工作之余常去的地方。

今天出门陪孟浅逛街买衣服、选化妆品,她们俩都尽心竭力地为孟浅出了不少主意。

"浅浅,你明天几点去找顾大哥啊?是直接去他的住处还是去医院?"沈妙妙从便利袋里拿出一根黄瓜,去阳台的洗手台那边洗了一下,就这么啃了起来。见孟浅在整理衣服,沈妙妙便在旁边顺便帮她挑一下明天去见顾时深要穿的衣服。

刚从洗手间出来的苏子冉看见沈妙妙手里的黄瓜,忍不住抽了抽嘴角:"那是晚上涮火锅时吃的,你现在啃了,晚上吃什么?"

"我就吃一根,那儿还有呢……"沈妙妙有点儿委屈,连忙拉扯孟浅的衣袖,示意她帮着说说话。

三个女生打打闹闹的,倒也没耽误涮火锅。晚上8点整,她们仨围坐在餐桌前准时吃上了红油滚滚的小火锅。

开席之前,孟浅和沈妙妙都拍了照片发朋友圈。只不过孟浅因为人缘比沈妙妙的人缘好,刚发完动态,便有好几个人点赞、评论。

时淼:"浅浅,你想馋死我是不是?!"

孟航回复时淼:"对,她就是想馋死你。"

良家民宿:"闺女啊,你们学校的伙食不错嘛!"

……

点赞的人包括顾时深。孟浅盯着他的头像好一会儿,唇角弧度渐深。就在她心满意足地打算退出微信时,又有人给她点赞了。

孟浅扫了一眼,见点赞的人是江之尧后,脸上的笑意顷刻间消失。

她再去看动态时,那条点赞提醒还在,朋友圈界面却没看见江之尧的头像。这种情况八成是他赞了以后取消了。

江之尧的这番操作让孟浅多少有些无语。她撇了撇嘴角,退出朋友圈后,直接从通讯录里找到了江之尧的微信,操作删除。不仅如此,她还把江之尧的手机号一并删除、拉黑了。

之前和江之尧闹分手,孟浅倒是忘了这件事。江之尧这次点赞正好提醒了她,她把他彻底从自己的生活里清理干净了。


周日这天,深市又下起了雨。

孟浅上午去了小公园喂猫,顺便盘算着带哪只猫咪去玉深动物医院做绝育。她为此还特意买了一只猫包,这样比较方便。

孟浅是上午10点多出门的,在小公园里物色了近一个小时,才抓了一只狸花猫装进猫包里,然后磨磨蹭蹭地去医院。她故意踩着午饭的点去找顾时深,想借机和他一起吃午饭,不承想,当她到医院时,却被前台人员拦了下来:"不好意思,顾医生不负责绝育手术。我这边已经在帮你预约其他医生了,请在大厅里等候。"

前台小姐姐不是之前孟浅见过的那些,但孟浅又觉得现在这个前台人员看上去有几分眼熟,像是在哪儿见过。

这位前台人员没什么耐心,尤其在孟浅表示自己是顾时深的朋友时，前台人员撇了撇嘴角，冷笑了一下："这位小姐，我刚才的话已经说得很清楚了。如果你真的是顾医生的朋友，就自己给他打电话，让他来大厅接你。"

孟浅不是没想过打电话，但她只有顾时深的微信，没有他的手机号。微信电话她倒是拨过，可惜对方没有接听。

孟浅的沉默，让前台人员将嘴角撇得更厉害了些。前台人员的神情生动地诠释了"神气活现"这个词："说真的，像你这样的女生我见多了。在你之前已经来过好几个了，都是想见顾医生的，借口五花八门。你这个借口跟她们的借口相比，未免也太蹩脚了。"

前台人员说完，将孟浅上下打量一番，视线扫过她精心勾勒的柳叶眉，以及眼尾拉长微微上翘的眼线，轻"啧"了一声，接着道："老实地告诉你吧，我和顾医生私下关系很好的。他要是真有你这么个朋友，我怎么可能没见过？"

话音刚落，前台人员便移开视线，不想再看孟浅那张明艳精致的脸——孟浅美得不可方物，看久了，容易让人无地自容。

孟浅因为前台人员的话沉思了片刻，将视线移到她的工牌上，"许佳人"三个字映入眼帘。孟浅暗暗在脑海里搜索起这号人物，可惜浏览了所有记忆，也没想起来这人是谁。

相对的，许佳人也没想起孟浅来，只觉得这个女生太漂亮，绝对不能让她见顾时深。

"孟浅。"温和的男声破空传来，拉回了两个女孩儿的神思。

孟浅第一时间反应过来——那是顾时深的声音。她循着声音看去，果然看见身穿白大褂的顾时深和另一名男医生一起朝前台这边走来。

"顾时深。"孟浅对他挥手，脸上挂着和煦的笑意，余光却瞥了眼那位叫许佳人的前台人员,用只有她们两个人才能听见的分贝道:"看吧,我就说我是顾医生的朋友嘛!现在相信了吗?"

女人的直觉一向很准,更何况许佳人提到顾时深时眼睛都在放光,孟浅很难猜不到许佳人的心思。

不管怎么说,许佳人长得挺漂亮。如果作为情敌,孟浅多少还是会有些危机感的。所以她得抓住机会,挫一挫许佳人的锐气。

果然,孟浅话音刚落,许佳人就瞪了她一眼,然后转头,冲迎面过来的顾时深和许卫民娇媚一笑:"顾师兄、哥!"

她对顾时深的称呼令孟浅多看了她一眼——听起来,她和顾时深私下里还真是挺熟的。

孟浅轻咬了一下嘴唇,心下不禁有些不满:顾时深这人,到底招了多少桃花?

"你怎么来了?"顾时深淡扫了许佳人一眼,视线最终落回到孟浅身上。见她怀里抱着一个猫包,包里有只狸花猫探头探脑,他忽然意识到自己刚才似乎问了个蠢问题。

孟浅倒是不觉得他的问题蠢,撩人的话信手拈来:"来找你啊,想你了。"她的声音轻柔,似云似雾,又似春风,柔得人耳根子发软,还甜甜的,分分钟蛊惑人心。

顾时深听了以后呆愣当场,倒不是因为孟浅动人的声音,而是她说的话怎么听怎么不对劲,露骨又轻浮。这小妮子八成又在打什么鬼主意……顾时深叹了口气,神色略有几分不自在。

他用余光扫了一眼旁边同样呆住的许卫民和许佳人,轻咳一声,眉眼噙着浅淡的笑意,声音富有磁性地说道:"小姑娘家家的,有些话不能乱说。"旁人听见了容易误会,对她的名声不好。

虽然顾时深这话听起来像是训诫,却让旁边的许佳人和许卫民听出了几分宠溺感。眼见着顾时深和孟浅相谈甚欢，却连余光都没给过自己，许佳人心下慌张起来，拼命地冲哥哥许卫民使眼色，希望他能帮忙吸引一下顾时深的注意力。

结果许卫民愣在那儿一动不动，目光像是粘在了孟浅身上似的，眼睛都没舍得眨一下，差点儿把许佳人气个半死。

好不容易等顾时深和孟浅聊完，许佳人赶紧插了一句嘴："顾师兄，你和我哥这是要出去吃午饭吗？能不能带我一起啊？"

许佳人是深农大动物医学专业大一的学生。虽然顾时深前两年就已经读完研毕业离校，甚至和她没同校过，但这丝毫不影响她称他一声"师兄"。因为顾时深身边只有她这样称呼他，这个称呼很独特，显得他们之间的关系非同一般。

可惜即便许佳人"师兄师兄"地叫着，顾时深对她也和对旁的女生没什么区别。这会儿他也只是以公式化的口吻问了她一句："你不用值班？"

许佳人虽然是在校大学生，但她的哥哥许卫民是顾时深读研时的室友，所以苏子玉特许她每周末到医院来兼职，工作内容便是在前台指引那些需要帮助的宠物主人。

"不用！一会儿小周就来替我了！"许佳人抿紧唇瓣，满怀期待地看着顾时深。

旁边发愣许久的许卫民总算回过神来，搭了句腔："那就一起吧。"

听许卫民都应了，顾时深便也没说什么，但将视线转回了孟浅身上，想了想，还是没忍住，问了她一句："你吃午饭没？"

见孟浅摇头，顾时深便接着道："那你……要不要一起？"

孟浅又点头，点头的力道很重，捣蒜一般，逗笑了顾时深。

玉深动物医院附近有一家味道不错的汤饭店，店里的招牌是蹄花汤饭。

口感肥美软糯的猪蹄，再加上味道甘甜的白萝卜、海带丝……高汤配枸杞熬制数小时，最后浇在香喷喷的白米饭上，撒上葱花，一碗香味浓郁、令人垂涎的蹄花汤饭便上桌了。

顾时深口味清淡，他对这家的汤饭情有独钟。据苏子冉的情报，他平日里经常来这家店，点得最多的就是他们家的招牌——蹄花汤饭。

果不其然，今天顾时深点的也是蹄花汤饭。他点完单还不忘给孟浅推荐："你要不要也来一份？里面有你喜欢吃的豆子。"

孟浅望着菜单发愁，她喜欢吃豆子，但是对猪蹄不是很感兴趣，平时也不怎么吃汤饭，感觉和平时在家吃的汤泡饭没什么太大的区别。

挑了许久，孟浅才选定了排骨豆汤饭。直到服务员将汤饭端上桌，孟浅才知道原来排骨豆汤饭用的是她没那么喜欢的豌豆。虽然豌豆也不错，但是……

顾时深碗里的豆子看上去真的超大颗，很好吃的样子。

孟浅心不在焉地吹着勺子里的汤饭，却直愣愣地盯着对面顾时深碗里的豆子。

顾时深正在和许佳人说话，回答一些专业方面的问题，余光注意到孟浅的视线，声音便顿了顿。随后他把解答疑难问题的任务丢给了许卫民，将视线完完全全地落在了孟浅的脸上，只见她低垂着眼，直勾勾地盯着他的碗，连他看她许久都没注意到，可见他碗里的豆子对她的诱惑非同一般。

顾时深不禁失笑，浅勾唇角，当即便取了筷子，将自己碗里的豆子一颗一颗地挑出来，夹到孟浅碗里："都跟你说了蹄花汤饭里有你喜欢吃的豆子，现在知道馋了？"

孟浅的目光追逐着他的筷子，过了半晌，她才抬眸，望着男人噙笑的眉眼，然后装无辜，随后还小声狡辩，娇嗔又俏皮："大家都是汤饭，凭什么排骨里配的是豌豆？我们排骨到底哪里不如猪蹄了？"

顾时深唇角的弧度有些止不住，夹菜的同时，他抽空抬眸瞟了孟浅一眼，一时竟不知如何反驳她。最后，他能做的也不过是把自己碗里所有的豆子都挑给孟浅而已。

孟浅也没闲着，分了好几块排骨给顾时深，美其名曰"回礼"。

顾时深被她古灵精怪的模样逗得低笑出声，片刻后才注意到席间除了他和孟浅的声音，一片死寂。旁边的许卫民和挨着孟浅坐下的许佳人，双双看着他们。兄妹俩一个神色木讷诧异，另一个紧咬嘴唇，脸色难看。

被他们盯了好一阵，顾时深终于整理好自己的情绪，清了清嗓，脸色恢复如常。他沉声提醒孟浅："快吃吧，凉了味道不好。"随后他一门心思吃饭，没去管旁边许家兄妹俩的目光。

孟浅倒是朝他们兄妹俩看了一眼，视线掠过挨着顾时深坐的许卫民，冲许卫民客气地笑了笑——毕竟那是顾时深的同事。

随后，孟浅的目光落在许佳人的脸上。孟浅的双眸光彩耀目，得意之色几欲溢出，切切实实地在许佳人的心里放了一把火，烧得许佳人怒气腾腾，满腔忌妒。

偏偏顾时深自己没有意识到任何问题，自认为对待孟浅的态度以及和孟浅相处的方式，与两年前在陶源镇小住时没什么区别。所以即便旁人觉得他一反常态，他却不以为意。

吃过午饭后，孟浅跟着顾时深他们一起回了医院。

虽然许佳人说绝育手术不在顾时深负责的范围内，他还是亲自安排了孟浅带来的那只流浪狸花猫的手术。安排好一切后，他还利用剩余的午休时间，带孟浅去猫病房看望了似玉它们一家四口。

"下个周末它们一家就可以出院了。到时候你要是想见它们，可以随时去我那儿。"

顾时深同孟浅说着似玉一家子的事，孟浅却在想施诗和许佳人。在孟浅看来，不管是施诗还是许佳人都是实力强悍的竞争对手。和她们相比，她和顾时深之间的纽带太少了。

施诗有顾时深的姐姐顾凝，许佳人有个和顾时深一起共事的哥哥。而孟浅呢？她只有似玉一家四口，以及学校小公园里那些需要做绝育手术的流浪猫。

对比之后，孟浅总觉得自己在追求顾时深这件事上，好像已经输在了起跑线上。她这会儿正为此事犯愁，全然没有注意听顾时深说的话。

顾时深声音沉缓地说了许久，都没得到孟浅的回应，这才注意到她在走神儿。她正捏着下巴，皱着弯弯的柳眉，不知道在为什么事情犯难。

"孟浅？"顾时深横身立于孟浅眼前，高大的身躯覆盖了她的整片视野。孟浅堪堪回神，不知所措。

"你在想什么？"顾时深将手揣进了裤兜里。宽肩窄腰、比例堪称完美的身体，强硬地占据了孟浅的视野。她的目光恰好落在他硬朗宽阔的胸膛上。

在顾时深沉声询问时,孟浅眨了眨眼,目光顺着他系得一丝不苟的衬衣纽扣往上攀爬,一直到他散开两粒扣子的领口。

顾时深的锁骨形状很漂亮,线条流畅,弧度优美。孟浅的视线在上面停留了许久,才顺着他的锁骨继续往上,掠过凸显的喉结,然后是有棱有角的下颌,最后撞进他深不见底的丹凤眼。

那一霎,孟浅有种溺水的窒息感,仿佛心脏被人一把攥紧,拎到嗓子眼儿,高悬于半空。

她被他狐疑、探索的眼神看得心慌意乱,半晌才往后退了一步,结束了这场让她心率失衡的暧昧对视。

"我在想……"孟浅轻咬住嘴唇,脸别向一边。她停顿了几秒钟才一鼓作气,问出了困扰她许久的问题,"如果让你在施诗、许佳人和我之间选一个人谈恋爱,你会选谁?"

顾时深愣住。

孟浅接着问道:"不能不选,更不能多选!这种情况下……你会选谁跟你谈恋爱?"

这间猫病房里只有孟浅和顾时深,所以她并没有刻意压低分贝,以确保顾时深能听清楚她说的每一个字。顾时深也确实一字不落地听清了,似乎受了惊吓一般木在原地,连睫毛都没动一下。

好半晌,顾时深才从她的问题里缓过神来,有些诧异,还有些狐疑,最后还有些犯难,粗浓的长眉微拧。他就像个质疑老师的学生,声音没底气:"为什么……一定要在你们三个里选?"

孟浅屏息静等,没想到等了半晌,等到的却不是顾时深干净利索的答案。他神色懵懂,显然并没有从她刚才的话里察觉到什么,抑或是察觉到了,只是装作不懂。

孟浅垂在腿侧的手不由得攥紧,她顺着顾时深的话回答道:

"那你要是还有其他人选，也可以加入选择。"

顾时深噎了噎，一时间有些想笑，却又不知为何。他将手揣进白大褂的口袋里，泰然自若地端详孟浅，薄唇勾起浅浅的弧度："那倒没有。只是……你提的这个问题，我似乎很难回答。"

孟浅不解：她已经把问答题变成选择题了，难吗？

顾时深似乎看出了她的疑问，清了清嗓子，说道："因为我一个也不想选，我也没有资格以一副高高在上的姿态挑选你们任何人。"

孟浅只在意他的第一句话，柳眉微蹙，眼里露出几分急切："一个都不想选吗？为什么？"

她还想告诉顾时深，她的这个假设里，并没有要将他置于高高在上之地，他不用顾虑太多。顾时深却先开口，神色认真地说道："谈恋爱要和喜欢的人谈才有意思。施诗也好，许佳人也罢，我对她们都没有那种特殊的感觉。"虽然孟浅的问题又怪又难回答，但唯独这一点，顾时深是百分百确定的，所以他告诉孟浅时，语气很坚定。

只是轮到孟浅时，顾时深的话音顿了顿，他似乎有顾虑，片刻后才接着道："至于你……年纪太小，不合适。"

孟浅不爱听这话。她咬了咬嘴唇，仰着头，目不斜视地看着顾时深，满脸不服气："我已经18岁了，成年了。"

顾时深也垂眸看着她，距离不近不远。他打量她时，不禁收敛了呼吸。看着孟浅眼里那股不甘心的劲头儿，顾时深叹了口气。他将手放在孟浅的发顶上，轻轻地揉了揉，完全一副长辈的口吻："那也很小。你这个年纪应该好好学习，而不是整日胡思乱想，做一些无谓的假设。"

当顾时深宽厚温暖的手掌落在孟浅的头顶上时,她就知道自己完了,她没办法继续在他面前棱角锋利地逼迫他。

尽管顾时深的答案模棱两可,并没有达到孟浅的预期,她还是认可了,心情低落地点点头,声音蔫蔫的:"知道了。"

她会好好学习。

她也会继续追着他长大。

午休结束前,顾时深将孟浅送到了医院门口。他下午有个会议,会议结束后还有几台手术,没办法送孟浅回学校。

孟浅倒也没指望他能送自己。她离开玉深动物医院时,情绪还处在低谷。顾时深虽察觉到了,但并没有多问,怕询问得到的结果会动摇他内心的平静。

"回去的路上注意安全,到学校记得给我发微信报平安。"顾时深音色沉沉,公式化的口吻,对孟浅的叮嘱却是前所未有地多。

孟浅听他说完,点了点头,打了招呼离开。她一直忍着没有回头,所以并没有注意到顾时深留在原地,一直目送她离开。

顾时深的视线追逐着她,直到那抹单薄的身影越变越小,消失在他的视野里,他才收回视线,食指的指腹不规则地摩挲着制服口袋里工作牌的棱角。

思绪稍稍放空,顾时深回味起孟浅刚才在病房里说过的话。每个字、每句话,他都在脑海里重新解读了一遍,后知后觉地察觉到了什么,隐隐躁动。

可下一秒,他又打消了猜疑,告诫自己:那只是一个 18 岁的小姑娘一时兴起的假设。就算她心里真的对他有杂念,那也是因为她刚刚结束了一段恋情,处于感情最脆弱的时刻。而他恰好在这个时候跟她重逢，所以被她在潜意识里当成慰藉，产生了错误的感觉……

这一切，或许都归结于她年纪还小，感情观还不成熟。

就在顾时深满脑子杂草丛生时，许卫民从背后悄无声息地靠近他，用胳膊轻撞了他一下，冷不防地出声："小孟同学回去了？"

许卫民的声音打断了顾时深的遐思。顾时深思绪回笼，六神归位，狭长的丹凤眼微斜，侧目瞥了许卫民一眼，心下有些在意："小孟同学？"

或许是因为他自己之前也曾这样称呼过孟浅，所以听见许卫民也这么叫她便有些敏感。他拧眉，眸色深沉地看着站到他身旁的男人，心里有些烦躁。

许卫民倒是全然没有察觉，只是被顾时深重复了一遍他对孟浅的称呼，有些尴尬。他摸了摸鼻梁，抿唇将脸别向旁边，没敢去看顾时深的眼睛："就……孟……孟浅。我不知道……该怎么称呼她。"许卫民的声音渐小，顾时深险些没听清。

顾时深蹙了一下眉，在许卫民鼓足勇气转头朝他看来时，漠然地收回了视线，声音淡了些，说道："叫名字不就行了？"

许卫民就是觉得直接称呼她的名字不够特别，所以才费心地想了这么个称呼。

没等许卫民解释，顾时深又沉沉地瞥了他一眼，从口袋里摸出工作证别好，装作随意地一问："你找她有事？"

"没有……"许卫民顿了顿，似乎下定了决心，视线定定地落在顾时深的脸上，"我是有事想问你。"

"什么事？"顾时深回眸，与许卫民的视线相对。

许卫民喉结动了动，沉声问道："你和小……孟浅是什么关系?"他本来是想说"小孟同学"的,但话刚起头就被顾时深看了一眼,于是生生改了口。

顾时深收回了视线,将工作证别好后便转身往楼梯的方向走,准备回办公室。许卫民自然跟上他,势必要从他口中得到一个答案。

行至楼梯口时,顾时深才停下来,犹疑片刻,答道:"朋友。"

"只是朋友?"许卫民超过顾时深,站上了前面一级台阶,转身横在他面前,挡住了他的去路。

顾时深拧眉,眼神发沉:"什么意思?"

"我看你对她很特别。"许卫民直言,"你们的相处模式不像是朋友,倒像是情侣。"

顾时深心里"咯噔"一下,想到在饭店里吃饭时自己和孟浅相处的场景——果然被误会了。

他眉心的褶皱加深,手从制服口袋里伸出,他拨开了挡路的许卫民,继续上楼,语气一如既往地低沉,说道:"怎么会?我比她大8岁,像兄妹还差不多。"

顾时深走得很快,许卫民差点儿没追上他。他们俩一前一后上了二楼,顾时深径直回自己的办公室,却蓦地听见身后传来许卫民松了口气的声音:"兄妹啊⋯⋯那就好。"许卫民笑了,语气比刚才轻快了许多。

顾时深却站住脚,僵直着脊背,徐徐地回身,满腹疑云地看向许卫民,眼神似乎在问他:好什么?

许卫民不好意思地抓了抓后脑勺儿,笑得有些腼腆:"那个⋯⋯我好像对你妹一见钟情了。"

顾时深无语,严重怀疑许卫民的理解能力——他几时说过孟浅是他的妹妹了？"像兄妹"的"像"字被许卫民吃了吗？

孟浅回到宿舍时，苏子冉和沈妙妙刚准备上床午睡。下午还有两节课，所以她们得养足精神。不过看见孟浅回来，她们俩倒也不急着睡了，尤其是沈妙妙，毕竟对她而言，聊八卦可比睡觉有意思得多。

"浅浅，来喝水。"沈妙妙给孟浅倒了一杯水，殷勤地送到孟浅的手里。

彼时孟浅刚从洗手间里出来，正准备去洗手，便没接。沈妙妙为此跟了孟浅一路，直到孟浅无奈地失笑，最后在书桌前坐下："想知道什么？问吧。"

"上道！"沈妙妙放下水杯，拉开凳子，紧挨着孟浅坐下，一副即将挖到宝贝的样子逗笑了苏子冉。苏子冉正好也没什么事，便也拉了凳子坐下准备旁听。

"你和顾大哥……今日战况如何啊？"沈妙妙直接开门见山，连弯子都懒得绕。

孟浅也想早点儿答完午休会儿，便一五一十地回道："我今天委婉地暗示了他一下。"

"真的？！他怎么说？"沈妙妙激动极了，不由自主地抓住了孟浅的胳膊，眼巴巴地望着她。

孟浅被沈妙妙强烈的八卦欲弄得哭笑不得，本来情绪还挺低落的，如今也低落不下去了，颇为无奈地说道："他让我好好学习。"

听了孟浅的回答，沈妙妙张口结舌，苏子冉也满脸的难以置信。

因为孟浅的话，305宿舍肃静了几秒，然后沈妙妙"啊"了一声,满脸失望地站起身来:"顾大哥不对劲。他以前谈过恋爱没?别是不喜欢女人吧?"

这可是孟浅的委婉暗示啊!这世上能有男人不动心?!沈妙妙难以置信,宁可相信顾时深的取向有问题,也不愿怀疑孟浅的魅力。

孟浅被她的话噎住,还真的小小地怀疑了一下。

苏子冉却是白了沈妙妙一眼:"一边儿去。"

说着,她将视线移到若有所思的孟浅身上,继续说道:"浅浅,你是如何委婉地暗示的?"万一是孟浅暗示得不到位呢?

孟浅抽回思绪,想了想,还是把她在病房里对顾时深说的那些话一五一十地告诉了苏子冉和沈妙妙。她说完后,宿舍里再一次陷入了诡异的安静中。刚站起身的沈妙妙又坐下了,将手搭上孟浅的肩膀,眼睛圆睁着,不可思议地看着她:"你都让他三选一了……你管这叫委婉?!"

沈妙妙摇摇头,转而看向同样被震惊到的苏子冉:"冉冉,你觉得浅浅委婉吗?啊?"她一时之间竟不知道该怀疑自己还是孟浅,只能求助于苏子冉。苏子冉堪堪回神,轻咳了一声,看了沈妙妙一眼,示意她别说话。

随后苏子冉看向孟浅,倒是一本正经地帮孟浅分析起来:"这么看来,顾大哥应该是觉得你年纪太小,所以压根儿没把你当成一位成年女性看待。"

这话和时森早前说过的差不多,孟浅听多了,只觉得心塞。

"可我今天无论是穿衣风格还是妆容都很成熟啊。"孟浅托腮,沮丧又苦恼,心里暗骂顾时深是根木头。她到底要怎么做,他才能真正意识到她现在是个成年女性,不是两年前那个16岁的小姑娘了?

"你下周末不是要去顾大哥家里看猫吗?要不试试……色诱吧。"苏子冉咳了又咳,才红着脸给孟浅支了个新着儿。

孟浅还没说什么呢,边上被嘘声的沈妙妙倒是先"嗷嗷"叫了起来:"这个好!简单粗暴!我喜欢!"

听了沈妙妙的话,孟浅一时无言以对。虽然这手段有点儿上不了台面,但现在孟浅好像也只能用这招儿给顾时深下一剂猛药了,不然他会一直把她当小孩子看。

正所谓不破不立,她就这么愉快地决定了!

一周的课程很快结束。周五这天晚上,孟浅熬到晚上 12 点多,把专业课的幻灯片做完。沈妙妙夸她勤奋过头,路过时不忘调侃她两句:"都说爱情使人上进,还真是如此。我要是顾大哥,早就感动得一塌糊涂,拜倒在你的石榴裙下了。"

孟浅听了,笑笑不说话,倒是苏子冉帮了句腔:"人家浅浅什么时候不上进了?就算没有顾大哥,她学习也很勤奋的好吧。"

沈妙妙立刻表示同意:"我知道啊,我的意思是,浅浅厉害,功课和男人竟能一个不落,实乃我辈之楷模!"

孟浅和苏子冉都被沈妙妙逗笑了,三个人又闲聊了几句才散开,继续忙各自的事情。

可能人真的会受到环境的影响,也会被身边的人带动。孟浅熬夜做作业,让平日里懒惯了的沈妙妙也有了学习的动力。

她们宿舍里的灯亮到了凌晨 1 点多,三个人才先后做完下周专业课要用的幻灯片,洗漱睡觉。

孟浅洗漱完,将充好电的手机拿好,爬上床。她打算看会儿新闻再睡，没想到刚躺下，却收到了顾时深的微信回复。

早在晚上9点多时，孟浅就给顾时深发了条微信，询问他明天是否有空，她想去他家探望似玉一家。

消息发过去以后，顾时深那边一直没动静。孟浅一边做幻灯片，一边等他回复。直到现在，她终于等到了他的回复。

S深："有空，我明天休假。"

这条消息之后，顾时深那边一直显示"正在输入"，但孟浅等了很久，始终没有等到他的新消息。最后，顾时深似乎打消了发消息的念头。孟浅急了，立刻发了一条消息过去："那我明天上午去你家！"

S深："你还没睡？"

手机那头的顾时深看了眼时间，已经快凌晨2点了。他以为孟浅早已经进入梦乡了呢。毕竟她给他发消息时是晚上9点多，那时候他在做手术，陆陆续续做了几台手术，闲下来时便已经是这个点了。

刚开始回复孟浅的消息时，顾时深没有注意到她发消息的时间，看见消息便第一时间回复了。

发完第一条消息，他准备发第二条的时候，才突然注意到时间已经不早了，怕打扰孟浅休息，便删除了输入框里的字，打消了继续给她发消息的念头。

没想到，他才切出对话界面，就收到了孟浅的新消息，一时有些惊讶。

孟浅："熬夜做幻灯片，刚做完。"

S深："辛苦了。"

孟浅："你刚才还想跟我说什么吗？"

S深："什么？"

孟浅："刚才我看见你那边一直显示'正在输入'。"

S深："我是想问问你，明天大概几点来我家？"

孟浅翻了个身，面向墙那侧，认真地考虑了几秒，然后飞快地摁着手机屏幕："上午10点左右行吗？会不会打扰你休息？"

毕竟明天是顾时深难得的一个休息日，他或许会想睡个懒觉。

S深："不会。那我明天在家等你。"

孟浅："好！"

孟浅："对了，你把手机号发我一下吧。我怕再像上周那样联系不上你。"

顾时深给孟浅发了一串数字，正是他的手机号。孟浅存好他的手机号以后，也给他发了一串数字，美其名曰"礼尚往来"。

她原本是有些困倦的，和顾时深聊天儿却是越聊越精神。如果不是顾时深提醒孟浅时间不早了，让她早点儿休息，她是真想就这样跟他聊到天亮。但后来她想了想，明天要去顾时深家里，还是得睡觉养足精神才行。

于是在他们俩互道晚安后，顾时深那边便没再回复孟浅的消息了，因为孟浅根本没办法控制住自己的手，看见他回消息就会忍不住回复他。

就这么你来我往好几次，顾时深没忍住，问了她一句："你是不是有强迫症？"比如，她看见微信上有未读消息的提示，就会忍不住点进去看，看完以后又忍不住回复。

孟浅："……"

S深："看来是了。"

孟浅："睡觉了。"

这条消息以后,顾时深便没再给她回消息了。因为他很清楚,继续这样回复下去只会没完没了。到时候他和孟浅,谁也别想休息好。

周六是个大晴天,破晓时分,金光便溢满宿舍阳台,透过落地玻璃窗,在室内地板上投下光斑。

8点左右,孟浅被开门声惊醒,正好看见晨跑完回来的苏子冉手里拎了打包的早餐。

"早,起床洗漱吃饭吧。"苏子冉压着分贝和孟浅打了招呼,顺手把早餐放在了桌子上,打算先去冲个澡。

孟浅应了一声,却没有立刻起床。她昨晚睡得太晚,觉不够。要不是今天和顾时深约好了要去他那儿,她可能得和沈妙妙一样一觉睡到大中午。

三五分钟后,孟浅强打精神从床上坐了起来。为了给自己醒神,她拿手机翻看了一下昨晚和顾时深的消息记录,没一会儿便厘清了思绪,拍拍脸颊然后下床。

鉴于苏子冉在洗手间里,孟浅便先去阳台那边洗漱。等她洗漱完,站在衣柜前挑衣服时,苏子冉正好冲完澡出来。

"我买了油条和包子,还有皮蛋瘦肉粥。你看看你想吃什么。"苏子冉说着,将装了脏衣服的桶暂时放在洗手台下,打算吃完早饭再拿去洗衣房。

等她回到室内,看见戳在衣柜前的孟浅,不由得停在孟浅身后:"怎么了?"

孟浅没有回头,但从声音里听得出她很纠结:"一会儿要去顾时深家,我该穿什么?"

之前色诱的主意是苏子冉出的,现在孟浅也只能将挑衣服的重任交给她。毕竟沈妙妙还没醒,床帘拉得严实,八成是要一觉睡到中午的。

孟浅不好为了自己的事情打扰沈妙妙休息,昨晚大家都熬到很晚。

苏子冉让孟浅先去吃早饭,自己替孟浅挑衣服。挑了近20分钟,苏子冉才拿出一件一字肩露腰的黑色上衣,外加一条灰蓝色的九分牛仔裤。她两只手各拎着衣架,并到一起给孟浅看:"这身怎么样?成熟性感,很称你的身段。"

孟浅咬了一口肉包子,点点头:"一会儿我试试。"

这身衣服是孟浅上周逛街时新买的,洗过之后,她还没穿过,买的时候也没试——她向来没有在店里试衣服的习惯。

饭后孟浅便去洗手间里换衣服了。为了搭配衣服,她按苏子冉的提议穿了无肩带的内衣,换好衣服从洗手间里出来时还有些不自在。

她的肩膀和细腰露出一截,被潮润的晨风吹得微凉。她没忍住,揉搓了两下,瓷白的肌肤顿时泛起暧昧的红晕。

苏子冉见了,整个人呆住了。有那么一瞬间,她仿佛理解了那些男生看见美女时的心情。

孟浅真的很养眼,媚态横生,让人心脏"怦怦"直跳。苏子冉给孟浅挑的这一身衣服完美地凸显了孟浅的好身材,尤其是那不盈一握的细腰白得晃人眼。孟浅的肩线平直流畅,锁骨很深,骨肉匀称,黑色的衣服如浓稠的墨泼洒在她雪白的肌肤上,给人的视觉冲击特别强烈。

苏子冉绕着孟浅转了三圈,将她前后左右、上上下下地打量个遍,满意地点点头:"很好。"

她说着,在孟浅跟前站住脚,帮孟浅把衣领顺着肩膀往下拉了拉,露出孟浅粉白圆润的香肩来。

"就这样去见顾大哥吧!必要的时候,记得把胸口的衣服再往下拉一些。"苏子冉说完,飞快地往孟浅的胸口瞟了一眼,脸色通红。

孟浅不知所以,垂头看了一眼,这才明白苏子冉的意思——她的身材向来不差,该有肉的地方半点儿不输旁人。孟浅明白了苏子冉的意思后,耳尖泛起淡粉,心跳飞快,害羞得不行。

之前吹牛的时候,她觉得自己挺勇敢的。只要能追到顾时深,她可以豁出去,什么都敢做。实际行动时,她才发现,有些事情说起来简单,做起来却很难。

## 第六章
# "金屋藏娇"

上午 9 点 30 分，孟浅出门了。她穿了苏子冉配的衣服和细跟鞋，半披长发，妆容精致明艳，满怀忐忑地走出宿舍大楼。

彼时天际的浮云被风吹散，阳光正盛，校园里来往的行人逐渐多起来。孟浅顺着林荫道往学校东门的方向走去，一路上遇到不少校友，吸引了不少人的目光。

虽然平日里孟浅也没少被人盯着，但今天大家的眼神似乎不太一样，异常灼热。为此，孟浅加快了脚步。平日完全不在意旁人目光的她，头一次觉得臊得慌，很想逃离所有人的视线。

后来孟浅将这种心理理解为心虚。因为她今天是有目的地穿成这样出门的，所以没办法心平气和地接受路人的注目，总觉得下一秒他们就会看穿她的意图。

半个小时后，孟浅的照片被人传到了学校论坛上。传照片的楼主声称自己之前一直没有领会到孟浅的颜值，但今天忽然领会到了，特意把校花的美照分享给大家。

这件事孟浅并不知道，江之尧却是第一时间从张凡和孙彦口中听说了这件事。那位楼主发帖时，张凡和孙彦正好赖床玩手机，在逛学校论坛，看见和孟浅有关的帖子，便第一时间点了进去。

"孟学妹这是要当在世妲己啊！打扮成这样祸害谁去啊？"张凡号叫着从床上坐起来。

与此同时，孙彦也坐起身，同样捧着手机："看照片背景，是东校门那边……会不会是去小吃街买吃的？"

江之尧从洗手间里出来，恰好听见他们俩的话，眉头微蹙，直接过去夺了孙彦的手机："说谁呢？"

话音刚落，他的视线便定在了手机屏幕上。那是一张高清照，照片里的孟浅正穿过东校门那边的林荫道，斑驳的光影落在她的身上，将那个媚态横生的女孩儿衬托出了几分淡雅。连江之尧都看直了眼，视线停在照片上迟迟不肯移开。

"看后面的照片，孟学妹今天化妆了！"

"真是太阳打西边出来了，她之前不都是素颜的吗？"张凡喃喃道，丝毫没有在意江之尧，"不会是有新情况了吧？"

江之尧空白的思绪蓦地被张凡最后一句话填满，杂乱无章。他将手机还给了孙彦，心中莫名其妙地生出一股烦躁感。几分钟后，心境未得到丝毫平复的江之尧去了阳台那边，竟鬼使神差地翻出微信通讯录里的孟浅。

脑抽一般，他给她发了一条微信："在吗？"

消息发完的下一秒，一个猩红的感叹号映入了江之尧的眼帘。与此同时，他还看见了一条系统提示，提示他目前还不是对方的好友。愣怔几秒后，江之尧明白了什么，心头压着的那块石头蓦地下沉。

他气得轻笑了一声，差点儿把手机砸了。

彼时，孟浅刚刚进入顾时深的公寓大楼里。

她在公寓附近的菜市场买了些食材，打定主意要在顾时深家蹭午饭，所以到他家时比预计的时间晚了半个小时。

门铃响了几下，深色的入户门便在孟浅眼前被人打开了。她站得远，给顾时深留足了开门的空间。顾时深刚打扫完卫生，打算给孟浅开了门，让她自便，他先去洗澡。

谁知话还没说出口，他的视线却先定在了门外亭亭玉立的女孩儿的身上。她今日着实让人惊艳——肩若削成，肤白如霜，纤腰楚楚，不堪一握。

顾时深足足盯了孟浅四五秒才心绪杂乱地迎她进屋，也不急着去洗澡了，先把前两天买的女式拖鞋拿出来递给她。然后趁孟浅换鞋的工夫，他又去厨房里帮她洗了点儿水果，顺便把她带来的食材放进冰箱里。

孟浅换好鞋，往厨房走。她一边走，一边低头打量脚上粉色的拖鞋。鞋面还有卡通兔的印花，少女心满满。

这双鞋一看就是崭新的，孟浅很难不怀疑，这鞋是顾时深专门为她准备的，便扒着厨房的门，偏头看着他忙碌的背影，浅笑出声："顾时深，你回头。"

顾时深正站在水槽前洗着水果，蓦地听见孟浅的声音，不由自主地回了头，只见扒着门框的女孩儿伸出一只脚来，将穿着粉嫩的女式拖鞋的脚翘得老高。她脸上溢满笑，明眸生辉，连声音都透着愉悦："好看吗？"

顾时深被她明媚璀璨的笑容晃了眼睛，心脏剧烈地收紧，半晌才不自然地轻咳一声，点了点头。孟浅心情更好了，整个人从门旁站出来，落落大方地站在顾时深的视野里，原地转了一圈，将自己展示给他看，然后脸色泛红地看着他，认真地问："哪儿最好看？"

顾时深被难住了，不知道孟浅那小脑袋瓜里装的是些什么稀奇古怪的东西——她总能问出一些让他答不上来的问题。

他始终保持着扭身回头的姿势，俊美不失刚毅的脸上愁云满布。好半晌，他才滚了滚喉结，不自然地收回视线，回头背对孟浅，心脏"突突"直跳，思绪杂乱，木讷地说道："哪儿都好看。"

虽然顾时深的声音低沉，几欲被洗水果的水声淹没，但孟浅精力集中，仔细地听着，倒也听清了他的话，顿时心花怒放。她还想乘胜追击，却被顾时深先声夺人："去客厅吃水果吧。"

顾时深端着果盘回身，仓促地看了孟浅一眼，便越过她往外走。

他洗了点儿葡萄和蓝莓，另外又拿了香蕉、石榴，都是今早去菜市场买的。因为孟浅说她上午 10 点左右过来，顾时深一早就决定留她吃午饭，没想到小丫头也是这么想的，还自带食材。

顾时深将果盘放在了客厅的茶几上，然后把幕布降下来，打算让孟浅看会儿电影，打发一下时间。做完这一切，他才对孟浅道："我去冲个澡，刚打扫完卫生，有点儿脏。对了，似玉一家暂时关在小次卧里。刚才打扫卫生，怕它们捣乱。"现在他已经打扫完了，只是没来得及放它们出来。

孟浅了然地点点头，情绪有些低落，还陷在刚才在厨房被顾时深打断发挥的遗憾里。不过很快她便重新打起了精神，将小次卧的门打开，似玉一家正躺在飘窗上晒太阳。

两只黑白花的小奶猫在喝奶，如墨就坐在似玉旁边舔着爪子。听见开门声，两只大猫扭头看了一眼。约莫是认出了孟浅，似玉冲她"喵"了一声。

看见似玉一家美满幸福地在一起，孟浅瞬间被治愈了。她去看小奶猫，黑白花色很不匀称，但可以看出是似玉和如墨的崽。如墨上前蹭了孟浅的手背一下，朝她叫唤。

窗外阳光璀璨，云淡风轻，微风徐徐地从纱窗吹进来，和缓又温柔。

孟浅在小次卧里待了10分钟，注意到已经11点多了，赶紧去厨房准备午饭。

网上说，抓住一个男人的心，首先要抓住他的胃。所以她打算双管齐下，不仅要色诱，还要从顾时深的胃下手。

顾时深洗完澡从主卧里出来，见客厅里并没孟浅的身影，茶几上的果盘里的水果基本没动，投影幕布也升上去了。小次卧的门关着，没听见里面有什么响动。

就在顾时深四处寻找孟浅的身影时，门铃响了。他从猫眼往外看，只见孟浅手上拎着一个塑料袋，只身站在门外。

顾时深愣了一秒，拉开了房门，洗澡期间平复过来的心境，顷刻间又被拎着塑料袋往屋里钻的女孩儿搅乱了。

她莹白的肌肤被太阳晒出红晕，粉嫩可人，她从顾时深身边经过时带起一阵香风，是淡雅的栀子香混合馨甜的玫瑰香。

"我刚刚看你厨房里缺了些调料，就出去买了点儿。调料不齐，做菜没那么好吃的。"孟浅进屋后便把东西放在鞋柜上，先把鞋换了，全然没有注意到顾时深僵直的身影，更没有察觉到他的心绪早已凌乱。

等她换好鞋子直起身来时,顾时深已经先一步往厨房去了。走的时候,他还没忘记把孟浅买的调料带过去。

孟浅想要给顾时深露一手,而顾时深则觉得这样不符合待客之道。两个人争执不下,最后各退一步,一起待在厨房里,由孟浅主厨,顾时深给她打下手。

"就我们两个人,不用弄太多菜。"顾时深扫了一眼孟浅买来的那些食材,种类多样,完全超过了两个人的食量。

"那就三菜一汤,怎么样?"孟浅定好菜单,挑出食材。顾时深帮她把其他用不着的食材放回冰箱里,加上他早上买的菜,他怕是明天甚至后天都不用出门买菜了。

顾时深负责洗菜、切菜,帮忙准备配料,孟浅就负责主食材的处理。两个人合作之下,很快就把三菜一汤的食材备好了。

"时间也差不多了,那我炒菜啦?"孟浅询问顾时深的意见。

顾时深却有些心不在焉,因为刚才忙碌间,孟浅衣服的领口被她随手拉拽了两下,展露一片雪色。顾时深只无意间瞥过一眼,自那以后,他的心绪再难安宁。连孟浅与他说话,他也只是含混地回应一下,甚至没动脑子去细想她到底说了些什么。

所幸孟浅下厨也难以分心,专注的样子堪比顾时深上手术台。

她先做糖醋里脊,陶瓷汤锅里还炖着猪蹄汤。顾时深就站在中岛台的另一边,静静地看着她忙碌,思绪散乱,脑袋里空白一片。

孟浅纤细的身影娉婷袅娜,似缠人的梦魇一般,在他的脑海里挥之不去。这种感觉很陌生,他平日里也很少有这样无法集中注意力的时候,连孟浅几时将糖醋里脊起锅装盘都没有注意到。

"顾时深?"狐疑的女声轻柔。

顾时深回神，涣散的目光聚焦，这才发现孟浅不知何时已经站在了中岛台的另一边。她手里端着刚出锅的糖醋里脊，似乎精心摆盘过，还装饰了两片翠绿的薄荷叶。

孟浅望着顾时深，见他的目光终于聚焦，才献宝似的将餐盘往他面前送："你闻闻，香不香？"

顾时深配合地嗅了嗅，糖醋味鲜浓，闻着甜而不腻，让人很有食欲。他点点头，算是认可了孟浅的厨艺。但这还不够。孟浅将餐盘放在中岛台上，转身取了筷子来，夹了一块里脊肉用手接着，踮脚去喂他："帮我尝尝味道吧！"

她已经几乎把肉喂到顾时深嘴边了，实在盛情难却，顾时深只好倾身靠近她，低头去咬那块里脊肉。没想到刚出锅的里脊肉比顾时深想象中的更烫，碰到嘴唇便会起泡的温度烫得他松了口。

松口的那一瞬间，顾时深望了眼近在眼前的孟浅，心下也不知怎么想的，总觉得落下了这口里脊肉，也许会让孟浅失望。于是他又条件反射地伸手，试图接住。谁知孟浅也伸了手，且先他一步接住了他掉落的那块里脊肉。

下一秒，顾时深宽厚的手掌从下面贴上了孟浅的手背，他的体温沿着肌肤贴合的缝隙，一丝不落地传给了她。

那一瞬间的触碰，让孟浅和顾时深双双僵住，各自都感觉到了细微的电流从他们触碰之处流进身体里，酥麻感令顾时深的心跳微微变快。他抬眸看向孟浅，恰好孟浅也掀着眼帘朝他望过去。一高一矮的两个人隔着60厘米的中岛台寂静地对视了几秒。

落在孟浅手心里的里脊肉灼疼了她，她实在难以忍受，于是顾不上好不容易营造出的暧昧氛围，忙不迭地把肉喂进嘴里："好烫好烫，咝——"

孟浅退开后,对面身体微倾的顾时深也后知后觉地站直身子,喉结滚动了两下,视线微垂,隐晦地落在孟浅的嘴上。

她嚼肉时,不时张着嘴往外散着热气,吃完以后似乎觉得舌头被烫麻了,还吐着舌头晾了一会儿,像只小狗似的,乖得让人很想伸手摸摸她的小脑袋瓜儿。

顾时深拼命忍住了,视线落到她刚才接肉的手上,终于意识到了什么,喉结微动,薄唇不自在地抿了抿。他嘴里还残留着里脊肉的甜味,也就是说,孟浅吃掉的那块肉其实并不是完整的,他也咬掉了不起眼的一小块。

意识到这一点的顾时深心跳漏了一拍。在孟浅转身去洗手时,他迟疑地喃喃了一句:"你吃了……"

孟浅洗去了手心上的酱汁,打算去冰箱里拿一瓶矿泉水喝。蓦地听见顾时深的话,她回身看向他,茫然了片刻,还以为他是对她刚才吃掉那块里脊肉的行为有异议,以为他觉得她那么做不讲卫生,便向他解释:"我之前洗过手的,很干净。"

孟浅将自己的手心展示给顾时深看,认真解释的样子让他噎了噎,那句"那块肉被我咬了一口"终是卡在嗓子眼儿里说不出来了。

"我不是那个意思……"顾时深低声道,随后在孟浅狐疑的目光里,他不自在地侧过身,"没事。"

孟浅更加不解,自然不信他的"没事"。不过他不愿意说,她也不追问。

"我觉得味道还挺不错,你重新尝一口吧。"孟浅说着,拿着筷子便要再给顾时深投喂。

顾时深阻止了她,接过了她手里的筷子:"我自己来就好。"他生怕再出现刚才那种情况,使得他们之间的氛围变得奇怪。

在顾时深尝完里脊肉,并称赞了孟浅一番后,她心满意足地炒下一道菜去了,还不忘提醒顾时深备碗筷,马上就可以吃饭了。

等顾时深拿了碗筷出去,孟浅才舔了舔嘴唇,回味了一下糖醋里脊的酸甜味。回味到一半时,孟浅后知后觉地想起来——她刚才吃掉的那块里脊肉,是从顾时深的嘴边掉下来的!

她这算是……和他间接接吻了,是吧?!

餐厅外面的阳台上养了一些绿植。顾时深将糖醋里脊端上桌后,一时间不敢再回厨房,便去阳台上给花草浇水。他仍旧心绪不宁,好几次水浇得太满,险些从花盆里溢出来。

"喵——"通体漆黑的如墨不知何时从房间里跑了出来,亲昵地蹭了下顾时深的裤腿。它的眼睛在阳光的照射下呈青绿色,如美玉,叫声也很慵懒绵软。

顾时深与如墨对视了片刻,心情得以平静。他蹲下身挠了挠如墨的腮帮子,小家伙似乎觉得舒服,发出"咕噜咕噜"的声音,还偏着头使劲地往顾时深的手上凑。

孟浅端着第二盘出锅的菜从厨房里出来时,恰好看见一人一猫在阳台上互动的画面。这让她想起顾时深在陶源镇时拍过的唯一一张照片,也是她唯一能够留作纪念的照片——照片里,顾时深抱着她奶奶家看家护院的小狗旺财,在夕阳余晖下,周身散发着温柔和善的光,如神明降世。

若不是顾时深的手机响了,孟浅也不知自己会站在餐厅里盯他多久。

顾时深站起身从休闲短裤的裤兜里摸出手机,余光瞥见了餐厅里的那抹身影，循声望过去。孟浅偷看他被抓包，心跳飞快，转身便往厨房跑，像只受了惊的兔子。顾时深的视线追随着她逃跑的背影，他心不在焉地接了电话："喂？"

来电人是施厌，茂林集团未来的继承人，也是顾时深的学长、朋友，以及玉深动物医院合伙人之一。施厌虽然也是动物医学专业毕业的，但并没有在玉深动物医院里任职，而是回茂林集团当了个副总，为将来继承家业打基础。

他平日挺忙的，难得给顾时深打电话，想来是今天也休息，约顾时深出去打球什么的。果不其然，电话刚接通，施厌便开门见山："下午一起去打网球呗，我组局。"

顾时深目送孟浅的身影消失在厨房门口，思绪回笼一些，信步进屋："不去，我下午有事。"

谁知电话那头的施厌却打死也不信他有事："我给苏子玉打过电话了，他说你今天休息，让我约你。你少骗我。"

顾时深去公卫洗了手，声音低沉慵懒地说道："我骗你有什么好处？我下午真的有事。"

施厌："行，你现在在家吧？我过去看看你。"

换句话说，他这是不到黄河不死心，非得见到顾时深在忙才算完。顾时深自然是不想让施厌来的，可是拒绝的话还没说出口，他就已经挂断了电话，手机里一阵"嘟嘟嘟"的忙音。

施厌要来这事，顾时深一时之间不知如何向孟浅开口。

厨房里，孟浅正在炒最后一道素菜。顾时深看着她忙碌的身影，视线不经意地掠过她的肩膀和后腰，欲言又止。背对他的孟浅将青菜下锅，沾了水的青菜在油锅里"噼里啪啦"地溅起不少油。还好她围着围裙，又把握好了与灶台之间的距离，完全游刃有余。

顾时深的视线落在孟浅围裙带子打结的地方——恰好就在她的腰上，深色的裙带拴了个蝴蝶结，像一只栩栩如生的蝴蝶停留在她雪色的腰上，实在容易令人想入非非。

尤其施厌还是个在路边见到个美女都会冲人家吹口哨的浪荡子，为此，顾时深三番五次想问孟浅要不要换一件衣服。他最近新买了几件衬衣，可以借给她穿。

但是他又怕开口提了这件事会让孟浅觉得他刻板封建，多管闲事。毕竟她一个明艳动人、貌美如花的女孩子，拥有绝对的穿衣自由。而且她今日的穿着打扮其实很符合她美艳绝俗的气质，除了不经意地露骨诱人，倒也没什么不妥。

他不能阻止一朵花的盛开，更没有身份立场去阻止……顾时深暗暗找了各种说辞来说服自己，但最终还是没能成功，心里始终像是有一根毛刺，拔不出来，也抚不平。于是他借着洗手的机会，不经意地往孟浅的身上洒了几滴水。

彼时孟浅已经把最后一道素菜起锅了，转身把菜端去餐厅时，旁边飞来的几滴水溅在了衣服上。她吓了一跳，站住脚，还没弄明白怎么回事，手里的菜便被顾时深端走了。

顾时深将菜暂时放在了中岛台上，然后慌忙地推着孟浅走出厨房："你的衣服湿了，去换一件吧。"他一边说，一边推着孟浅往主卧去，"我正好买了几件新衬衣，可以借给你穿。"

孟浅就这么稀里糊涂地被顾时深塞进了主卧里。似乎怕她跑了，顾时深进门后还将主卧的门带上，才放心地去衣帽间拿衬衣。

顾时深随手拿了两件衬衣，一黑一白，神色怪异地递给了孟浅："都是新的，你想穿哪件都行。我先出去。"

说完，他拉开主卧的门出去了，留下目瞪口呆、神色茫然的孟浅。

她到现在才终于有时间回忆事情的来龙去脉。半晌后,她看着手里的两件男式衬衫,又低头看了眼自己衣服上已经半干的水渍,不禁有些糊涂:顾时深这是干吗啊?

虽然她的衣服刚才确实被溅了几滴水,但那也只是几滴水而已,她用不着大动干戈地换衣服这么夸张吧?

说真的,要不是顾时深反应快,可能孟浅衣服上的那几滴水已经干了。

虽然孟浅不理解顾时深的做法,但是早就想穿他的衬衣了,正好适合苏子冉为她制订的计划,所以她如他所愿换上了他的衬衣,还特意选了黑色的那件。

穿上后,孟浅把领口的扣子散开几粒,在主卧的浴室里对着镜子照了许久。要不是怕外面餐桌上的饭菜凉了,孟浅真想洗个澡,最好披散着湿漉漉的长发,穿着男人的衬衣赤着脚走出去,届时一定能一举拿下顾时深!

施厌来得比顾时深想象中的更快。

打电话时,施厌其实就在玉深动物医院。作为股东之一,他也要偶尔视察一下医院的情况。挂完电话,他便往顾时深的公寓赶。

门铃响起时,顾时深刚把孟浅最后炒的素菜端上桌。他先是看了一眼主卧的方向,然后才往玄关那边走,到入户门后也没急着开门。奈何门外的施厌是个急性子,见门铃按了许久也没人应便开始拍门了,随后还给顾时深打了电话。

无奈之下,顾时深只好给他开门,高大的身躯横在门口,冷漠的眼神将门外毫无防备的施厌吓了一跳。

"敢情你一直在门口，故意不给我开门是不？"施厌眉毛微扬，打心眼儿里觉得事情有蹊跷。平日顾时深可不是这样的，虽不喜欢他们这些狐朋狗友上门打扰，但他们真要是来了，顾时深也是大开家门，坦然相待，今天怎么藏着掖着的？

"你不是说你有事吗？忙什么呢？"施厌说着就要往屋里走，却被顾时深一把推回了门外。他看着顾时深，顾时深也审视着他。

末了，顾时深瞥向他散开的衬衣领口，皱起眉头："扣子系好。"

施厌心中纳闷儿，虽然不满顾时深命令的口吻，但还是系上了领口的扣子。

谁承想，这还没完。顾时深又对着他嫩粉色的衬衫看了一阵，眼露嫌弃。要不是知道施厌平日里穿衣风格就是如此，让他回家换衣服恐怕也找不到一件合自己眼缘的，顾时深是真打算让他回家换一件衣服再过来。

"干吗啊？你家里藏人了？"施厌一语中的，他看见顾时深的神色明显地慌了一下，眼神逃避，不敢看他。

施厌惊道："真藏人了？！你告诉我你下午有事，是……"他的脑回路一向和常人的不一样，顷刻间，他便脑补了许多不可言说的画面。

顾时深赶紧打断他，给他让了道，让他进屋，略心虚地说道："胡说八道什么？只是一个朋友，过来探望一下我收养的猫。"

"猫？"施厌不知顾时深收养猫的事，但这事听起来就让人觉得不可思议，"你什么时候有那闲工夫养猫了？"

以前玉深动物医院也救助过流浪猫狗，那段时间医院内部员工因为可怜那些猫狗,便领养过一些。当时顾时深不为所动,还说什么他独居、工作忙,根本没有时间养猫猫狗狗,不会是一个好主人。

他怎么现在有时间了?他工作不忙了?施厌一边怀疑一边往屋内走,在玄关换了鞋,无意中看见了鞋柜里的女式高跟鞋,顿时眼睛一亮,偏过头调侃顾时深:"哟!你这是朋友还是女朋友啊?"

顾时深:"你要是再管不住嘴,我不介意替你把它缝上。"

施厌对上顾时深沉下来的双眸,默默抿紧了嘴唇,不过也就管了不到三分钟。他们俩往客餐厅走时,主卧的门被人拉开,娓娓动听的女声隔空传来,娇柔地唤了一声:"顾时深。"

施厌自认为阅女无数,也听过不少女孩儿的声音,但那些女孩儿的声音都远不及这位的好听。

他与顾时深几乎同时往主卧的方向走去。穿过客餐厅到另一端走廊时,顾时深阔步赶在了施厌前面。

恰巧孟浅也从走廊那头往他们这边走,三个人于走廊中间相逢,相继愣住。

孟浅解了头发,披散于肩,身上只穿了一件黑色的男式衬衣。衣服宽大,衣摆没过她的大腿,有种衬衣变成衬衣裙的既视感。她领口的扣子散着,袒露脖颈和锁骨,连深埋雪色间的溪谷也若隐若现,妖媚天成,美艳得令人移不开眼。

顾时深很庆幸自己走在了施厌的前面。他高大的身躯挡住了后方人的大半视线,所以施厌只看见了孟浅的半张脸,以及她衣摆下皓白如月、纤长匀称的两条腿。那腿可真是绝了,丰肌秀骨,纤纤如玉,骨肉比例堪称完美,如一幅画作,连线条的弧度都是极美的。

施厌一时移不开眼，视线顺着孟浅泛红晕的膝盖往下，一路落到她的脚上。她的脚也纤巧莹白，脚趾形状漂亮，脚趾尖浅粉，很可爱。

看到这儿，施厌实在是忍不住了，心神微荡，吹起了口哨，调子别提多轻佻。

顾时深和孟浅双双一愣。前者回头瞪了施厌一眼，见施厌低垂眉眼往下看，他也收回视线，看了眼孟浅衣摆下的腿和脚，顿时心脏"突突"直跳，呼吸收紧，耳热不已。没等孟浅探头去看顾时深身后的人，顾时深已经两步上前，握住了她的胳膊，半提半抱地把她带回了主卧。

"砰"的一声，主卧的门在施厌面前重重地关上了。空荡荡的走廊里顿时只剩下他一个人，他还噘着嘴，保持着吹口哨的形状。

什么情况？顾时深家里居然真的藏了女人！

主卧静谧，两个人进门便正对衣帽间，感应灯因方才的关门声悄然亮起。冷白的灯光将拉上窗帘后光线昏暗的卧室照得幽静暧昧，月华般清冷的光晕萦绕在孟浅周身。

她的胳膊还被顾时深拎着，脸上凝着茫然，顾盼生辉的双眼定定地望着顾时深被光线映得刚毅的俊脸。她狐疑地开口："刚才我好像看见……你身后有人。"虽然只是晃了一眼，但她可以确定，那的的确确是个男人，更何况她还听见了极轻浮的口哨声，应当不是幻觉。

顾时深在孟浅娇柔的声音里回过神来，顾不上心脏跳动的频率，飞快地将她上下打量一遍，触电般松开了她柔弱无骨的胳膊，往后退半步，靠在了卧室门上，杂乱的心绪难以平复。

他薄唇微抿，酝酿许久才开口，声音不悦地说道："你怎么……怎么不穿裤子？"

顾时深看着孟浅的脸，没去看孟浅的腿，孟浅却因为他的话低头看了一眼自己光溜溜的腿。片刻后她抬眸，对上顾时深的视线，顾时深却别脸避开了她的注视。

孟浅如实回答："穿裤子就不好看了。"语气中竟然颇有几分理直气壮。

顾时深一时无语，终究还是没忍住，低头又瞟了一眼孟浅衣摆下的腿，像童话故事里人鱼的尾巴一样美。好半晌，他才整理好思绪，压下心中的异样，眸光沉沉地看着孟浅："我一个朋友……过来蹭饭。"

"还真是多了一个人……我刚才还以为我产生幻觉了。"孟浅喃喃道，片刻后意识到了什么，红晕染满双颊，"他刚才没看见我吧？"

她穿成这样如此卖弄姿色，诱惑顾时深……这要是被外人看见了，她岂不当场"社死"？

顾时深轻咳了一声，又瞟了一眼孟浅的腿，声音粗重干涩地说道："看见腿……算吗？"

孟浅脸上的热度瞬间到达沸腾的临界点，红晕蔓延至耳尖。

顾时深清楚地看见她右耳耳垂上那一粒不起眼的红痣变得鲜亮如血，像是白润的耳垂被针尖轻轻扎破，结了一滴血珠似的，让人很想伸手替她轻轻揉搓干净。

就在顾时深凝视着孟浅的右耳耳垂出神之际，孟浅深呼吸，调整好了情绪，默默系好了领口散开的扣子，深色的衬衣掩住了她胸口的雪色。她再把披散的长发随手一绾，摇身变成了正儿八经的乖女孩儿。她拢着耳旁的头发,问顾时深:"我这样看着正经吗?有没有比刚才端庄一些?"

顾时深回过神来,艰难地将视线地从她的耳垂上移开,落到她如花似玉的小脸上,端详片刻,点头。随后他又像想起了什么,摇摇头,把孟浅给看迷糊了。

"什么意思?"孟浅茫然:她到底是端庄还是不端庄?

顾时深垂下长睫,目光示意般落到她的腿上,思绪辗转半响:"我那个朋友……嗯,他……思想有些古板……见不得女孩子露胳膊露腿。"

孟浅顺着他的视线看下去,明白了什么,撇了撇嘴角,一时没忍住:"他是哪个年代的老古董?"

说到一半孟浅便止住了。不管怎么说,外面那个人好歹也是顾时深的朋友,她这样当着他的面编派他的朋友,似乎不太好。

孟浅心虚地看了顾时深一眼,对方也正瞧着她,显然是听见了她刚才的话。顾时深丝毫没有为自己方才的谎言感到脸红,而是不动声色地对孟浅道:"我替他道歉……"

孟浅摆手:"算了算了,用不着你替他道歉啦。"说完,她埋下头,又咕哝一句,"反正我也不是穿给他看的……"

她以为顾时深没听见,嘟囔完便拿了自己的裤子去洗手间,丝毫没有注意到男人处变不惊的俊脸上闪过一抹惊色,以及他耳根至脖颈那一片烧起的红霞。

在孟浅穿上裤子从洗手间里出来之前,顾时深先一步拉开卧室房门出去了。门外走廊里,被独自留在那儿的施厌正靠着墙壁,两只手揣在裤兜里。看见顾时深出来,他勾起唇角,用审视的眼神打量着顾时深，目光意有所指地往顾时深身后复又关上的卧室门上扫了一眼，语气慵懒戏谑地说道："啧啧啧，这才10分钟不到你就出来了，莫不是不行吧？"

顾时深的心被孟浅那句极小声的话搅乱，片刻后他才回味过来施厌这话的深意，遂挑起眉毛冷冷地扫施厌一眼："谁不行？"

施厌难得见顾时深生气，深知自己玩笑开得过分了些，连忙收敛笑意站直身，清了清嗓，语气终于正经许多，但调子仍旧轻快，说道："我不行，是我不行。你别生气啊，我开玩笑的。"说着，他走过去，搭上了顾时深的肩膀，"刚才那个小姑娘是谁啊？穿的是你的衬衣吧……"

顾时深拧眉，拂开施厌的手："一个朋友。"顿了顿，他认真地看向施厌，"说话注意点儿，别乱开玩笑。"

施厌"啧"了一声："什么朋友啊，值得你开口警告我？要说你对人家真没点儿意思，我第一个不……啊！"

顾时深砸在施厌小腹上的那一拳，成功地让施厌轻浮的语调拐了180度的弯，吃痛声婉转绵长，主卧的门也应声而开。

孟浅从屋里出来，一眼就看见了不远处那两道身影。其中一个人佝偻着身子，似乎被另一个人重拳一击，痛得直不起身来。

直不起身来的那人便是施厌，听到背后的响动，他和顾时深齐刷刷地回头，看见了姿容艳丽的孟浅。跟方才相比，她像是变了个人似的，长发绾起，连耳旁的头发都理好了，失了几分凌乱蛊惑的美感，但她冷艳绝俗的脸蛋儿仍旧让人心头鹿撞——是生理性的惊艳反应，出于本能的。

孟浅身上还穿着顾时深的黑色衬衣，只不过宽大的衬衣被她拢进了牛仔裤的裤腰里，连袖子都被挽了几次，露出一截莹白如玉的胳膊。现在看上去，衣服倒是合身了不少。

她整个人像是瞬间从妩媚风情的红尘美人摇身变成了出入职场、行事利落果决的"御姐"。

这……可塑性还挺强的，配上这脸蛋儿和身材，不进演艺圈真是浪费了。

顾时深默默地将孟浅打量了一番，喉头微紧，艰难地滚了一下，才哑声招呼她吃饭。他还不忘把看直眼的施厌拽走。

直到三个人依次在餐桌旁落座，凑在一起准备吃饭时，顾时深才在孟浅小声询问后介绍了施厌。他对施厌的介绍也十分简略：名字、性别、年龄，以及施厌是玉深动物医院的股东之一，仅此而已。

"就没了？"施厌不乐意了，"我茂林集团未来继承人的身份怎么不加上？"

顾时深白他一眼，语气不耐烦地说道："要不要我再把你交过的108个女朋友也一一报上名号？"虽然顾时深根本记不住施厌那些女朋友的名字，但得让孟浅知道这货不是什么好人，也好让她对施厌有所警惕。

施厌有点儿难堪："顾时深，你这样可就没意思了。在小美人面前揭我老底，你还是不是兄弟？"

顾时深嗤之以鼻："不乐意可以绝交。"

施厌气结。静坐在他们俩对面的孟浅忍俊不禁，她还是第一次看见顾时深这样的一面。他竟然也会和朋友贫嘴，可见施厌应该是他极好的朋友。

"你笑什么？"顾时深瞧着她，眉间的褶皱展平，语气完全没有刚才和施厌斗嘴时那么尖锐。

孟浅收起嘴角的弧度，冲顾时深眨眨眼："你和施先生的关系真好。"

殊不知她那双柔情媚态的桃花眼正"刺刺"地往外冒电流，坐在她对面的顾时深被电得头皮酥麻，心潮澎湃，不争气地别开了视线，声音沉沉地说道："错觉罢了。"

施厌在一旁看着他们俩，眼眯成线："小美人，你和顾时深是什么时候认识的？你跟他是什么关系啊？"

没等孟浅回答，顾时深已经夹了一块里脊肉塞进他的嘴里，沉着脸叮嘱他："吃饭别说话。"

此后，餐桌旁安静下来。

孟浅眼含欣赏地看着顾时深。她目光灼热，像火星一般点燃顾时深的肌肤，火势顷刻间大了起来，绵延不绝。顾时深却始终不敢抬眸正视她，也不知道自己究竟在怕什么。

午饭过后，施厌提议去打球，没等顾时深拒绝就先询问了孟浅的意见，还提议要男女混合双打。

孟浅正愁没有理由和顾时深相处，对施厌这个提议自是欣然接受。于是顾时深那句拒绝的话便卡在喉咙处，最后被吞了回去。

"男女混合双打，人不够。"虽然他向施厌妥协了，但实际存在的问题还是要提出来的。

施厌笑笑，从兜里摸出手机："叫人还不简单？交给我。"

顾时深没再说话，他当然相信施厌的人脉。只是他没想到一向被称为"人气王"的施厌，竟也有凑不到人的一天——施厌打了四五个电话，要么没人接，要么接了人家没空，生生耽搁了大半个小时。最后还是孟浅自荐，给苏子冉打电话，问她和沈妙妙有没有空。苏子冉和**沈妙妙**当然有空，便约好了半个小时后在东校门外的小吃街见。

不过她们三个女孩子，如果要分三个小组便还少了一个男生，于是沈妙妙把她哥哥沈叙阳叫上了。

半个小时后，大家在东校门外的小吃街碰了面。施厌这才知道原来孟浅和苏子冉是室友，心里暗自以为孟浅和顾时深是通过苏子冉认识的。为此，他们六个人分两辆车乘坐时，施厌特意让苏子冉坐自己的车，一路上没少跟她八卦孟浅和顾时深的事。

平日里不爱和人聊八卦的苏子冉倒是一反常态，对施厌有问必答，和他聊了一路。车后座上的沈妙妙兄妹俩始终没插上话，沈妙妙干脆拿手机给孟浅发微信。


顾时深的车上只有孟浅一个人。她坐在副驾驶座上，总是情不自禁地用余光打量驾驶座上正襟危坐的顾时深。

出门前顾时深换了衣服，换了一件黑色衬衣，款式看着和孟浅换下来的那件很像，但看细节就能知道不是同一件。虽然有些可惜，但这不妨碍孟浅欣赏他的俊颜。

顾时深很适合穿衬衣，身材比例完美，典型的衣架子。尤其黑色衣服更称他冷白的肤色，骨子里散发着禁欲感，不容亵渎。

孟浅偷瞄了一眼顾时深的脖颈，刚好撞见他滚动喉结，那微不足道的动作性感得孟浅内心"嗷嗷"直叫。就在她乐不可支，移不开眼时，黑色大G缓缓停在了十字路口，顾时深单手扶着方向盘，侧头朝她看来，冷峻刚毅的俊脸上露出一丝笑意。

他故作镇定，声音沙哑地问："我的脸上是有什么脏东西吗？"

孟浅愣怔几秒，摇头。顾时深眸色微黯，语气泰然地说道：

"可你一直盯着我。"如果不是他的脸上有脏东西,那她在看什么?

孟浅不知该怎么解释,发现自己并没有自己以为的那么勇敢。譬如现在,孟浅很清楚自己应该迎头而上,把自己的心意表露给顾时深,但她怂了。

在顾时深的凝视下,她慌了,胸腔里如万马奔腾一般乱成一团,思绪根本无法集中,那句"因为你好看"一直卡在她的嗓子眼儿里。

孟浅沉默至红灯转绿,后面的车辆催促地按起喇叭,"嘀嘀"声转移了顾时深的注意力。他回过头去,认真地开车。

那极具压迫感的视线从孟浅的身上移开后,她脱力般地靠在了椅背上,那种被人看穿一切的窒息感总算缓和下来。她心里发虚,心脏狂跳不止。好在接下来的路程里,顾时深始终专心致志地开车,没再提起过之前的问题。而孟浅也在平稳中歪着脑袋,靠着座椅小憩了一会儿。

待顾时深的车进入深市最大的那家网球娱乐中心的地下停车场里时,孟浅在变暗的光线里睁开了眼睛。朦胧中,只见驾驶座上的顾时深仍旧目不斜视,正单手打着方向盘,温雅贵气,世间少有。

孟浅看得入迷,直到顾时深平稳流畅地将车倒入车位,不经意地瞥见她,她才在他晦暗不明的注视下收回了视线,然后旁若无人般拉下副驾驶室的遮光板,对着化妆镜左右看了看自己的妆容,以逃避他探寻的目光。

顾时深薄唇微动,刚要说什么,却见施厌那辆明艳嚣张的大红色玛莎拉蒂,赫然停进了副驾驶室旁边的空车位里。

驾驶座上的施厌将手肘搭在车窗上,冲孟浅吹了声口哨:"小美人,好久不见啊。"

孟浅无语:也就一个多小时的车程,能有多久?她严重怀疑顾时深对施厌的定位有错。施厌这个人看上去一点儿也不封建古板，反倒轻浮至极。

顾时深熄火，推开车门下去，绕到副驾驶座那边，绅士地替孟浅拉开了车门。其反常的行为又引得施厌"哇"了一声，意味深长。

苏子冉和沈妙妙先后下车，视线也在孟浅和顾时深的身上转了一圈。一行人里，唯独被拉来凑人头的沈叙阳身处状况外，神色茫然。

停好车后，在施厌的带领下，孟浅他们乘电梯到一楼，去网球娱乐中心办理了相关手续。

这家娱乐中心比孟浅想象中的更大，地处深市西郊，室内、室外共二十几个球场。除此之外，还配备了贵宾休息室、大型超市和餐厅，以及客人沐浴更衣的公共浴室。

施厌似乎常来这里，持有这里最尊贵的黑金VIP卡，连接待他们的都是部门经理。除了配套的贵宾休息室，还开放了VIP浴室，供孟浅他们使用。

VIP浴室相比公共浴室，设备和私密性自不必多说，但毕竟不是单独的浴室，在这里也能碰见其他VIP。

苏子冉和沈妙妙是从宿舍过来的，知道要来打网球，便给孟浅带了一套运动装。这会儿她们三个女孩子正在VIP浴室的隔间里换衣服，顺便闲聊几句。

沈妙妙问孟浅在车上时有没有看见自己发给她的微信消息，孟浅这才拿手机看了一眼——她当时注意力都在顾时深的身上，还真没注意。

好在沈妙妙也不在意，在微信上问的问题，现在当面问也是一样的。

孟浅被沈妙妙追问在顾时深家里发生的事，以及顾时深见了她今天这身打扮后的反应。孟浅无从回答，因为在她看来，顾时深的反应和平常没什么不同。不过间接接吻那件事，她倒是跟沈妙妙和苏子冉小声分享了一下。

孟浅话音刚落，隔间里顿时响起沈妙妙的叫声："这未免也太刺激了吧！你真棒！真的，浅浅，你简直就是我的偶像！"沈妙妙手口并用地对着孟浅一通夸赞，末了还不忘想象一下未来某一天孟浅和顾时深真正接吻的画面。

许是沈妙妙描述得绘声绘色，连孟浅都被带入了她的臆想里，想象出成形的画面，脸上的温度也跟着"噌噌"地上升，耳尖通红。

为了掩饰自己内心的慌乱，孟浅换好衣服后先一步从隔间里出来，没想到却碰到了从外面进来的施诗和顾凝。

"孟小姐，好巧。"顾凝第一时间认出了孟浅。上次在顾时深那里打过照面儿后，顾凝私下询问过顾时深孟浅的身份以及与他的关系。顾时深向来对顾凝无所隐瞒，所以顾凝也知晓了孟浅和顾时深之间的过往，暂时将其定义为顾时深的朋友。

孟浅将视线从施诗的脸上移到顾凝的脸上，对上顾凝和煦的笑意，也弯了弯唇角："顾凝姐好。"

不管怎么说，顾凝是顾时深的姐姐，孟浅跟着他叫姐，准不会错。没想到只是一个称呼而已，却引来了某人的不满。

施诗冷笑一声，语气很是不屑地说道："你倒是自来熟。"

"基本的礼貌，我还是懂的。"孟浅从容地应对，目光冷淡地瞥了施诗一眼。

两个人的视线于半空中交会，局面僵持了几分钟，待苏子冉和沈妙妙从隔间里出来后才被打破。

苏子冉家的苏氏集团与顾凝家的成远集团都是深市鼎鼎有名的

家族企业。两家长辈关系匪浅，他们这些小辈自然也有点儿交情。更何况，苏子冉的大哥苏子玉和顾凝的关系一直很要好。

苏子冉对顾凝也格外亲切，见了面也是要叫一声"凝姐姐"的。

"原来孟小姐和冉冉是同学啊。"顾凝和苏子冉叙旧几句，话题忽然转到了今日来这里的目的上。

听苏子冉说施厌、顾时深也在，一会儿他们还要一起分组男女混合双打，施诗立刻换上一副笑脸，同苏子冉套起近乎来。只是苏子冉对施诗这个施家的私生女并无好感，根本懒得搭理她。

施诗热脸贴了好一阵子冷屁股，终于清醒过来，转而试图去说服顾凝："凝姐，既然时深和我哥也在，要不咱们跟他们一起玩吧。人多也热闹些，你说呢？"

顾凝自然一眼就看穿了施诗的心思。若是平日，她自然没什么好犹豫的，当即就答应了，但今天来这里玩的不止她们俩。

"诗诗，我们今天来这里是来谈正事的。"顾凝提醒她。

但施诗舍不得放过和顾时深碰面的机会，面露央求之色，始终坚持。顾凝蹙眉，神色为难，但最后还是妥协了："行吧，我去跟寒哥说一声。"

"谢谢凝姐。"施诗得偿所愿，心情突然好转，说完，还不忘睨孟浅一眼，甚是得意。

孟浅她们仨和顾凝打完招呼，便先出去了。

施厌专属的贵宾室里空无一人，想必顾时深他们还没换完衣服。孟浅她们三个人依次进门，沈妙妙走在最后，反手把房门关上了，以方便说话。

"刚才那两位都是谁啊？看她们的穿着打扮都是名牌，不简单呢。"这些话沈妙妙憋了好久，到现在才敢问出口。

苏子冉看了孟浅一眼，见她似乎在沉思，心不在焉的，便自己回答沈妙妙："齐耳短发、气质温婉端庄的那位是顾大哥的姐姐，顾凝。"

"我说呢，她和顾大哥眉眼有几分相像，原来是姐弟啊！"

"嗯，龙凤胎姐弟。"苏子冉补了一句。

沈妙妙了然地点头："那另一个呢？"

"施诗，茂林集团的千金。"苏子冉说。

"那她和施厌施大哥岂不是兄妹？"

"是兄妹，但是他们俩同父异母，关系一般。"

"同父异母？"沈妙妙虽然疑惑，但见苏子冉点到为止，不肯再多说，也就不问了。毕竟那个圈子里的事，也不是他们这些人能八卦的。

顾凝和施诗换完衣服后也回了休息室，与她们同行的还有成远集团现任副总经理温寒，以及曹氏集团的总经理曹正。顾凝把施诗的建议提了一下，温寒和曹正都没意见，后者反倒很兴奋，因为听说苏子冉也在。

"寒哥，事不宜迟，咱们现在就过去找他们吧！"曹正催促着，温寒笑着应下。

出休息室时，温寒刻意等了顾凝片刻，两个人落在施诗和曹正后头。到施厌专属的休息室门口时，温寒自然而然地将手搭上了顾凝的肩膀，他拥着她，就这么堂而皇之地出现在了顾时深面前。

顾凝她们也在这里的事，苏子冉告诉了施厌和顾时深。没等施厌问过顾时深的意思，休息室的门已经被人敲响了。

在施厌应声后，一身浅绿色运动装的曹正第一个进来，后面紧跟着施诗以及举止亲昵的温寒和顾凝。

"哟，你们这儿这么多人呢！真热闹。"曹正进门后，视线自然而然地落在屋里的三个女孩儿的身上。

看见苏子冉时，他脸上几欲笑出花来："冉冉也在呢！好久没见了，真是越来越漂亮了！"

苏子冉沉着脸，眸色微冷，她对曹正的厌恶清清楚楚地写在脸上，她根本不屑搭理他。那男人一向脸皮厚，即便苏子冉不给他好脸色，他也依旧嬉笑上前。

靠近苏子冉的途中，曹正还抽空打量了一下她身边的另外两个女生。最终，他的视线在孟浅的身上顿住了，脸上的笑意僵了一下，他瞳孔骤缩，像看见了天仙似的，眼神都痴迷了。

见曹正靠近，苏子冉下意识地往后退。随后她注意到曹正的步子不觉间转向了孟浅那边，便想横身去拦住他，不料有人先她一步——一身深色运动衣的顾时深错步挡在了孟浅前面，高大修长的身躯强势霸道地遮住了曹正所有的视线，周身凛冽的气息也如屏障一般，将曹正隔在了三步之外。

顾时深就是有这样的威慑力。即便曹正许久未曾见过他，但见他沉眸冷下脸来，还是本能地畏惧，生硬地站住，不敢再向前一步。

"深……深哥，好久不见。"曹正后退了半步，紧张到舌头打结，视线没敢过多地停留在顾时深的脸上。

"哈，曹家这小子还是那么欺软怕硬啊！"施厌在一旁抄着手，嗤笑了一声。施厌的声音不大，却也不小，也不知道他到底是不是有意让曹正本人听清的。

总之，曹正的脸色变得很难看。

第七章

## "我喜欢顾时深"

两拨人聚在一起,免不了要叙叙旧。

孟浅站在顾时深身后,探出头悄悄打量了那个曹正一眼。曹正已经退到一边了,和施诗站在一起。孟浅又看了看顾时深,见他望着休息室门口的方向,便也循着他的视线看过去,最终看见了靠门站着的顾凝和另一个男人。

男人穿浅灰色网球服,身形挺拔,长得颇为英俊,连搭在顾凝肩上的手都修长好看,骨节分明。从他和顾凝亲昵的姿态来看,孟浅猜测他可能是顾凝的男朋友。

"既然决定要一起玩,那就由我来给大家做个简单的介绍吧。"施厌扫视了众人一眼,深知除了他,没人能担此重任。

他们这边除了苏子冉、顾时深,需要施厌介绍的便只有沈妙妙和孟浅,然后便是顾凝一行四个人。

施诗和顾凝,孟浅都认得,她的注意力便集中在曹正和温寒身上多一些。

介绍完曹正，施厌看向温寒，随后又看了眼脸色阴沉的顾时深，清了清嗓，声音沉了些，说道："温寒是成远集团的副总，也是……凝姐的男朋友。"

"男朋友"这个称呼从施厌嘴里说出来时，顾凝的脸"唰"地红了。但是顾及顾时深，她没吱声，只悄悄地揪紧了温寒的衣角。温寒似乎有所察觉，轻轻地拍了拍顾凝的肩膀，主动跟顾时深搭了话："好久不见了，时深。你回国以后应该回家里住的，顾叔一直都很担心你。"

"还打不打球了？"顾时深沉着脸，冷冷地扫了施厌一眼，仿佛没听见温寒刚才说的话似的，连余光都懒得给温寒。

顾时深的反应让孟浅感到诧异。他这人虽然看着严肃，但为人处事一向礼数周到，没有过像刚才那样无视别人的情况。更何况，那个温寒还是顾凝的男朋友，也算得上是他的未来姐夫……莫非他不喜欢温寒这个未来姐夫？孟浅心里暗暗琢磨着。

趁一行人浩浩荡荡地去户外球场时，孟浅拉住了苏子冉，同她走在最后，小声询问了一下温寒和顾时深之间是怎么个情况。

"浅浅，关于温寒哥的事，你最好不要当面去问顾大哥。"苏子冉认真地说道，"听我哥说，顾大哥一直不待见温寒哥和温寒哥的母亲。为此，他和顾叔叔的关系闹得很僵，已经僵了很多年了。"

沈妙妙不知何时也停下来等她们俩，恰好听见苏子冉的话，便八卦了两句："为什么啊？就算为了顾凝姐，顾大哥也不应该是这种态度吧？"

"嘘，小声点儿。"苏子冉拉过沈妙妙，小心地看了眼走在前面的顾时深，把声音压得更低了，说道，"这件事说起来特别复杂，老实说我也不是很明白其中的缘由。我唯一清楚的就是，顾大哥的母亲在他14岁那年就去世了。"

"啊,她生病了吗?"沈妙妙有点儿惊讶。

"算是吧。抑郁症……跳楼没的。"

"自杀的?!"沈妙妙愣在当场,没压住声音,被走在她们前面的施厌听见了。施厌回头看了她们仨一眼,示意她们小声些。

别说沈妙妙了,连孟浅都惊得不轻,她顿住脚步,眺望了一眼前面顾时深的背影,似一块巨石,沉甸甸地压在胸口上,险些喘不过气来。

在她恍神之际,沈妙妙小声问苏子冉:"那这件事跟那个温寒有什么关系吗?"

苏子冉:"圈子里一直有一个传闻,说是温寒的母亲温婉君是顾叔的初恋。虽然顾叔并没有承认过,但确确实实让温寒母子搬进了顾家,而且还是在顾大哥的母亲在世的时候……"

"天啊,顾大哥的爸爸是个活脱脱的渣男啊!"沈妙妙皱眉,一副唾弃的表情。再看孟浅,不知道在想什么,完全一副心不在焉的样子。

一行人在去球场的途中经过一个小超市,孟浅进去了一趟。她出来后,便小跑着追上了走在队伍前面的顾时深:"顾时深——"

孟浅的声音轻细绵软,像春风微雨,为顾时深干涸龟裂的心带去一丝潮润生机。他闻声止步,回眸看向朝他小跑而来的孟浅,无视了周遭其他人的目光。

顾时深轻轻启唇,声音温和低沉,带着不易察觉的关切:"怎么了?"

孟浅终于追上他,小喘着,一双琉璃般的眼眸定定地望着男人，轻轻抿着嘴唇。旁边看向他们的人在施厌的招呼下继续往前走了，渐渐地，孟浅和顾时深与他们拉开了距离，掉队老远一截。但顾时深不急，也不催促孟浅，只是专注地看着她，心绪逐渐安宁。

孟浅将视线从顾时深线条流畅的轮廓上错开，飞快地看了眼走出老远的大队伍。确定没人注意他们这边，她才赶紧摸出裙兜里的巧克力，拆开，掰下一块，然后踮脚将巧克力塞进顾时深的嘴里。

她所有的动作一气呵成，杀了顾时深一个措手不及。等他反应过来时，一块甜腻腻的白巧克力已经进了他的嘴里，入嘴化开令人生腻的甜味。甜味会让人体分泌多巴胺，从生理上会让人感觉到快乐。顾时深郁结的心情，如拨云见日般晴朗起来。

他含着那块巧克力，木讷地看着退回去的孟浅，眼里先是闪过诧异，然后涌动着复杂的光。

"甜吗？"孟浅给自己也掰了一块巧克力，塞进嘴里。品着腻人的甜味，她眉眼清朗地看着顾时深，藏下满心的疼惜，盈盈地笑着，问他，"心情有没有好一点儿？"

顾时深僵愣，心中震颤，似乎酝酿着一场即将爆发的海啸。他虽然不知道孟浅是如何知晓他心情不好的，但现在，他的心情的确因为她变得好了许多。

孟浅弯着唇角，温柔地凝视着他的模样，就像一束照进高塔里的光。

户外球场就适合今天这样天高云淡的好天气。午后的阳光普照球场，暖意如纱如缕，温柔地裹在人身上。

孟浅和顾时深分在一组，第一场面对的就是顾凝和温寒。场面瞬间趋于白热化，连空气中都飘荡着无形的硝烟。

四个人的对决进行到后面,球场完全变成了温寒和顾时深两个人的战场。顾凝和孟浅已许久没有碰到球,干脆默契地退到一旁,做全场距离他们最近的观众。

孟浅一开始没想到顾时深的球技这么好。她看得出他平日里经常锻炼,在球场上来回跑,跳跃扣杀都不带喘粗气的。温寒也不差,在球场上能与顾时深平分秋色。于是这一场比赛逐渐变成了拉锯战,双方体力与比赛结果息息相关。

两个二十几岁的大男人闷声不吭,像意气风发的少年似的,非要争个高下,谁也不肯退步。

这场比赛实在有违施厌的本意,但他作为组织者,偏还不能指责什么,任凭球场四周的人因场上那杀红眼的两位陷入无边的沉寂中。

终于,顾时深赢了,以一球之差险胜。

从他们俩开始一对一的那一刻起,便绷紧心弦、为顾时深提心吊胆的孟浅蓦地松了一口气。在众人静谧时,她开心地呼喊顾时深的名字,为他鼓掌,在球场外高兴得连蹦带跳,活似一只欢欣鼓舞的兔子。

全场只有孟浅在为顾时深喝彩,所以她的呼声和身影自然而然地夺走了顾时深全部的听觉和视觉,也让顾时深紧绷的神经终于松弛下来。连他脸上笼罩的阴霾也散开了,终见晴朗。

顾时深跟裁判打了招呼便下场休息。离场时,他目光炯炯地注视着孟浅,走近她时,薄唇弯起微浅的弧度:"谢谢。"

谢谢她为他的胜利喝彩。

孟浅他们这场结束后,下一场便是苏子冉和沈叙阳对曹正和施诗。

正儿八经的男女混合双打比赛起势和缓，但中后期战况也陷入胶着状态中。最终，以苏子冉和沈叙阳的胜利结束了这场比赛。

不得不说，打网球是个体力活儿。打完一场，孟浅便觉腰酸腿疼，和苏子冉去了趟洗手间。

户外球场附近都设立了洗手间。孟浅进入隔间后一直没出来，苏子冉在外面等了孟浅许久，有点儿不放心，正打算去看看孟浅，却收到了孟浅发给自己的微信："冉冉，你能不能帮我跑一趟超市，买一下'姨妈巾'？"

苏子冉回了一个"好"，一个字也没多问。等她买了东西回到洗手间，恰好撞见来上厕所的施诗。

"来'姨妈'啦？"施诗笑了笑，扫了眼苏子冉手里的卫生巾，一副见鬼的表情，"你就这么拿着在外面跑啊？也不怕被人看见。"

苏子冉不以为意："看见又怎样？没见过吗？"这又不是什么丢脸的事。

施诗噎住，没再多说，只是推开旁边隔间的门进去了。

苏子冉皱了一下眉，调整好心态才去敲孟浅所在的隔间的门。等待之际，苏子冉想起了什么，隔着门板对孟浅道："要不咱们就别玩了吧？你又不是不知道你经期第一天有多脆弱……"

施诗从隔间里出来时，恰好听见苏子冉对孟浅唠叨。施诗抬起眼皮往不远处隔间的门瞥了一眼，还和苏子冉对视了几秒，然后装作什么也没听见似的，转身出去了。

施诗前脚刚走，孟浅后脚便从隔间里出来了："好啦，还没来。我就是刚才看日历，想着经期就是这两天，要防患于未然。"

苏子冉了然："那就好。"据她了解，孟浅经期第一天堪比历劫,不能剧烈运动,不能碰凉水,否则整个人就会汗如雨下,脸白如纸,疼得死去活来。

　　孟浅和苏子冉回到球场时,沈妙妙和施厌的队伍已经和温寒、顾凝那队一起从球场上下来了。

　　顾时深坐在球场外的长椅上,正仰头喝着水,余光瞥见孟浅,便也看见了有意靠近她的施诗。

　　"孟浅,我们打一场吧。"施诗手里拎着一瓶矿泉水,刚喝完,拧着瓶盖。被施诗叫住的孟浅停下脚步,因为施诗并没有刻意控制声音,所以其他几个人也都听见了,先后朝她们俩看过来。

　　其实孟浅不擅长打网球,严格来说应该算是一个新手。她和顾时深组队之前,苏子冉带着她在旁边球场上一对一教导,这些大家都看在眼里。所以施诗的提议无疑是在为难孟浅。

　　"打一场,输了有惩罚的那种。"施诗丝毫没觉得自己在欺负人。

　　苏子冉撇嘴,替孟浅回了话:"你明知道浅浅是新手,还特意点名要跟她打,你想干吗?"

　　"那不然你替她打也行啊。不过如果输了,得她自己认罚。"施诗扬眉,一副不依不饶的表情,挑衅十足。

　　苏子冉噎住,因为她不得不承认,施诗的球技比她的更好。即便她愿意替孟浅迎战,和施诗一对一,赢面也很小。

　　"不敢比吗?不敢比就算了。"女人似笑非笑地看着孟浅,仿佛她说的比赛不是网球,而是喜欢顾时深这件事。

　　若是别人,孟浅也就算了,偏偏这人是施诗,这个很有可能因为家族关系和顾时深联姻的女人。孟浅不想在她面前认怂,于是一口应下了比赛。

即便明知道会输,孟浅也不能输在比赛开始之前。

不远处的长椅上,刚喝完水的顾时深站起身。

在孟浅答应施诗比赛的那一刻,顾时深悄然出现在了孟浅身后,接着孟浅的话补充了一句:"一对一有什么意思?不如二对二。孟浅是我的队友,没有让她一个人上场的道理。"

顾时深说着,扬了扬左手的球拍,眉毛微挑,淡淡地扫过施诗和曹正:"来吧,这局我用左手。"

曹正感觉自己有点儿"躺枪"了——谁不知道顾时深从小德智体美劳全面发展,学什么都比别人快,干什么都比别人优秀?就算顾时深用左手,他曹正也打不过啊!

就在曹正想劝说施诗要不算了时,施诗却先一步应下,并附加了一个条件:"顾时深,如果我赢了,你得和我约会!"

施诗说完,球场寂若无人。除了沈妙妙,其他人都一副早已料到的表情。沈妙妙惊得目瞪口呆,略带担忧地看向孟浅。

孟浅暗暗咬牙,心里有些发虚。她在想:要不要试着劝说顾时深还是换右手打球吧。她怕输,怕输给施诗,因为她不想让顾时深跟施诗约会。

"可以。"顾时深嗓音冷淡,没有一丝情绪,听起来信心十足。

孟浅却并未因此心安。待真正上场后,她用两只手握紧球拍,紧张到心脏悬在嗓子眼儿里,反复告诫自己:这场比赛不能输。顾时深显然看出了孟浅的紧张,接下来在比赛过程中用实力安抚了她。

和顾时深的球技相比,施诗和曹正的球技简直不堪一提。顾时深一个计算精准、力道沉重的发球就能让他们束手无策。比赛很快结束，快得连孟浅都没反应过来，裁判那边已经宣布了胜负——孟浅和顾时深赢了。赛场外传来沈妙妙的呼声，孟浅却没什么感觉，恍如做梦。

按照施诗的意思，输的队伍要接受惩罚。而对施诗和曹正的惩罚，是连喝两瓶冰镇的矿泉水。

苏子冉总觉得这惩罚是施诗专门为孟浅准备的。方才在洗手间里，施诗肯定误以为孟浅来"姨妈"了，所以才会定下这种外人看上去无关紧要，但实则会让孟浅身体受创的惩罚，其心之歹毒委实让人害怕。

这件事苏子冉并未告诉孟浅，主要是因为事情的发展并没有按照施诗的计划进行。而且顾时深插手了这场比赛，亲自击败施诗他们队伍，想必已经在施诗的心里留下沉痛的一击。

不管怎么说，这一局孟浅完胜。在苏子冉看来，孟浅赢得的不只是比赛，还有顾时深。或许身为当局者的孟浅还没有察觉到，其实顾时深对她可谓处处维护、温柔有加，真不是一般人能在他那儿享受到的待遇。

曹正陪着施诗喝了两大瓶冰镇过的矿泉水，感觉自己的肠胃都要被那股冰寒劲刺穿了，喝完便趴在场外的椅子上呻吟，喊着肚子疼。

施诗也没好到哪里去。喝完冰水后，她也没脸继续待下去，便跟顾凝打了招呼，先走一步。身为朋友，顾凝自然担心她。恰好温寒和曹正还有公事要谈，他们便和顾时深一行人分开了。

一切回归正轨。

顾时深带孟浅去隔壁球场，一对一教学，留沈妙妙、苏子冉和施厌、沈叙阳在场上继续玩。直到夜幕落下,深市华灯初上,施厌才尽兴,说要请客吃晚饭。沈叙阳拒绝了施厌的好意,他本来就是过来凑数打球的,和孟浅他们谈不上多熟悉,现在打完球了,自然是选择回学校。

沈妙妙倒也没留沈叙阳,托施厌绕道去了一趟深大,把沈叙阳放下,然后他们才去市中心吃饭。

听施厌说,市中心有一家私房菜馆,菜馆里的菜味道不错。那家私房菜馆的店面在市中心,是个四合院,装潢古色古香,就像是一座大隐隐于市的仙府,刚进门便是楼台水榭,水雾缭绕,很梦幻。

施厌说这家店最出名的其实不是菜,而是私酿的酒,既有烈性的高粱酒,也有适合女孩子细品的果子酒。

席间,孟浅没禁住施厌的煽动,浅尝了一下果子酒,随后便一发不可收拾。喝到最后,她已经醉得走不动道了,看人全是重影,连谁是谁都分不清。

晚上10点多,孟浅被苏子冉和沈妙妙搀扶着从私房菜馆的后门出去,顾时深和施厌跟在她们身后。施厌也喝了酒,叫了个代驾。

按照顾时深的意思,今天就到此结束。孟浅由苏子冉和沈妙妙带回宿舍,他也放心。但令顾时深没想到的是,那两个小丫头出了私房菜馆的门便先后表示今晚要回家住,言外之意无疑是告诉顾时深,如果今晚让孟浅自己回宿舍的话,那宿舍里可能没有人照顾她。

"顾大哥……要不你把浅浅带回去吧。现在我们这儿,我和冉冉也只相信你一个人了。"沈妙妙一个劲儿地冲顾时深眨眼,余光悄悄扫向施厌,似乎在说他和顾时深相比一点儿也不靠谱儿,所以她和苏子冉才会选择把孟浅托付给顾时深,而不是他。

这种事情顾时深还是头一次遇到,虽然他的确不可能对孟浅做什么,但作为孟浅的朋友,苏子冉和沈妙妙这两个丫头,未免对他一个血气方刚的成年男性也太放心了点儿。

就在顾时深犹豫之际,旁边喝得微醉但很尽兴的施厌重重地搭上了他的肩膀,在他耳边酒气熏天地笑:"你要是不愿意,那我就带小美人回家啰!反正我们俩都醉了,互相照顾,互相嫌弃呗!"

苏子冉刚想说什么,便见顾时深挥开了施厌搭在他肩上的手,长眉微皱,深深地看了醉得不省人事的孟浅一眼,然后直接从苏子冉和沈妙妙的手上将孟浅接了过去,说道:"我愿意。"

顾时深严肃的神情令苏子冉和沈妙妙忍俊不禁。她们俩对视了一眼,最后看了孟浅一眼,一副"姐妹我就帮你到这里"的表情。

可惜孟浅是真的醉得不轻,这会儿被顾时深揽在怀里,连腿脚都是软的,身子时不时往下滑,根本不知道苏子冉和沈妙妙为了帮她制造和顾时深独处的机会不惜连夜打车回家住。

从市中心到顾时深的住处也就半个多小时的车程,但为了让孟浅在车上睡得安稳,顾时深一直压着车速。等他们俩到家时,已经夜里 11 点多了。

他将车停在地下停车场里,熄火后,并未急着下车,而是侧头看了一眼副驾驶座上睡得安然的孟浅。

她还穿着那件一字肩的黑色上衣,衣服领口被拉了上去,变成了一件普普通通的露脐衫。饶是如此,衣服也遮不住她雪色的脖颈。

顾时深静静地端详着她颈侧的线条，待视线一路移至她的领口处才突然回过神，从车内暧昧的氛围里清醒过来。

"孟浅。"顾时深解了安全带，倾身靠近副驾驶座，修长的手指带着钻心刺骨的凉意贴了贴女孩儿温热柔软的脸颊。

顾时深被光滑细腻的触感惊到，心脏蓦地收紧，他的指尖如触电一般，从孟浅的颊侧缩回，但已然来不及。因为他手指的凉意已经刺激到了孟浅，她像是被冰块冻了一下，皱起眉头，缩了缩脖子，悠悠地睁开眼，入目的是无数的重影。

孟浅依稀能看清那是顾时深的脸，但脑袋昏沉，无法思考，只是口干舌燥地张张嘴，说要喝水。顾时深应了孟浅一声，压下微乱的思绪，低下眉眼，心无旁骛地帮她解开了安全带。

随后他从驾驶座这边的车门下去，绕到副驾驶座那边，试图将孟浅搀扶下车。可是孟浅腿软得厉害，身体像一团烂泥似的，沾到他便将全身的重量都倚靠过来。

无奈之下，顾时深只好先扶着她，带上车门，锁上车，然后才腾出手将其打横抱起。孟浅被腾空抱起时，有种如坠云端的缥缈感。她害怕得胡乱搂住顾时深，身子紧缩，绷得僵硬无比。

顾时深掂了掂她轻盈的身子，终于找到了顺手的姿势。他垂眸，看了眼将脑袋死死地靠在他肩侧的孟浅，无奈失笑，温声安抚她："别怕，不会摔着你。"

就孟浅这体重，再来两个她，他都能轻而易举地抱起来。可惜孟浅现在脑子不清醒，即使听清了他的话也不一定能领悟其意思。她仍旧死命地搂着他的脖颈，似乎有往上攀爬的企图。顾时深抱着她进入电梯里时，她炙热灼人的呼吸便如润物的雨，润湿了他右耳附近的肌肤。灼热酥麻的痒意令他口干舌燥，他用大手握着女孩儿圆润的肩，试图将她的小身板往下压一点儿，好让她的脸、她的呼吸离他的耳畔远一些。

谁知孟浅这会儿倒是力气大，攀着他的脖颈不肯卸力。顾时深又怕弄疼她，最终只得作罢，任由她的呼吸与淡淡的香风流连在他的耳畔，搅乱他的气息。

"叮——"电梯终于到了，顾时深跨步出去。到门口时，他费了不少力气，才在抱稳孟浅的前提下戳开密码锁。

早知如此，他之前就应该直接装指纹锁，能省了今日的许多麻烦。

"嘀"的一声，门开了，男人用脚将门踢开，抱着孟浅进去，暂且将她放在了鞋柜上。

此时的孟浅似醉似醒，坐在鞋柜上勉强能用两只手撑着柜面，虽摇头晃脑、摇摇晃晃，却也坐得还算稳当。

顾时深关上房门后便赶回了她的身边，扶着她往后靠稳，他才弯腰从鞋柜里拿出那双女式拖鞋。

顾时深的视线忽然落到了孟浅穿着黑色高跟鞋的脚上，他犹豫了一下，还是蹲下身去，轻柔地握住了她的脚踝，手法生疏地脱去她的高跟鞋。待他准备去脱另一只鞋时，靠坐在鞋柜上的孟浅慢悠悠地坐直，目光迷离地盯着面前重影繁复的身影。

她不知那是谁，也不知他在做什么，只静静地看着，越发觉得那是一只大狗狗，而"大狗狗"正在亲昵地蹭她的腿。孟浅轻笑一声，荡悠半晌的手终于摸到了"狗头"，和她想的一样毛茸茸的，就是这"大狗狗"的毛发有点儿硬，有点儿扎手。

蓦然被人摸头的顾时深僵住了，他还保持着单膝半跪的姿势，手里也还握着孟浅的另一只脚踝。愣神儿的片刻,他感觉孟浅柔软无力的手在他的头上揉来搓去。

没等他反应过来,头顶廊灯的冷光与悦耳的女声一并降下:"真是姐姐的乖狗。抬头……让姐姐看看,你是什么品种……"

顾时深如遭雷劈,满脑子都是"姐姐"。

姐姐的……乖狗?品种?他觉得好气又好笑,但最终所有的负面情绪都被孟浅那只乱摸到他下颌的手给摸没了。

顾时深被迫抬起头,黑眸如墨,幽幽地望着几欲朝他砸下来的孟浅。她眯着眼,唇角弯弯,微露贝齿,即便是被人仰视的角度,脸颊也娇小明媚,可爱又风情。醉得两颊酡红、眼神迷离的孟浅,无端让人宠爱欲旺盛。

顾时深只看了她片刻,便似被蛊惑了心智一般,乖顺地不动,任凭她细腻温热的指尖沿着他的下颌线一路摩挲,除了痒,似乎还有电流般的酥麻感涌向他的四肢百骸。

"别晃啊……"孟浅不高兴地皱眉,托着"大狗狗"的腮帮子,俯身凑近顾时深,试图看得清楚些。她那晃晃悠悠的身形着实让顾时深心里为她担忧不少,生怕她一个不小心从鞋柜上一头栽下来。

"你小心点儿。"顾时深沉声提醒,不觉间声音竟变得有些哑。

顾时深滚了滚喉结,认为是自己的嗓子干太久了。这会儿他忽然想起来孟浅在车上时说要喝水的事,没等她观摩清楚就脱下了她的另一只高跟鞋,顺势站起身。

"你先下来穿上拖鞋,我去给你倒杯水。"说完,顾时深便要走,可孟浅哪儿能放他离开。眼见着她的"大狗狗"忽然立了起来,她惊呆了,一双桃花眼眯成细缝,视线依旧模糊。

但孟浅听到"大狗狗"说话了,低沉而充满磁性的男声盈耳,让她想起了顾时深。她想撒娇,想任性,想在他的面前肆无忌惮。于是,她抓住了顾时深的一片衣角,眸色蒙蒙地望着他:"别走……"孟浅的声音轻柔,调子千回百转,要多娇软有多娇软,媚态天成。

顾时深回眸看着她那双含着万千思绪的眼睛,呼吸不觉揪紧。明明只是被她抓住了一片衣角,却总有一种被她握住心脏的紧张感。好半响,顾时深才轻叹一口气,撤回去扶着孟浅的肩膀,让她乖乖地坐好。

顾时深立于她跟前,微微弯腰:"我去给你倒水,你不是渴了吗?"

"我……我要一起去。"孟浅改抓住他的胳膊。

顾时深无奈,便去搀扶她:"那你先下来,穿好鞋。"

孟浅不肯,死死地扣着他的手臂,用浑身的力气抵制、抗拒他。

顾时深不知道她这是何意:想跟他一起去倒水,又不肯从鞋柜上下来?

"孟浅,你怎么了?"顾时深耐着性子问她。

不料孟浅忽然皱眉,不乐意了:"你要叫我公主殿下!"

顾时深愣了一下。

"哦,不对……乖狗会'汪汪汪'。"孟浅歪着脑袋,眼睛往上看,似乎在绞尽脑汁地思考什么难解的问题。

顾时深看着她,一时间哭笑不得。他从没见过哪个女孩子喝醉了酒比孟浅更疯癫,把他当狗也就罢了,现在还要自封公主……这醉得还能再离谱儿些吗?

沉默许久,顾时深整理好了思绪,又是一声轻叹,然后认命般顺着她:"遵命,公主殿下,现在请下来穿鞋吧。"

他有力的手臂绕过孟浅的后背,揽着她,怕她下地的时候崴了脚再哭哭啼啼。就在顾时深以为孟浅这次总该乖乖地下地穿鞋时,她却顺势圈住了他的脖颈,半个身子往他的怀里钻,还是不肯下来:"公主殿下不要穿鞋……"

顾时深噎住,被满怀的温软和少女香扰乱了心绪,一时忘了将其推开。等他冷静下来,想将孟浅的手从脖子上扒拉开时,却又无从下手。

他的指尖浸染了深夜的寒凉,而孟浅身上温热,软绵绵的,他摸一下都怕凉意刺到她。顾时深无奈,声音不自觉地放轻柔,温和宠溺地说道:"不穿鞋,那你怎么跟我一起去倒水?"

他将两只手撑在鞋柜的柜沿上,无意中将孟浅困于臂弯之间。因被她搂着脖颈,他无法站直身体,只能斜斜地倚着倾身向她,好让她抱得不那么吃力。

他与她说话时,目光落在墙上镶嵌的镜面上,镜子里清晰地映着他和孟浅,明明男女有别,他们却以极亲昵的姿势贴在一起。

她衣服短,本就是露腰的款式。这会儿身姿映在镜子里,那截露出的细腰细腻白皙,不堪一握,时时刻刻都在冲击着顾时深的视觉。

镜子里,顾时深俊脸紧绷,眸色深沉,自己却浑然不觉。

孟浅温热的呼吸扑在他的颈间,半响,她才含混地喃喃了一句:"抱我……"她声音轻,似撒娇。顾时深干哑的嗓子似乎又被火燎了一下,燥得快要冒烟。

他并未迟疑,在孟浅说"抱我"的那一刻,像是得到了首肯,手臂终于绕上了她细软的腰,将她抱下鞋柜。他一只手扶着她的腰背，另一只手托在她的臀下，抱着她去了客厅。她始终圈着他的脖颈，趴在他的怀里，如同一只树袋熊。

到客厅后，顾时深将她放在沙发上，然后到饮水机那儿接了一杯温热的水，坐到她身边，扶着她，将水喂到她的嘴里。

孟浅喝了水，餍足地歪在沙发上闭眼小憩。见她终于乖顺了，顾时深松了口气，赶紧给自己倒一杯凉水，解渴压火。

谁知还没等他把水喝完，沙发上的孟浅又诈尸一般慢慢爬坐起来："大狗狗……"顾时深差点儿被呛到，回眸看去，只见孟浅眼圈微红，泪水涟涟，撇着嘴，一副受了大委屈的表情。

顾时深僵愣在原地，深知她这是又开始了，就是不知道这回又要唱哪出。他将纸杯里的水喝完，好脾气地坐回了她身边，偏头凝视她，被她眼里打转的泪花揪紧了心脏。他声音哑涩，万般无奈地说道："又怎么了……我的公主殿下？"

"大狗狗……"

"嗯。"

"你应该'汪汪汪'……"

"汪……"顾时深脸上布满红云。

孟浅总算笑了，但眼里的泪还是顺着她的眼角滑落下来。顾时深将指尖探过去，轻碰她的脸颊，截住了顺势而下的泪珠。

温热的泪驱散了他指尖的寒，一丝暖意顺着血液流进了他的心里。顾时深愣神儿之际，挨在他身边的孟浅一只手悄然握住了他的指尖，另一只手又摸上了他的发顶，不似之前那样乱揉，而是顺毛似的轻轻抚摩："乖狗……姐姐告诉你一个秘密……好不好？"

顾时深不作声。他觉得再这样下去，他就要习惯"大狗狗""乖狗"这样的称呼了。

"既然是秘密,你确定要告诉我?"顾时深忽然想逗逗她。

"当然,你这么乖……"

"什么秘密?"顾时深凝视着她醺红的小脸。

孟浅也看着他,突然咧嘴笑了:"大狗狗,你长得好像顾时深啊……"

顾时深失笑。

"我的秘密就是……我喜欢……很喜欢……非常非常喜欢……顾时深。"

顾时深哑然,仿佛孟浅话音刚落的那一刻,他的世界便静止了。孟浅的话如天外之音,虚幻无实。

她说……喜欢……很喜欢……非常非常喜欢……他?

万籁俱寂后,世界无声地崩塌。

顾时深愣坐在沙发上,目光涣散,神情呆滞,连孟浅几时抽回手从他身边离开都没注意,满脑子都是她刚才似醉非醉的声音,惊天动地,不绝于耳。

震惊让顾时深几乎忘记呼吸,头脑空白,直到洗手间里传来孟浅干呕的声音才堪堪回神,这才察觉孟浅已不在他身边。

他没办法继续沉浸在震惊之中,起身便往洗手间去,果然看见孟浅赤着脚瘫坐在马桶旁,抱着马桶在那儿吐。

这幅画面终于稳住了顾时深杂乱的心神,他告诉自己:孟浅喝醉了。

看她吐的那样,就知道她今晚到底醉得有多厉害。所以……他不该把醉鬼的话放在心上,更不该为了她几句醉话而心慌意乱,把自己搞得前所未有地狼狈。

孟浅吐了一阵,眼泪止不住地往下淌。她轻咳了几声,吸了吸鼻子。门口心乱如麻的顾时深只好暂时斩断杂思,上前替她顺顺气。他一边拍背,一边拿了纸巾替她擦眼泪和嘴。

明明他的脑袋还是一片空白,身体却不由自主地做着这些。

孟浅吐完以后舒服多了。顾时深温柔地给她擦干眼泪,她转眸望着他,眼神依旧迷离,眸中却又仿佛留有一丝清明。

"顾时深?"女声略哑,有些狐疑。

被她轻唤名字的顾时深愣怔住,不知为何,现在连被她叫一声名字,他的心跳都会不受控地变快,以至于他缓了半晌才敢应她:"是我。"说完,他犹豫了一下,又补充道,"公主殿下。"

孟浅徐徐地睁大眼睛,嘴角勾起深深的弧度,轻笑出声:"我是在做梦吗?你刚才叫我什么?"

她吐完以后是酒醒了吗?就在他忸怩不安,想要解释时,孟浅扶着马桶摇摇晃晃地站了起来,嘴里仍在喃喃:"我一定是在做梦……"

顾时深跟着起身,伸手去扶她,怕她一个趔趄再磕碰到。孟浅却拨开他的手,自己头重脚轻地往洗手间外走,身影好不狼狈。顾时深看着孟浅的背影,纠结要不要跟上去,结果刚走到洗手间门口的孟浅却忽然站住了脚,徐徐地回过头来看着他。他也看着她,两个人四目相对,陷入漫长的沉寂中。

后来还是孟浅回身朝他走来才打破了这份静谧。她嘴里念叨着"我在做梦啊",直直地朝他走过来,张开双手:"做梦我怕什么?"

话音刚落,她在顾时深面前站住脚,仰起下颌,一副高傲的姿态,以命令的口吻说道:"顾时深,抱我。"

顾时深当然没动。今晚他的身心已经受尽了折磨,眼下已是心力交瘁,分不清孟浅的话哪句真、哪句假。

见他没动，孟浅也不恼，反而主动地抱住了他，脑袋往他的怀里扎，一通乱蹭："真好……"这样的美梦千载难遇。

被抱住的顾时深没敢动，任由孟浅在他的胸口乱蹭。连她的发丝钻进他的衣领里，羽毛般在他胸口的肌肤上磨来扫去，他也忍住了痒。

时间一分一秒地过去。一转眼，顾时深已经僵站了半个小时，孟浅仍旧靠在他的怀里，不过早已不再乱蹭，现在乖得像一只猫，只是赖在他的怀里抱着他。

后来顾时深感觉到孟浅圈在他腰后的手松了力道，便试探地喊了她一声："孟浅？"

孟浅没反应。下一秒，她圈在他腰上的手忽然松开，自由垂落。与此同时，顾时深明显地感觉到她的身体在往下滑。他愣了半秒，便伸手揽住了她的腰，把几欲软倒在地上的她带回了怀里。

顾时深低头一看，孟浅已经睡着了，呼吸很均匀，睡颜恬静，似乎正做着什么美梦，唇角还弯着浅浅的弧度。

顾时深无言了一阵，终究还是不忍心叫醒她。当然，他也怕她醒了以后，再像刚才那样说些乱七八糟的话，做些稀奇古怪的事。

顾时深将人抱回了之前孟浅睡过的房间，把她轻放在床上，然后去打了热水，用湿毛巾替她擦脸、擦手。

睡着后的孟浅倒是异常乖巧。床头暖色的灯光悄然倾泻，在她艳丽娇美的脸上落下薄薄的暗影，似一幅睡美人的画作，静谧美好得让人痴迷忘我。

"顾时深……我喜欢你。"孟浅喃喃了一句，梦呓一般。

顾时深正转身拧着毛巾，听了这句梦话后动作不由得一顿，垂下的长睫遮去了眼里若明若暗的光。

如果他的心是一片安静的冰湖，那么今晚孟浅的所言所行便如烈火，融化了他结冰的湖面；又如春风，在湖面上荡起一圈又一圈的涟漪。

顾时深始终有一种如坠梦中的虚幻感。他替孟浅简单地擦拭以后，便静坐在床前守着她。寂静的深夜最适合思考，可他思绪混乱，理智始终无法聚拢，便只是认真地看着她，认真到连她的脸颊上落了一根发丝都注意到了，伸手轻轻替她拈走。

触到孟浅温热柔软、白瓷般细腻的肌肤时，他的指尖在上面停顿了片刻。察觉到自己贪恋触碰她的那种感觉时，顾时深惊慌地缩回了手。

他心跳加快，害怕这种不受他掌控的异样的感觉，更不清楚这份异样的感觉到底是什么——是喜欢吗？难道他喜欢孟浅？

顾时深闭上眼，身子向后靠在了椅背上。他将刚才拈过孟浅发丝的手轻轻地搭在了眼皮上，隔绝了光源，让自己沉浸于黑暗中，试图找回理智，逼迫自己冷静。

他不懂爱情，却很清楚自己有多害怕爱情，因为爱情会让人发疯，会让一个本来美好温柔的人变得易怒暴躁、郁郁寡欢。

他母亲的下场就是最好的实例。

更何况孟浅年纪还小，又和前男友分手不久。她分手后，接触最多的异性似乎便是他，所以她或许只是暂时将情感寄托在他的身上而已。

顾时深如是想着，然而心里那团乱麻怎么理也理不开。最后他干脆放弃了，明确地告诫自己：接下来的日子里，他必须和孟浅拉开距离，只有这样，才能让他们各自冷静，不受干扰。届时，他或许就能找到确切的答案,知道他对孟浅那份异样的感觉到底是不是男女之间的那种喜欢。

春已末,白昼延长,天亮得比之前早些。

孟浅是被窗外"淅淅沥沥"的雨声吵醒的。

落地窗的窗帘是透光的薄纱质地,晨风拂动,光影忽明忽暗。她睁眼时便觉头痛欲裂,脑袋里像是炸过烟花一样,每根神经都隐隐刺痛。

孟浅是第一次醉酒,没想到会这么难受。她醒了以后,缓了会儿神才打量起整个房间的布置。这房间她住过不止一次,自然无比熟悉。令孟浅奇怪的是,她怎么会在顾时深这儿?难道昨晚吃完饭后,苏子冉和沈妙妙没带她回宿舍?

孟浅觉得嗓子干得快要冒烟,摸索着下床,穿上了整齐地摆在地板上的拖鞋。

她身上还穿着昨天的衣服,沾了点儿发酵过的酒味,特别难闻。这让孟浅握着卧室门的把手犹豫了很久,怕现在出去会遇上顾时深,而自己现在的形象差得要死,难免会给他留下不好的印象。

犹豫再三,孟浅还是没忍过喉咙的干涩,小心翼翼地拉开了卧室的门,从门缝间往外瞄了一眼。

因为主次卧的位置在入户门附近,所以她只能看见外面的走廊,外面静悄悄的,一点儿风吹草动都没有。

该不会顾时深已经出门上班了吧?

孟浅的手机已经没电了,她连时间都看不了。今天外面下着雨,天色乌蒙,也不好判断时间,所以她根本不知道现在几点了。

隔着门静等了片刻,确定这个偌大的房子里没有一点儿动静,孟浅开门出去了。她顺着走廊往另一头走，经过书房时看见门没关，便往里面看了一眼——没人。穿过玄关到客餐厅时，她依旧没有看见顾时深的身影，倒是餐桌上放了精心准备的早点，还冒着热气。

"顾时深？"孟浅哑着嗓子喊了一声。

屋内静谧，无人回应。于是她先去接了一杯水喝，干哑的嗓子终于得救。

喝完水，孟浅才仔细地打量起餐桌上的早餐来——青菜萝卜粥和小笼包，闻着挺香的，大概是顾时深早起买回来的。

孟浅收回视线时，余光瞥见了贴在桌子一角上的便利贴。浅蓝色的便利贴上写了几行遒劲有力的钢笔字：

"厨房里有醒酒汤，喝完再吃早饭。

"走的时候记得关好门，我去上班了。

"如果早餐凉了，自己热一下。"

孟浅暗暗松了一口气，至少现在她不用害怕自己会在臭烘烘的状态下和顾时深碰面了。但轻松之余，她又有一点儿失落。因为昨晚顾时深似乎也住在家里，他们俩难得共处一室，她却喝得酩酊大醉，对昨晚喝醉以后的事情一点儿记忆都没有了。

整理好自己的心情后，孟浅去厨房里喝了醒酒汤。或许是因为这汤是顾时深亲手煲的，所以她觉得格外好喝。

不知道真是汤发挥了作用，还是孟浅自己的心理作用，喝完汤后她感觉身子暖暖的，脑袋好像真的没那么疼了。

喝完醒酒汤，孟浅一个人吃了早餐。鉴于顾时深去上班了，她也不好独自在他家里逗留，便简单地收拾了一下餐厅和厨房，准备回学校。

孟浅只想尽快回宿舍洗澡、换衣服,再把手机充好电,到时候好给顾时深打电话,询问他接狸花猫出院的事。

她出门前看过时间,上午9点多,倒也不算晚。见外面还在下雨,孟浅从伞篓里拿了一把雨伞。

回校路上,她健步如飞。她回到宿舍时,苏子冉和沈妙妙都不在,她把手机充上电便去了洗手间。

等她洗完澡出来,手机已经可以开机了,显示有好几条未读微信消息。

沈妙妙:"浅浅,你起了吗?"

沈妙妙:"昨晚和顾大哥进展如何啊?"

沈妙妙:"这回我和冉冉真是拼尽全力给你和顾大哥制造机会啦,你可得争气点儿!"

消息是早上8点多发的,那时候孟浅的手机还处于关机状态。她只好现在给沈妙妙回消息:"手机没电了,刚充上电。你和冉冉怎么不在宿舍?"

孟浅还打算追问昨晚的事,沈妙妙的消息又来了:"我说你怎么一直没回消息,还以为你和顾大哥昨晚一步到位了!"

孟浅被她那句"一步到位"闹红了脸,呼吸微微急促。

沈妙妙的想法很丰满,现实却是,孟浅根本不知道昨晚在顾时深家里到底发生了些什么。

沈妙妙:"你回宿舍了?顾大哥呢?你们昨晚进展怎么样啊?"

孟浅:"说来你可能不会相信,但事实就是……"

沈妙妙:"事实是哪样啊?"

孟浅:"我昨晚喝断片儿了……"

沈妙妙:"断片儿了?你怎么可以断片儿了?!"

沈妙妙："这么重要的一夜！你……"

孟浅看着沈妙妙发来的跺脚表情包，隔着屏幕都感受到了沈妙妙恨铁不成钢的心情。她回了沈妙妙一个东张西望的表情包，打着哈哈把这件事揭过去了。

后来从沈妙妙口中，孟浅得知了昨晚自己醉倒后的后续，她一面对苏子冉和沈妙妙满怀感激，一面也恨自己不中用——这么好的独处机会，而且还是她喝醉了酒的情况下……她居然断片儿了！

许是因为这件事让孟浅感到憋屈，她始终过不去这道坎，吹头发时，脑子里也一直在努力地回想昨晚的事。

终于，皇天不负有心人。吹风机关掉的那一刻，世界仿佛突然安静下来，孟浅终于在空荡荡的脑子里搜罗出来一些零碎的画面。她记得昨晚自己好像吐过，那种难受的感觉就像是五脏六腑都被人挖了出来。

她吐过以后呢？孟浅一边梳头发，一边绞尽脑汁地想，然后模模糊糊地想起来自己好像抱了顾时深。她以为自己是在一个不切实际的梦里，所以格外胆大，不仅主动地抱住了男人的腰，还在他的怀里蹭来蹭去。

再后来……孟浅就不记得了。任凭她翻来覆去地想，再也想不起一星半点儿其他的记忆。

临近中午，孟浅在群里问沈妙妙和苏子冉的行程安排。

她们俩表示要晚饭以后才回宿舍，孟浅便盘算着去玉深动物医院接狸花猫。

出门前，孟浅给顾时深发微信提了接狸花猫的事。顾时深可能在忙，没有立即回消息，她便直接去了玉深动物医院。到地方后，见顾时深仍未回消息，她便给顾时深打电话，但是电话无人接听。

好在这次值班的前台护士对孟浅还算友好，语气温柔地告诉孟浅，顾时深临时做手术去了。

孟浅微愣，隐约记得昨天在网球娱乐中心时，自己就跟顾时深提过接狸花猫出院的事。当时顾时深还说他今天比较空闲，只有下午排了两台手术，甚至还可以陪她一起把狸花猫送回小公园。

不知道是不是自己的错觉，孟浅总觉得顾时深今天有点儿不对劲。

"孟小姐，猫您还接吗？"前台护士始终维持着礼貌的微笑。

孟浅思绪回笼，点点头："接。"来都来了，她总不能空手回去。再说了，那只狸花猫已经在医院里住了一周了。

虽然顾时深说他们医院每年都有爱心救助、免费绝育等相关慈善活动，让孟浅尽管把深大学校里那些流浪猫带过来做绝育手术，她也不能为了和顾时深见面就恶意占用他们医院的资源。

孟浅接了猫，还是将其装在猫包里，把包挂在胸前。

外面天色阴沉，这场雨还不知道要下多久。孟浅想了想，还是把从顾时深家借来的伞放在了前台那儿，让护士转交给顾时深。

她自己从宿舍出来时多带了一把伞，这会儿便撑自己的伞回去。

回去途中，孟浅经过了东校门外的小吃街。一如之前那样，她又一次遇见了江之尧。

这次和他一路的除了他那两个室友，还有一个女生。他们似乎刚吃完饭，从一家中餐馆里出来，一行人停在奶茶店门口，似乎是在等奶茶。

雨线如珠帘一般顺着房檐落下。江之尧盯着雨幕发愣，忽然，他的视野里出现了一抹熟悉的倩影,于是散漫的目光有了焦点,视线随着孟浅的身影移动。

是他先看见孟浅的,目光一直追随着她。孟浅不经意地抬眸,眉眼从雨伞底下露出来。她看见了他,却又装作没看见似的。

恰巧,江之尧旁边的女生拿到了奶茶,将吸管插上,殷勤地递到他的嘴边:"阿尧,你先喝。"女生的声音满怀期待,她满眼都是江之尧,本以为江之尧会和之前一样无视自己,没想到他这次竟然回应了。

江之尧低首,咬住了女生递过来的奶茶的吸管,象征性地喝了一口,然后故意拔高了分贝,笑盈盈地对女生说:"味道不错,谢谢宝贝。"

女生听了,激动得脸都红了。他们旁边的张凡和孙彦听了江之尧的话,也都很吃惊,下意识地想追问江之尧什么,余光却瞥见了路过的孟浅。

张凡注意到孟浅换了件泡泡袖的上衣,和昨天的性感风格截然不同,今天的穿着倒是一如平日的端庄秀气。

孟浅挎着一个猫包,包里有只狸花猫在那儿探头探脑。她撑着伞从他们的眼前过去,目视着前方,仿佛并没有注意到他们。

只有江之尧知道,她看见他了,定然也听见了他刚才和女生的对话。可是她依旧一副没看见、没听见、无事发生的淡然姿态,身影在雨幕里越走越远,逐渐模糊。

"孟学妹这是从哪儿回来啊?咱们学校不是规定不许在宿舍里养宠物吗?她怎么还带只猫?"张凡的声音拉回了江之尧随孟浅的身影飘远的思绪。

孙彦接了话:"流浪猫吧。论坛上不是有人说了吗,咱们孟校花不仅人长得美，心地还特别善良，平日里对学校里那些流浪猫关爱有加。"说到这里，孙彦瞥了一眼眺望着孟浅离开的那个方向的江之尧，"阿尧应该知道吧。"

"他和那位交往的那阵子，不是买过不少猫粮吗？"孙彦对张凡说，又转向江之尧："是吧，阿尧？"

江之尧冷下脸来。他身边的女生再次将奶茶递给他时，他厌恶地瞥了她一眼："不喝了，难喝得要死。"

女生愣住了，似乎被吓到了，脸色惨白，神情委屈。江之尧见了不由得蹙起眉头，心下更烦躁了。他连奶茶都不等了，跟张凡、孙彦打了招呼，便撑开雨伞，走进了雨幕里，朝着学校的方向而去。

"阿尧……"女生欲追出去，被张凡好心地拉回："别去了，阿尧对你没意思的。"

孙彦接话道："我说他刚才怎么忽然叫朱婉'宝贝'，敢情是看见孟校花了。"

那个叫朱婉的女生心头一凉，眼圈蓦地红了，一副愁眉泪眼的模样，把张凡和孙彦两个大男生弄得手足无措。

第八章

## "520"和"521"

孟浅进了校门,便顺着林荫道从巾帼楼前面过去。她走得慢,心里想着顾时深,便没注意跟在她后面不远处的江之尧。

进了小公园里,孟浅将狸花猫放到遮雨亭里,然后又去看了一下其他的流浪猫,还把雨伞放在了之前给流浪猫们用纸箱做的猫窝上面,想着替箱子里的几只小奶猫遮风挡雨。

正如顾时深所说,流浪猫应当尽早绝育,如果任其繁衍生息,流浪猫的群体只会越来越壮大。所以孟浅决定,接下来她每天都得抽空带一只流浪猫去玉深动物医院做绝育手术,直到给学校里的流浪猫都做完绝育手术为止。

下定决心后,孟浅起身准备冒雨跑回宿舍。哪知她刚转身,就撞进了不知何时出现的江之尧的伞下。

孟浅看见江之尧,脸色肉眼可见地沉了下去。她拧着眉,脚步一转,便欲从他的伞下走出去。江之尧却早有所料,步步紧跟:"下着雨呢,你想把自己淋感冒不成?"

孟浅一把推开他："离我远点儿。"就这点儿雨，怎么可能把她淋感冒？再说了，就算她真的被淋感冒了，也比和江之尧共撑一把伞，被人看见再传出谣言的好。

"狗咬吕洞宾，不识好人心是不是？"江之尧踉跄地后退一步，心底压着的火"噌"的一下升起来了。他一个箭步追上孟浅，扣住了她的右手手腕，声音蓦地一沉，"孟浅！"

孟浅应声站住，试着抽走手腕，和江之尧较着劲。但她的力气到底不如一个男生的力气大，挣扎半晌无果，她只好放弃。

江之尧以为孟浅即便很无奈，当下也不得不接受他的好意，便自顾自地将雨伞撑过她的头顶。他刚想说点儿什么，却见孟浅回头朝他看来。

孟浅眸色沉沉，双眼漆黑如墨，眼里泛着冷光，视线如被冰冻过，望向他时寒意彻骨。

"好人心？"孟浅扬眉，"好人？"

她像是听见什么天大的笑话，冲江之尧扯了扯嘴角："就你？"

江之尧一时无语，他之前怎么没有发现孟浅竟然是只小刺猬——会甩脸色，还会冷嘲热讽，说话带刺。

当初他们交往时，她还是个沉静冷艳、不食人间烟火的高冷小美人。这才过了多久，她怎么变得如此接地气了？

莫名其妙，江之尧竟觉得孟浅似乎也没那么遥不可及，少了许多距离感。

就在江之尧发愣时，孟浅不耐烦地扫了他一眼，转身继续冒雨往前。因为下着雨，她实在不想和江之尧多废话，不料他却是不见棺材不掉泪，举着伞继续跟着，也不知道葫芦里卖的什么药。

孟浅走到须眉苑旁边的小道时，再次停了下来，她身后的江之尧也跟着站住脚，只见她回头朝他看去，眼里多了几分冷意："江之尧，你该不会对我余情未了，想跟我复合吧？"

孟浅是故意这么说的。她知道江之尧这个人一向心气高，前面就是大道了，还要从男生宿舍楼前面经过。孟浅不想江之尧一直跟着自己，不想和他传出谣言，所以在他呆愣当场，神色复杂地看着她时，她往回走了一步，与他面对面站着，继续戏谑："我之前听说，你换女朋友如换衣服，而且从来不吃回头草，莫非传闻都是假的？"

孟浅揶揄的神情似乎是尖刀，刺痛了江之尧。他脸色骤变，阴沉下来，声音虽冷却极不自然，说道："谁要找你复合了？今天就是一条狗在这儿淋着雨，我也会替它打伞……你少自作多情。"说完，江之尧将脸别向他处。

孟浅眼眯成线，身上已经被雨完全淋湿了，她却毫不在意。听完江之尧的话，她笑了笑："不是最好。"说完，她转身小跑着离开。这一次，江之尧果然没再跟上她。

待孟浅的背影消失在转角处时，江之尧阴沉的脸色终于缓和了许多，但他心下依旧恼怒，用力地将手里的雨伞扔了出去。

冰凉的雨水打在脸上后，他稍稍冷静了一些，又若无其事地捡起了被扔在不远处的雨伞，从兜里摸出手机给张凡打电话，让张凡今晚安排联谊会。

他要立刻开始新的恋情。

孟浅冒雨跑回宿舍后，第一时间去洗了热水澡。洗完澡她点了个外卖，午饭就在宿舍里将就。

吃完午饭，孟浅拿起手机，又给顾时深发了一条消息，向他报告狸花猫已经接回学校的事，然后跟他道谢，谢谢他昨晚照顾喝醉酒的她。

孟浅以为，顾时深这个时候总该忙完了，毕竟现在是他的午休时间。可是微信消息发过去以后，如石沉大海一般，顾时深仍旧没有回复。

就在孟浅准备给顾时深打电话时，消息过来了。

S深："前台的护士告诉我了。"

S深："不用谢。"

玉深动物医院里，顾时深端坐在办公室里的办公桌前，单手拿着手机，翻看着孟浅给他发的微信消息。回消息之前，他考虑了很久。

昨晚因为孟浅的话，他整晚失眠。今天一早，他给她煮粥、煲醒酒汤，还特意出门给她买了肉包子，也不知道自己怎么回事，稀里糊涂地就做了这些。

后来因为不想面对孟浅，他在她起床之前出门赶到了医院。到办公室后，他才终于撑不住睡意，在沙发上补觉。

睡了两个多小时，他被苏子玉的电话叫醒，临时做一台手术。等他做完手术，前台的护士打电话到办公室，说是孟浅来过，接走了狸花猫，还把早上从他家借走的雨伞还给了他。

因为前台护士的这个电话，顾时深好不容易借着手术平复下来的心境又被扰乱了，眼下孟浅给他发消息更是让他心乱如麻。就在这时，许卫民敲开他办公室的门。

"老顾，你有空吗？"许卫民进门，看见端着手机、神色凝重的顾时深，声音微顿。

顾时深抬眸看着他，将手机扣在了桌面上，神色冷淡地说道：

"什么事？"

许卫民没觉出异样，便接着道："你有孟浅的微信没？能不能推给我一下？"

顾时深的神情僵滞了一秒，他不自觉地蹙起长眉："你想加她的微信？"

"对……我不是五一劳动节那天过生日吗，打算请大家去农家乐玩。我想邀请她一起去。"许卫民一脸坦诚，嘴角挂着笑，似乎很期待孟浅能去。

许卫民脸上的笑意有些刺眼。顾时深眉头紧蹙，没继续看他。

"我可以帮你转告她。"顾时深沉声道，言外之意是拒绝将孟浅的微信推送给许卫民。

许卫民愣住，刚想说什么，却听顾时深接着道："你想要她的联系方式可以，去问她本人要。未经她同意，我不能随便把她的联系方式给你。"

许卫民了然，知道顾时深一向知礼守礼，便打消了心头的猜想。

"那就麻烦你帮我转告她一声。不管她的答复是什么，都要告诉我。"话音刚落，许卫民便要先离开。

顾时深却突然叫住了许卫民，他回头，神色茫然："还有事？"

顾时深薄唇微动，神色犹豫不定，一副欲言又止的样子引得许卫民满腹疑云："有事就说，吞吞吐吐的可不像你。"

顾时深搭在腿上的手不由得攥紧，看向许卫民的眼神终于坚定："你喜欢她什么？"

许卫民愣住，一时没反应过来。

"孟浅……"顾时深补充道，"你不是喜欢她吗？喜欢她什么？"

许卫民恍然大悟，笑了笑："这个嘛……我也说不清楚。"

听到这样的回答，顾时深不禁怀疑许卫民是不是在故意跟自己装傻。

"那你怎么能肯定你喜欢她？"顾时深移开视线，看向雨势渐小的窗外，假装不在意，却又情不自禁地屏息等着许卫民的答案。

许卫民沉默了一阵，先是不解顾时深的提问，后仔细地想想：虽然老天爷追着给顾时深喂饭，赏了他一副绝世皮囊，但自己自从认识他以来，就没见他谈过恋爱。可见在感情方面，顾时深就是个实打实的愣头儿青，还是那种没吃过猪肉，看过猪跑却没看明白的"小白"。

"靠心跳。"许卫民坦言，"喜欢一个人，心跳会变快。那是最基本的生理反应，那种异样的感觉前所未有。"

"当你感受到时，就代表你已经动心了。"许卫民徐徐地说着，全然没有注意到顾时深的小动作。

顾时深正悄悄抬手摸向自己的左胸口。许卫民注意到顾时深的举止时，并不知道他在想什么，只听见他自言自语道："可她比你小8岁……"

"8岁而已，又不是18岁、80岁，这点儿年龄差阻止不了爱情。"许卫民轻笑，一副满不在乎的态度。

顾时深转眸看向他，难得对他心生敬佩，没想到竟然是因为他对孟浅的那份喜欢。

"你就不怕你们之间有代沟？"毕竟常言道，3岁一代沟。有8岁代沟的两个人，很难会有共同话题吧？他们连小时候看的动画片都不一样，所经历的童年和青春期更是截然不同。

"怕什么？一起跨越鸿沟就是了。再不济，我可以去她的世界。"许卫民半开玩笑的语气，却给顾时深带来前所未有的震撼。

就在顾时深豁然开朗时,许卫民话音一转:"不过这种事说起来容易做起来很难,而且还得孟浅愿意才行。"

许卫民刚说完,口袋里的手机便响了。他跟顾时深打了声招呼,便先走一步。

偌大的办公室里顿时只剩下顾时深一个人,他将手掌放在左胸口上,清晰地感受到胸腔内心脏的搏动,匀缓有力,指数正常。

可当他回想起昨晚的情景,回想起孟浅的那些话,回想起她吹在他的脖颈上和耳畔的温热的呼吸……顾时深明显地感觉到,被他压在掌心下的心脏正隔着薄薄的胸腔加速搏动。

这或许就是许卫民所说的心动的感觉。也就是说,即便顾时深不想承认,但事实上,他已经对孟浅动心了。只是这种陌生而未知的情感令他有所忌惮,所以他不敢直面孟浅,不敢回应她的喜欢,不敢承认自己也喜欢她。


收到顾时深的回复后,孟浅又给他发了几条消息,无非是旁敲侧击地打听昨晚的事。因为孟浅觉得,顾时深似乎不太对劲,她怀疑自己昨晚喝醉酒后做了什么令他不开心的事。

可惜顾时深的话没那么好套,他总是点到为止,回复的内容客气而生疏,后来又以要做手术为由结束了这次聊天儿。

孟浅心里越发觉得奇怪了,就在她犹豫着要不要直接开门见山地问顾时深时,他又给她发了一条消息:"五一劳动节你们放假吗?"

这个问题有点儿像没话找话。孟浅微微郁结的心情得以缓解,她勾起了唇角,拿着手机爬上了床。

孟浅:"国家法定节假日都要放假的。"

S深："三天？"

孟浅："对，三天。"

S深："那你回家吗？"

孟浅："不回，我等国庆节再回去。"

孟浅："不然三天假期，有两天都得耗在路上。"

S深："也是。"

他们俩就这样有一句没一句地闲聊着，聊天儿的内容其实并没有什么营养，但是孟浅心里还是泛起丝丝甜意，前所未有地满足。

不过女人的第六感告诉她，顾时深与她聊这些，一定是有什么重要的事情想说。毕竟不久前他才说要去做手术，正常情况下，他们俩应该已经结束了闲聊才对。

孟浅："顾时深，你是不是有事要跟我说？"

S深："嗯。"

孟浅："什么事？"

S深："五一劳动节那天……是许卫民的生日。"

S深："他让我问你，那天有没有空一起去农家乐。"

原来是这件事。孟浅心里的疑团解开了，虽然与她期待的不一样，但是只要是和顾时深有关的活动，她都乐意去。

孟浅："你去吗？"

许卫民是顾时深的同事兼读研时的室友，想必以他们的关系，顾时深不可能不去参加许卫民的生日会吧。

S深："不确定。到时候看医院怎么排班。"

孟浅："这样啊……"

孟浅："我去吧。不过你可能得抽空陪我去逛街，给寿星挑一份生日礼物。"

S深:"好。"

话题聊到这里便终止了。孟浅的目的已经达到了,顾时深也真的要去做手术了,于是他们俩互相道了"回聊"。

孟浅将手机熄屏,放到床下的书桌上充电,然后定了闹铃,睡了个午觉。

等她一觉睡醒,窗外天已经黑了,时间也到晚上8点多了。待她出门吃个晚饭回来,苏子冉和沈妙妙已经从家里赶回来了。

她们仨是前后脚到的宿舍。沈妙妙是最后一个进门的,刚进门便目的明确地去找孟浅,八卦昨晚的事。

得知孟浅只想起来一些零星的片段,沈妙妙逼着她把那些记忆碎片一个不落、一五一十地说给自己听。

"这么说,你昨晚那顿酒也算没白喝嘛!至少抱到人了不是?抱都抱了,离谈恋爱、亲亲还会远吗?"沈妙妙抄着手,目光虽朝着孟浅,却并未聚焦,她正根据孟浅叙述的内容自行脑补。由于脑补的画面糖分严重超标,她的脸上堆满了"姨母笑"。

苏子冉坐在自己的书桌前,手里转着一支笔,一句话便粉碎了沈妙妙的美好幻想:"以我对顾大哥的了解,就算浅浅跟他真的交往了,也不可能在短时间内亲亲的。他那人……刻板、严肃又慢热……"

"浅浅不一样的好吧!我就不信顾大哥能抵挡得住诱惑!"沈妙妙不服气地反驳。说完,她甚至撸起袖子走到苏子冉面前,声称要跟苏子冉打赌,就赌孟浅和顾时深交往后的具体进展!

孟浅接了一杯热水,慢条斯理地喝着。她"姨妈"真来了,这会儿小肚子隐隐不适。听着沈妙妙和苏子冉要为了八字还没一撇的事情打赌,孟浅忍不住笑出声来,最后自然引来她们两个人的围攻。

深市接连下了两天雨后，气温骤然上升，已有入夏的趋势。

孟浅的生活依旧如常，她周一至周五正常上课，没课的时候便去小公园捉流浪猫，送去玉深动物医院。

她和顾时深约了五一劳动节前一周的周末去逛街。

为了拿下顾时深，孟浅严格把控和他见面的次数，每次都是借着送猫去医院的机会跟他碰面。

若是顾时深有空，她会和他还有他那些同事一起去吃饭；若是顾时深没空，她便乖乖地回学校。

因为苏子冉说，喜欢一个人不能一个劲儿地往他眼前凑，也要懂得把握好追人的节奏，适当地保持距离，这样对方才不会感到厌烦。毕竟对于男人而言，新鲜感很重要。

孟浅也不想在正式表白之前消磨掉顾时深对她的好感，所以要进退有度、不急不躁。

时间过得很快，转眼就到了五一劳动节前的周末。

在过去的那段时间里，顾时深已经习惯了孟浅隔三岔五地送猫到医院做绝育手术。他们之间的关系还和之前一样，仿佛上次孟浅酒醉，在他家说过的醉话只是一场梦。

可笑的是，顾时深还因为孟浅的醉话劳心费神了许久，接连好几天都没睡好觉。谁知那晚之后，孟浅对他跟之前根本没有任何不同之处。

顾时深和孟浅约了周六上午9点30分在玉深动物医院碰面，因为孟浅要先送一只猫去医院做绝育手术。

这段时间，经过孟浅的不懈努力，深大校园里的流浪猫，能做绝育手术的基本已经做了,很好地遏止了流浪猫群体继续扩大的趋势。

只是那些被孟浅抓去做过绝育手术的猫,有一部分很不待见她。每次把它们从医院接回学校后,孟浅都需要花足足一周的时间才能和它们重新搞好关系。

顾时深与她碰面后,两个人先去吃了个早午餐。

其间,孟浅便跟他吐槽有些猫对她的态度。顾时深沉沉地低笑,眸光温润地看着她,安慰道:"猫和人一样,性格各有不同。你带它们做绝育手术,它们记恨你也是正常的,因为它们并不知道你这么做是为了它们好。"

孟浅托腮,往嘴里喂了一勺青菜瘦肉粥,慢慢咽下:"好人难做啊。不过这种被猫记恨的日子也算到头了。"她说完,冲顾时深勾唇浅笑,美目几乎弯成月牙儿,意味深长地道,"接下来,我也该做正事了。"

顾时深被她的眼神看得心脏漏跳一拍,不自在地垂下眼帘:"什么正事?"

像孟浅这样的大学生,最正经的事无非就是学习。但显然,孟浅所谓的正事与学习无关,因为她故作神秘地一笑,并未正面回答顾时深的问题:"到时候你就知道了。"

顾时深愣了愣,被孟浅眨眼时古灵精怪的模样勾住视线。

好在孟浅没有察觉他的异样,只是自顾自地换了个话题:"对了,顾时深,许医生的生日是要在农家乐过,对吧?那我们是当天去当天回,还是得在那边过夜啊?"

孟浅低垂眼睑,认真地剥着一个茶叶蛋,全然不知顾时深一直在看着她,移不开眼。

他沉吟片刻才回答她的问题:"听说要在那儿过夜。不过如果你不想过夜,我可以开车送你回来。"反正许卫民订的农家乐就在深市郊区的景区里,距离深大也就三个小时左右的车程。

"你在那儿过夜吗?你过夜我就过夜。"孟浅掀起眼帘看他一眼,桃花眼里浸染着笑意。

顾时深呼吸略紧,有些不畅,他恨自己不争气,竟轻而易举地被一个小姑娘的一句话、一个眼神、一抹笑撩拨到。

半晌,他才平复内心的浪潮,低头专心地喝粥,轻咳了一声,说道:"看情况……"

为了去参加许卫民的生日会,顾时深费了不少心思才和医院里其他的同事调班。连他自己都不知道,自己这么积极究竟是为了许卫民还是为了孟浅。他心里的那团乱麻一直没能理顺。

"对了,你和你的前男友……"顾时深沉沉地开口,也不知道自己怎么回事,突然就想问一下孟浅和她的前男友的近况,就像是想要确定什么。

"怎么了?"孟浅看着他,神色狐疑。她好奇他怎么会突然问起江之尧,好奇他此刻在想什么。

顾时深被她盯着,心慌了一瞬,掩饰似的笑了一下:"没事,我就是好奇……你当初喜欢他什么?"那个男生既然能入得了孟浅的眼,想必定有过人之处。

孟浅没想到顾时深会问这个问题,有些愣神儿,目光轻如云烟,袅袅地笼在他的脸上,细致地打量他斧刻刀削的五官。

顾时深的五官比例近乎完美,丹凤眼内勾外翘,狭长惑人,但长眉浓密,为他精致的五官增添了几分男人味。

这便是江之尧与顾时深不一样的地方。

江之尧的眉眼组合看上去让他偏柔,不够刚硬。孟浅更喜欢顾时深的长相,这种长相将男人的俊美与刚毅结合得刚刚好。在孟浅心里,顾时深是世界第一好看的男人。

她看他时,眼里总带着欣赏,藏着欢喜,不经意便会陷入痴迷中,就像现在这样。孟浅盯着顾时深的眉眼出神,目光一遍遍地描摹他的眼形,那句"因为那人的眼睛很像你"在她的嘴边,几欲脱口而出。

就在她张嘴的一刹那,顾时深兜里的手机响了。

"我接个电话。"顾时深抱歉地看了孟浅一眼,摸出手机。见来电显示是施厌,顾时深不禁皱眉,虽然狐疑,还是接了电话。

坐在他对面的孟浅小小地咬了一口茶叶蛋,一边吃,一边盯着顾时深,只听他跟电话那头的人报了他们这里的地址。

顾时深很快便结束了通话,随手将手机放在了桌面上,看向孟浅:"施厌要过来,他也要给老许买生日礼物。"

孟浅了然地点点头,心里暗暗嘀咕:施厌那个电灯泡来得真不是时候,就不能让她和顾时深单独逛逛街?

"他开车过来,到时候我们坐他的车。"顾时深说着,还想回到刚才的话题,潜意识里很想知道孟浅交往过的男生是什么样的。

可惜事与愿违,顾时深刚要开口,店老板便给他们送了咸菜和咸鸭蛋过来,说是他们店里的赠品。孟浅和顾时深齐声道了谢,随后互看一眼。

顾时深动了动喉结,一时间竟无法再心平气和。之前的话题接连被打断了两次,他现在再提起多少有些刻意了,说不定会让孟浅生疑,追问他缘由。于是他把到嘴边的话咽了回去。

孟浅则与他不同,真的因为两次打岔将刚才要说的话抛到脑后了。眼下她对店家送的咸鸭蛋比较感兴趣,正在敲着蛋壳。似乎为了不让气氛冷下来,她随便找了个话题:"对了,顾时深,许医生怎么会突然想起来邀请我去参加生日会?是不是看在你的面子上才邀请我的?"她说着,抬眸看了顾时深一眼,眸子里溢着浅浅的笑意。她眼瞳漆黑,水光潋滟,清透又温柔,漂亮得像阳光下的玻璃珠,朝顾时深看去时顾盼生辉,俏皮可爱。

顾时深一时不知如何回答。他总不能直白地告诉孟浅,他的面子不值半毛钱,许卫民是因为喜欢她,所以才邀请她。

"可能……他觉得人多更热闹。"顾时深轻咳了一声,因为他并不擅长撒谎。

不过他的话孟浅都信,所以她没再继续问下去——她本来也对许卫民的事不是很感兴趣。她换了个话题:"其实我之前一直想问你……"

"什么?"顾时深正襟危坐。

孟浅轻捏着敲碎的蛋壳:"就是我喝醉酒的那天晚上……不是住在你那儿吗?我就想知道,我那天晚上有没有做错什么事情或者说错什么话?"

"没有……"顾时深顿了顿,神色不自在地补充道,"你喝醉以后很安静,倒头就睡。"

孟浅抿了抿嘴唇,眉毛微扬:"真的?"她怎么那么不信呢?

顾时深吞了口唾沫。因为紧张,内心慌乱,他别开了视线,对孟浅道:"我去倒杯水喝。"他说着便站起身,离桌而去,留下一脸茫然的孟浅,莫名其妙地看了眼他那碗白米粥。

他真是奇怪,喝粥还喝水?

早餐店里没有一次性纸杯,老板便给顾时深盛了一碗面汤,撒上葱花。

待顾时深回到座位上,施厌又打了一个电话过来,问他到底在哪个犄角旮旯的小店。为了不再被孟浅继续追问,顾时深难得热情地表示要去巷口接施厌。

施厌没多久便到了,和顾时深一起进店,差点儿没忍住吐槽早餐店破旧的装潢。

这家店是孟浅带顾时深来的,就在深大附近。之前有一次晨跑,孟浅路过这家店闻到粥香,便认为这家店的东西味道一定不错。

事实证明,孟浅没有选错。早餐店的粥、肉包和茶叶蛋味道都很好,老板人也好,只不过因为店面位于一条巷子里,距离巷口有一段距离,缺少曝光,所以客流量比别的地方少。生意一般,老板自然没钱投在店面装潢上,所以小店看上去有些破。

出于礼貌,施厌收回了到嘴边的话。他和顾时深一起坐在孟浅那桌,将顾时深和孟浅左右一番打量:"你们俩怎么又在一起?"

顾时深看施厌一眼,用眼神警告他不要乱说话,他便悻悻地打消了调侃他们的念头。

施厌也没吃饭,顾时深便让老板给他来了一碗粥。

三个人吃完早饭,慢悠悠地走出早餐店,顺着小巷子往外走。

巷子太窄,又有商贩摆地摊儿,车不方便开进来,所以施厌把车停在了巷口的公共停车位上。

施厌还是开他那辆玛莎拉蒂,停在路边时便已经吸引了不少路人的目光。他们仨往车前一站,更是吸人眼球。

施厌先上车,人刚坐到驾驶座上,就看见顾时深给孟浅拉开后座的车门。等她坐进车里以后,顾时深关上车门,又去拉副驾驶座的车门。

见状,施厌立马叫停他:"顾时深,你能不能有点儿眼力见儿?副驾驶座是女朋友的专属座位,你不懂?"

听施厌这么一说,刚把副驾驶座的车门拉开的顾时深愣在原地,上也不是,走也不是。顾时深正犹豫着,又听施厌说道:"就算要坐,那也应该让小美人来坐啊。你一个大男人,和我这么一个大帅哥坐在一起,别人要是以为我跟你关系不正当怎么办?"

顾时深本来还想硬着头皮坐上去,听施厌再这么一说,彻底打消了这个念头。至于施厌说的让孟浅来坐副驾驶座,顾时深也替她一口回绝了:"把你的那些花花心思收起来,少打她的主意。"

说完,他沉了口气,拉开后座的车门,和孟浅一起坐在了后面。

在看见他过来时,孟浅便下意识地往旁边挪去。其实即使顾时深不替她拒绝,她也会拒绝施厌的提议。谁稀罕那个副驾驶座?她当然要跟顾时深坐在一起,这可是个难得的机会。

孟浅目不转睛地看着顾时深,嘴角不由得勾起弧度。

待顾时深上车,孟浅的心和车内的空间一起被他高大的身影填满。

车门被带上之后,车里显得有些逼仄,但也正因为逼仄,又是封闭空间,所以孟浅能闻到顾时深身上淡淡的草木调香水味。

她把视线从顾时深的侧脸一路移到他无处安放的大长腿上,嘴角的弧度不由得变大了,心里一阵暗喜。

施厌开车往市中心去,打算去市中心的商场里看看有什么适合送给许卫民的生日礼物。

一路上施厌都在说许卫民过生日去农家乐的事,还说到时候带几个女孩儿过去,给许卫民好好热闹一下。

去市中心的路有些堵,大概是周六的原因,路上的车流量比工作日大,孟浅他们在路上堵了大半个小时。

一堵车,孟浅便想睡觉。她刚开始还能强打精神,在顾时深面前维持形象。奈何车里其他两个人很长一段时间都没说话,而且施厌放了一首慢节奏的歌,跟催眠曲似的。渐渐地,孟浅便抵不住倦意,靠在椅背上睡着了。

车辆行驶过程中,她似乘着一叶扁舟漂荡在水面上,轻微地晃悠着。顾时深察觉到孟浅睡着是因为她的身子一点点朝他倾斜过来,而且在他朝她看去时,她正好一头砸在了他的臂膀上。

那一刻,顾时深连呼吸都屏住了,眸光轻颤,脸上难得地闪过惊慌之色,但这些都在孟浅的脑袋往前点时被顾时深忽略了。他手疾眼快地扶住了她的额头,又小心翼翼把她扶正,靠回自己的手臂上。

这时,驾驶座上的施厌因堵车心烦意乱到了极点,扯着嗓子骂骂咧咧,结果话才起了个头,便被顾时深叫停了。

顾时深虽压着声音,语气却极具威慑力:"小声点儿。"

施厌噎住,不由得从后视镜里看了顾时深一眼,恰好看见顾时深将手虚扶在孟浅的头侧,似乎为了让她能更稳当地靠着睡觉。

见状,施厌轻"啧"了一声,笑着调侃:"说你们俩没一腿我是真不信。"他认识顾时深这么多年,没见顾时深对哪个女孩子这么温柔体贴过。

最让施厌诧异的是,今天顾时深竟然没有反驳他,只是沉沉地看向后视镜,在镜子里和他对了一眼,拧着眉,神情有些复杂。

堵了近一个小时，施厌终于将车停在了市中心商场的地下停车场里。熄火后，他朝后座看了一眼，示意顾时深叫醒孟浅。

就在顾时深犹豫之际，孟浅悠悠转醒。

"到了？"她喃喃道，声音似蒙了一层薄膜。

顾时深应了一声。随着孟浅坐直身，他的胳膊也解放了，他小弧度地活动了一下。

没等孟浅缓过来，顾时深已经先下车，绕到她那边帮她拉开了车门。施厌则抄着手等在一边，一副看戏的姿态。

"你们打算给老许买什么礼物？"施厌锁了车。

三个人一起往电梯口的方向走，孟浅被夹在两个男人中间。因电梯里还有其他人，顾时深进门后，便用他高大的身躯将孟浅隔在了角落里，为她筑起了一道肉墙。

关于送给许卫民的生日礼物，孟浅没什么想法。她觉得买一份价位合适的礼物，礼数周到即可。顾时深的意思是进了商场里再看。

三个人进入商场前，孟浅去了一趟洗手间。

恰好顾时深看见了一家鞋店，便想干脆送一双鞋给许卫民算了。反正许卫民也不缺什么，礼物只是一份心意而已。

施厌陪他去鞋店逛了一圈，半开玩笑道："说起送鞋，我倒是想起来一个说法。"

顾时深没搭理他，视线扫过那些新上架的运动鞋，暗自琢磨选哪一款。跟在他身旁的施厌自顾自接着说道："听说女生送男生鞋是送他走的意思。情侣间送鞋也是一种分手的魔咒。"

听到这儿，顾时深终于侧头看了施厌一眼："真的？"

"什么真的？"

"女生送男生鞋，是要送他走的意思。"

施厌愣了半晌，在顾时深威逼的目光下点点头。

于是顾时深让导购包了一双中规中矩的男式运动鞋，在孟浅从洗手间回来后把包装好的鞋递给了她："你送老许这个吧。"

孟浅不知所以，被动地接过鞋盒，只听顾时深接着道："之前我听老许说……他想要一双运动鞋。"

"可这是你买的。"孟浅终于反应过来。

她刚想说，不然顾时深送鞋，自己送其他礼物也行，顾时深却似打定主意要让她送鞋给许卫民："你可以把钱转给我。"

孟浅现在严重怀疑，顾时深是想早点儿买完礼物回去——他是不是不想继续陪她逛街了？

两个人神色各异，心里也各有所虑，只有旁观的施厌一脸意犹未尽的表情。

老实说，认识顾时深这么久，施厌还是第一次知道他还有坏心眼儿的一面。

孟浅送给许卫民的生日礼物算是买到了，接下来她陪着顾时深和施厌继续逛。

三个人在商场里逛到中午，施厌总算买到了心仪的礼物——一套男士护肤品。至于顾时深，则给许卫民买了一件衬衣。

买完东西，也到饭点了。孟浅本来跟苏子冉、沈妙妙约好了要一起吃午饭，便在微信群里发了一条消息报告行程。

顾时深和施厌就在她旁边闲聊。确切地说，一直都是施厌在跟顾时深炫宝："这套护肤品是L家上市的新品，最适合许卫民那种经常加班熬夜的人。"

"要不等你过生日的时候,我也送你一套这个好了。"施厌似笑非笑地看着顾时深,"反正你的生日也不远了,要不我现在折回去买一套给你得了。"

孟浅发完微信,听到施厌的话,插了一句:"顾时深的生日是什么时候?"

"小美人,你居然不知道?"施厌看向她,神情诧异,"老顾他的生日是'520'啦!"

孟浅愣住,似乎不敢确定:"5月20日?"

顾时深应了一声:"对,比你的生日早一天。"

孟浅看向他,美目圆睁,欲言又止。

她与顾时深相识于七夕前后,没有一起庆祝过彼此的生日。在孟浅的印象里,他们也没有互相报过自己的生日。所以当顾时深说他的生日比她的生日早一天时,她陷入了震惊中,半晌也回不过神来。

"你怎么知道……"孟浅颤了颤眼睫,思绪终于慢慢回笼。

她视野里的男人笑了一下:"听孟叔叔提过。"

"好家伙,你们俩一个'520'过生日,另一个'521'过生日,还真是……缘分不浅啊!"施厌的惊讶不比孟浅的少。

听他这么一总结,孟浅和顾时深双双愣了一下,随后两个人对视一眼,相继失笑。

便是此时,苏子冉打了电话过来。孟浅打了招呼,便去一旁接电话了。苏子冉隔着手机都感觉到了她心情颇好,也知道她现在和顾时深、施厌在一起,午饭可能约不了了。

"施厌说去接你和妙妙,我们一起吃饭。"孟浅把接电话前施厌跟她提的建议告诉了苏子冉。

电话那头,苏子冉沉默了片刻,语气惊疑地说道:"他真这么说?"

孟浅:"对,他说他请客。我寻思着,免费的午餐咱们不吃白不吃。"

她的意思是让沈妙妙和苏子冉也来市中心一起吃饭,反正已经到这个点了,路上应该没那么堵了。

原本孟浅以为苏子冉可能还得犹豫一阵子,没想到她的话音刚落,对方便答应了。

于是接下来的时间里,孟浅他们兵分两路,孟浅和顾时深去找吃饭的地方,施厌开车去深大接苏子冉和沈妙妙。他们三个人在电梯口旁边的走廊分开。

施厌往电梯那边走,顾时深和孟浅便倚在走廊的栏杆上巡视四周。

孟浅忽然想到什么,叫了顾时深的名字。顾时深回头看着她。孟浅说:"刚才施厌说得对,你的生日也快到了,有没有什么想要的生日礼物?"

顾时深似乎没想到她会问起这个,一时间也答不上来。可能因为他现在什么也不缺,所以没有特别想要的生日礼物。

就在顾时深沉默间,一道声音自他的身后响起,替他回答了孟浅:"要你!"

那声音响起时,孟浅刚垂下眼睫。加上那人故意学顾时深的语气和声音,竟和顾时深的语气和声音有几分相似,有那么一刹那,她被骗到了。她霍然抬头,直勾勾地盯着顾时深的眼睛。

顾时深也吓了一跳,心脏"突突"直跳,慌乱地对上了孟浅炽烈的视线,下意识否认:"没有……不是我……"不是他说的!

刹那的慌乱后，顾时深回头看向声音的真正主人，猝不及防地对上了施厌那张欠扁的脸。

顾时深："……"

施厌贱贱地笑了笑，视线在他们两个人的脸上游移了一圈，然后扯开嘴角："忘了跟你们说，我打算去吃西餐。你们俩就奔着这个方向，在商场里挑一下合适的店吧。"说完，施厌便拔腿要走。

为了缓解尴尬的气氛，顾时深自然不能就这么放施厌离开，当着孟浅的面拎着他的领子，把他往洗手间那边拽。留下孟浅一个人还戳在原地，反应过来后，她咬着嘴唇傻乐了好一阵。

中午 12 点 30 分，施厌将苏子冉和沈妙妙接到了市中心，孟浅和顾时深也在商场内找到了一家口碑还不错的西餐厅。他们一行五个人进店时，店里客人还不算多，服务员领着他们去了一个临窗的僻静角落。

点餐时，施厌作为东道主，完全一副听凭安排的态度，只是在听沈妙妙做主给苏子冉要了一份牛排时叮嘱了服务生一句："这位小姐的牛排记得把黑胡椒酱汁换成红葡萄酒酱汁，她对黑胡椒过敏。"

施厌话音刚落，正在翻看菜单的苏子冉动作一顿，她身旁的沈妙妙和孟浅则齐刷刷地抬起头，默契地看向施厌。

原因无他——连她们俩都不知道苏子冉对黑胡椒过敏，施厌怎么知道的？

孟浅和沈妙妙隔空对视了一眼，后者清了清嗓，看向施厌："那个……施大哥，你是怎么知道……冉冉对黑胡椒过敏的？我和浅浅都不知道，从来没听她提起过！"

苏子冉看了沈妙妙一眼,想让她闭嘴,但沈妙妙话已经说了,施厌也已经听见了。

施厌倒是一脸坦然:"这有什么?冉冉就像我的亲妹妹。"

说到这里,施厌忍不住吐槽苏子玉两句:"苏子玉念书那会儿就一心扑在学业上,没半点儿当哥哥的自觉。作为他最好的兄弟,冉冉这边只好由我替他多照看一些。"

他和苏子玉从小一起长大,关系亲如兄弟,后来初中、高中、大学,甚至读研也都在一起。所以在他眼里,苏子玉的妹妹自然也是自己的妹妹。

苏子玉这个做哥哥的对苏子冉照顾不周,施厌便帮忙多照顾一些。时间久了,他倒是比苏子玉那个亲哥称职许多。

"你们要是不信,可以问冉冉。"施厌将话题抛给了苏子冉。于是孟浅和沈妙妙的目光自然也集中到了苏子冉身上。

她们俩紧盯着苏子冉,没错过她异于平常的神色,以及她唇角扯起的僵硬的笑容:"嗯。"

苏子冉的语气很淡,但这并不影响施厌提起往事时超乎寻常的旺盛的表达欲。他开始滔滔不绝地讲述他和苏子玉在学生时代的一些事,以及以前帮苏子玉照顾苏子冉时的一些趣事。席间的氛围几乎全靠施厌和沈妙妙你来我往的对话维持。

孟浅因将注意力落在苏子冉身上,餐盘里的牛肉许久没能切下,引得顾时深频频看过去。几分钟后,顾时深伸手过去端走了她的餐碟:"我帮你切吧。"

解释的话到了嘴边,又被孟浅咽了下去。

孟浅吃着顾时深亲手给她切的牛排,目光总不自觉地落在他身上。其余时间,她都在注意苏子冉。苏子冉则始终低垂着眼帘,专心致志地进食,一副心事重重的模样。

原本孟浅想着吃完饭和苏子冉她们回宿舍的时候再好好关心苏子冉,没想到饭还没吃完,施厌便又有了新的想法。

"吃完饭我请大家看电影吧。"施厌看向顾时深,本意是询问他的意见,结果却发现他的目光第一时间转向了孟浅那边。

于是施厌暗暗"啧"了一声,跟着把目光移到孟浅身上:"小美人,你怎么说?"

孟浅忽然被点名,吃东西的动作微顿,扫了一眼桌旁的其他人,见沈妙妙一个劲儿地点头,而苏子冉面色平静,也没有反对的意思,便答应了:"可以啊。有人请客,不看白不看。"

"行,那我订票了。"施厌立马拍板。

检票进场前,施厌让他们先走,说是还有一个朋友要来,自己在外面等几分钟。沈妙妙随口问了一句还有谁,施厌冲他们神神秘秘地一笑:"今天这部电影的女主角。"

沈妙妙和孟浅都愣了片刻,只有顾时深和苏子冉会意,顾时深还一副见怪不怪的表情。

"走吧,我们先进去。"顾时深这话是对孟浅说的。他带着孟浅她们三个小姑娘入场,直接去了施厌预订的影厅。

还是施厌一贯的操作——为爱包场。

进入影厅后,孟浅看着空无一人的观影区,满腹狐疑。好在沈妙妙和她一样好奇,没忍住,直接询问顾时深:"顾大哥,你知道施大哥是在等谁吗?这么大一个影厅,难不成他特意包场,就为了请我们几个人看电影?"

顾时深欲言又止。虽然施厌那家伙在深市整个上流圈子里早就臭名昭著,但在沈妙妙她们面前,顾时深也不知道该不该替他维护一下形象。

就在顾时深犹豫之际,沉默了一路的苏子冉替他回答了:"八成又是在等哪个女演员吧。"

"习惯就好,他也不是第一次请客包场只为逗女人开心了。"说完,苏子冉自顾自地去了最佳观影区入座。沈妙妙和孟浅对视一眼,默默跟上苏子冉。

电影开场前两分钟,施厌带着一个女孩儿从外面进来。女孩儿穿着抹胸连衣裙,留着披肩长鬈发,戴着口罩和鸭舌帽,耳垂上坠着流苏耳环,露在口罩外的眼睛又大又迷人。最重要的是,女孩儿的身材很好,前凸后翘,腰细腿长,连沈妙妙看了都没忍住,小小地惊叹了一声。

"行了,这儿都是自己人,把口罩和帽子摘了吧。"施厌带着女孩儿往顾时深他们落座的位置走去。

途中女孩儿按他说的乖乖地摘了口罩和鸭舌帽,露出来的那张脸倒是不及她戴着口罩时神秘、有韵味。

她五官精致,很漂亮,但在孟浅面前有些黯然失色——她属于那种美则美矣,却美得没有辨识度的美人。

这不,施厌到最佳观影区后,没忍住,看看孟浅,又看看被他牵着手一路走过来的女孩儿,不由自主地皱了下眉。

他原本还觉得自己新勾搭上的这个小演员模样挺不错的,怎么这会儿和孟浅一对比,倒有点儿上不了台面了?

施厌带着女孩儿落座后,便有工作人员给他们送吃的进来,都是看电影的常备套餐,薯条、爆米花配可乐、奶茶。孟浅要了一杯热奶茶,抱了一个爆米花、薯条混搭的小吃桶。

影片开始了,偌大的影厅陷入一片黑暗中,只有大银幕泛着微弱的冷辉。

很快,孟浅便在银幕上看见了施厌带来的那个女孩儿。正如施厌所说,那女孩儿是这部青春爱情片的女主角。只不过银幕里面的女孩儿扎高马尾辫,穿洁白的校服,看上去少女感满满,眉眼间都是青春懵懂的青涩,坐在施厌身边的演员本人却是身材火辣的美人。

孟浅注意到女孩儿叫凌萱,名字挺好听的,但是孟浅不追星,并不知道演艺圈内有这号人物。倒是沈妙妙知道一些,凑到孟浅耳边窃窃私语:"浅浅,你掐我一下,看看我是不是在做梦。"

孟浅:"……"

沈妙妙接着道:"你懂我是什么感觉吗?做梦也没想到有一天能和演员本人一起坐在影院里看她主演的电影。"

"这也太玄幻了,做梦都不敢这么做啊!"后来沈妙妙又轻叹,有钱人的世界就是不一样,普通人想也不敢想的,他们却习以为常。

孟浅塞了一根薯条在沈妙妙的嘴里,目光朝沈妙妙另一边的苏子冉看去,声音也压得极低,说道:"别说了,先看电影吧。"她说完便坐正了身体,随手探进扶手上的爆米花桶里。

黑暗中,孟浅的手碰到了同样伸进桶里拿爆米花的顾时深的手。肌肤相触,电流般的酥麻感通遍全身。

孟浅愣住,明显地感觉到顾时深的手缩了回去,也不知道他是不是吓到了。从那以后,孟浅再也没看见他吃过爆米花和薯条,连可乐都喝得很少。

她也再没有把注意力集中到银幕上,只是悄无声息地用余光打量着黑暗中目不斜视、正襟危坐的顾时深。

第九章

# 他的表白

电影过半时,孟浅被沈妙妙拉着去了一趟洗手间。

影院里的洗手间有一股檀香的味道,安静无人。孟浅不想上厕所,便在洗手台前等沈妙妙。

沈妙妙一出,便跟做贼似的,左右一番打量,确保洗手间里没有其他人后,她同孟浅一起站在洗手台前,小声道:"浅浅,你有没有觉得冉冉有点儿不对劲啊?她坐在我旁边,一句话都没说过,一直盯着银幕,像一尊雕塑似的。"

孟浅想到苏子冉异于平常的神色,不禁皱了皱眉:"是不太对劲……"

沈妙妙接着说:"你说她是怎么了?明明你让我们过来一起吃饭的时候,她的心情还挺好的。难道是午饭不合胃口?"

孟浅没吱声。以孟浅对苏子冉的了解,苏子冉绝不是那种因为饭菜不合胃口就将情绪表现在脸上的人,一定是有什么更严重的事破坏了苏子冉的好心情。

其实，孟浅心里隐约有一种猜测，几次三番都想对沈妙妙脱口而出，但话到嘴边又怕自己猜错了，胡说八道影响苏子冉的声誉，于是又一次忍住了。

就在她和沈妙妙在洗手台前为苏子冉担心时，两个人的手机先后响了一声，是微信提示音。

沈妙妙先拿出手机看了一眼，是姐妹群里的消息。

苏子冉："我有点儿不舒服，先回宿舍了@孟浅@沈妙妙。"

沈妙妙："你怎么了？哪儿不舒服啊@苏子冉？"

苏子冉没有回复。孟浅见状，催促沈妙妙一起回到影厅。

两个人恰好在影厅门口和苏子冉遇上。

苏子冉似乎刚和顾时深、施厌打了招呼。

"一起回去吧，你等我一下，我去跟顾时深说一下。"孟浅拉住了苏子冉的手腕，示意沈妙妙看着她，别让她一个人离开。因为苏子冉的情绪看上去不对，而且她的眼圈有些红，孟浅实在不放心她一个人回去。

沈妙妙也是这样想的，挽住了苏子冉的胳膊，在影厅门外等孟浅。

结果几分钟后，西装革履的顾时深和孟浅一起出来了。顾时深手里还拿着施厌的车钥匙："我开车送你们回去，这里不好打车。"

施厌订的电影院位置比较偏，人流量少，想必施厌也是为了和那个女演员碰面方便。

起初苏子冉说要先回去，顾时深还无感。待孟浅过来跟他打招呼，说她和沈妙妙要陪苏子冉一起回去，他才想到这个地方不好打车。心思一转，他便找施厌要了车钥匙，打算开车送她们回去。

沈妙妙深表感激。孟浅弯着唇角，直勾勾地看了顾时深一阵，直看得顾时深别开脸，不敢直视她。

最终还是苏子冉先走，剩下三个人这才反应过来，先后跟上她。

回深大的路上，孟浅坐在副驾驶座上，身子微侧，一直注意着后座上的苏子冉和沈妙妙。

苏子冉上车后便靠将脑袋靠在车窗上，闭目养神。她周身散发着低气压，令车内的氛围也变得逼仄压抑。连她身边的沈妙妙也不敢吱声，怕扰了她的清静。

一路上，车内四个人谁也没说话。

车停在深大东校门外，三个女生下了车。

"到宿舍记得发微信报平安。"顾时深临走前，叮嘱了孟浅一句。他还得把车给施厌开回去，到时候再让施厌送他回来。估摸着等他回到影院，施厌他们也应该看完电影了。

孟浅应下顾时深的叮嘱，目送他驱车离开，随后才看向站在一旁等她的苏子冉和沈妙妙。

三个人沉默着，结伴回到了宿舍。

回到宿舍后，将房门关好的那一刻，沈妙妙内心的八卦欲终于被压制到了极点。可惜没等她开口追问，苏子冉便先一步进了洗手间。

苏子冉在里面待了大概10分钟，出来时眼眶更红了，显然哭过。沈妙妙见状，强压下了心里的好奇，小声而关切地问道："冉冉，你没事吧？要是实在不舒服，我们还是去医院看看吧。"

孟浅倒了一杯热水，等苏子冉在餐桌旁落座，将水杯递给苏子冉："喝点儿热水吧。"

苏子冉接了，但只是抱着温热的玻璃杯，并没有喝水。她谁的话也没接，就这么安静地坐在餐桌旁。

午后的阳光从阳台那边照入室内，在地板上映下格子状的光斑。屋里始终寂静，苏子冉不说话，孟浅和沈妙妙便也不再吱声，安静地坐在餐桌旁陪着她。

她们都知道，以苏子冉的性子，等她什么时候想说了，自然会开口告诉她们，不然她们再继续追问下去也是无果。

果然，苏子冉安静地坐了一阵子后，端起了孟浅给她的那杯水，似乎把水当成酒，喝了一大口，然后将玻璃杯放在餐桌上。

"我喜欢施厌。"苏子冉冷不防地开口，声音在明暗分明的室内回荡。

坐在她对面的孟浅神色僵了一下，并没有太大的反应，反倒是她旁边的沈妙妙目瞪口呆，惊讶得半晌没说出话来。

苏子冉喜欢施厌，其实有迹可循。

比如，沈妙妙之前说，当苏子冉得知施厌要请客吃饭时，苏子冉的心情极好。而且中午碰面时，孟浅也确实感觉苏子冉的心情不错。

苏子冉的心情具体是从什么时候开始变得不好的呢？孟浅仔细地想了一下，大概是在西餐厅的时候，施厌说苏子冉就像他的亲妹妹一样。从那时候起，苏子冉的情绪便落入了谷底。

施厌既然能牵动苏子冉的情绪，影响她的心情，那只能说明一个问题——施厌是苏子冉的心仪之人。

"浅浅，你怎么一点儿也不惊讶？"沈妙妙的目光落到孟浅身上。

说完，她也没等孟浅回答，又将视线移回苏子冉的身上："冉冉，你真的……真的喜欢施大哥？"之前从未听苏子冉说起过，沈妙妙还以为苏子冉和施厌只是关系好一点儿，亲如兄妹，没想到……

"很可笑吧？"短暂的静谧后，苏子冉自嘲般扯了扯唇角，视线随之落到孟浅身上，意有所指，"当初我还劝你不要喜欢江之尧那样的花心大萝卜。"

孟浅也看着她，沉默不语，一时间不知该说些什么，也不知该如何安慰苏子冉。还好有沈妙妙在，不至于让气氛陷入尴尬的境地。

"冉冉，你别这样说……"沈妙妙搭上了苏子冉的胳膊，一脸无措，"可能……这就是所谓的当局者迷吧。总之你别这么说自己，没人觉得这种事情有什么可笑的……"沈妙妙说着，求助地看向孟浅，似乎希望孟浅也说点儿什么，好让苏子冉心里好受点儿。

可惜没等孟浅开口，苏子冉便自顾自地提着唇角，强颜欢笑，还深吸了一口气，低垂着眉目，徐徐地说起自己暗恋施厌的心路历程。

从情窦初开到现在，苏子冉喜欢的人一直都是施厌。细数起来，她喜欢施厌的时间，竟比孟浅喜欢顾时深的时间还要长两年。

她和施厌之间有许多回忆，所以孟浅和沈妙妙作为听众，在宿舍里陪着她坐了两三个小时。直到窗外的太阳要下山了，苏子冉那漫长的回忆才终于结束。

听苏子冉说完，沈妙妙跟着红了眼眶，心里不禁替苏子冉难过。

这个时候，反倒是孟浅表现得冷静一些，只是以旁观者的身份听完一个少女暗恋的故事。

在沈妙妙和苏子冉一起感伤难过时,孟浅动了动唇瓣,沉沉出声:"既然你这么喜欢他,为什么不跟他表白?"

虽然苏子冉和她一样是暗恋,但她们的情况有所不同。

孟浅是因为遇见了顾时深才情窦初开,明白喜欢一个人是什么感觉。那时爱意刚刚萌生,陌生的感觉让孟浅反应了好久,才明白原来那是男女之间的喜欢之情。没等孟浅展开任何实质性的举动,顾时深便离开了陶源镇,他们就此分开,并且她根本不知道有生之年还能和顾时深重逢。她会接受江之尧的追求,因为她曾经真的尝试过接受不会再和顾时深相遇的余生。

但是苏子冉不一样——她和施厌一直都有联系,他们从未失联过,他们的人生也一直有交集。所以孟浅不明白,苏子冉明明有那么多的机会可以把自己的心意传达给施厌,可是她没有这么做。

沈妙妙先是被孟浅的话惊了一下,然后附和道:"对啊,冉冉,你这么美,施大哥说不定也喜欢你呢!"

虽然苏子冉的美不及孟浅的美那般惊艳张扬,但她确实也不失为一个美人。至少沈妙妙认为,苏子冉的长相和身材应当能比过今天被施厌带来影厅的那个女演员凌萱。

苏子冉低着头,轻扯了一下唇角,淡声道:"不合适。或许我表白之后,他可能真的会答应跟我交往。但是我很清楚,以他的性子,我也终将成为他众多前女友之一。"这条路,苏子冉曾设想过千次、万次,甚至亿万次,可惜这条路始终看不到尽头,所以她不敢去尝试。

"如果交往再分手,我和他之间可能就再也回不到从前了。"苏子冉说完,脑袋垂得更低了。她像是把自己囚禁在了一座城里,不敢打开城门,所以谁也进不到她的心里。

孟浅认为苏子冉这样缩手缩脚，为难的终归只有自己，所以她的回答是："那又怎样？"就算交往了会分手，他们之间再也回不到从前，那也比现在这样只有苏子冉一个人单相思，困在这段暗无天日的关系里郁郁寡欢要好，不是吗？

显然，孟浅的话让苏子冉愣住了。她像是听不懂孟浅在说什么，徐徐地抬头，狐疑又懵懂地看向孟浅，轻声道："什么？"

孟浅继续说："就算真如你所说，你们之间回不到从前，但你至少曾经得到过，这就够了。

"而且，等真正跟他交往以后，或许你会发现，其实他没有你想的那么好。到时候你自然就能放下他，重新开始。可如果你一直不敢直面这份感情，施厌就会永远占据你心里那一亩三分地。难道你以后打算一直藏着这份心意，在他不知道的地方、不知道的时候为他欢喜为他忧愁？"

孟浅说到最后，语气终于温柔缓和了些："苏子冉，你傻不傻啊？"

她的话引起了沈妙妙的共鸣："浅浅说得对。冉冉，你总要勇敢一次。我们还这么年轻，才18岁，就算一段恋情以失败告终，那也只能算是我们人生中的一段小插曲而已，没什么可怕的。"

苏子冉默默咬住了嘴唇，看看对面神情坚定的孟浅，又看了看旁边用眼神鼓励自己的沈妙妙，心跳前所未有地快，仿佛希望正从低谷处冉冉升起。

许久之后，苏子冉轻笑出声，长长地舒了一口气。虽然她现在还没有下定决心去直面施厌，但因为沈妙妙和孟浅的开导、鼓励，此刻她的心境豁然开朗，感觉身心舒畅了许多。

"表白的事……我会好好考虑一下。谢谢你们。"

话音刚落,苏子冉就被沈妙妙一把抱住。

"我和浅浅一直都会是你坚强的后盾,你尽管大胆地向前冲!"说着,沈妙妙将视线移向孟浅:"浅浅,你呢?打算什么时候正式向顾大哥表白?"

刚听孟浅开导苏子冉,话术一套一套的,所以沈妙妙想问问孟浅自己有什么打算。

好在孟浅并没有让她失望。

被沈妙妙和苏子冉望着,孟浅十分坦然地笑了笑:"许医生的生日吧。到时候我会跟他们一起在郊区农家乐过夜,我打算在那天晚上跟顾时深表白。"

沈妙妙第一个欢呼:"那我和冉冉就等着你的好消息啦!等你和顾大哥交往以后,记得请我们吃饭。到时候我要吃海鲜、牛排,还有烤肉……"提到吃的,沈妙妙一时之间停不下来,把能想到的食物都报了一遍。孟浅和苏子冉都被她逗笑了。

"八字还没一撇呢,你倒是把一切都设想好了,未免有点儿太早了。"孟浅调侃道。

孟浅虽然表面镇定,可实际上内心很慌。决定在农家乐表白是她临时起意,她原本是打算先和顾时深相处一阵子,等有绝对把握的时候再跟他表白。可是刚才听苏子冉说了那么多,作为朋友,她认为自己应该给苏子冉树立良好的榜样。

如果她现在退缩了,苏子冉怕是也很难再鼓足勇气面对施厌。

孟浅刚做了决定,放在书桌上充电的手机忽然响了。悦耳的铃声打破了宿舍里的沉寂,也彻底扫清了苏子冉低落的情绪。沈妙妙和苏子冉起身离开了餐桌,各忙各的,孟浅也回到书桌前拿起了手机。

来电显示是顾时深,孟浅的心跳莫名其妙地变快,孟浅竟有些心虚起来。

今年五一劳动节的假期比孟浅之前预计的长一些,加上周六周日,共有五天。不过节后的周六要补课,假期从 4 月 30 日开始。

这天晚上,孟浅便接到了老妈的电话,问她五一劳动节放假回不回家。

按理说,五天的假期,孟浅是会考虑回家的。但因为许卫民的生日卡在假期中间,于是孟浅打消了回家的念头。

为此,孟妈在电话里抱怨了两句:"你和你弟现在一个样,出了家门一点儿也不念家。"

孟浅哭笑不得,还好孟爸在一旁帮着她说话,这才安抚了孟妈的情绪:"孩子大了总是要离开父母的。这不还有我陪着你吗?他们不在正好,咱们俩出去旅游,好好过过二人世界……"

打完电话,孟浅便早早歇下了,上床前给顾时深发了一条微信:"明天见。"

隔天一早,孟浅便看见了顾时深的回复。

S深:"明天见。"

顾时深说,许卫民的计划是下午 2 点左右出发。孟浅与顾时深约好,到时候去顾时深的住处集合。

孟浅忙活一上午,只为了搭配出门要穿的衣服和合适的妆容。连沈妙妙都认为她过于紧张了。与其花时间在穿衣打扮上,不如想想表白的路数。

"你对你的美貌稍微自信点儿行吗?就你这颜值,一百个顾时深都得为你折服。浅浅，快说说你的表白计划，我和冉冉替你参谋参谋。"吃午饭时，沈妙妙便一直在孟浅耳边念叨表白的事。

孟浅无言以对，只能睁着一双漂亮的桃花眼，无辜地卖萌。

沈妙妙："你该不会……没有制订计划吧？"

孟浅微笑，眨眼的频率明显地比方才快，力道也重，算是肯定了沈妙妙的猜测。

沈妙妙呆住了，一时之间哭笑不得。旁边的苏子冉赶紧给她夹了一块肉，安抚她备受创伤的心灵，还不忘帮孟浅说话："表白这种事情临场发挥就好，没必要特意早做准备，不然容易过度紧张。"

孟浅点点头，像是终于找到了搪塞沈妙妙的理由。

"那你要第一时间在群里报告进展，交往了不许瞒着我们。"沈妙妙再三叮嘱，孟浅连声应下。

吃完午饭，她们仨一起回了宿舍。

孟浅又煞费苦心地挑了一身换洗的衣服，然后拎包出门。

和顾时深约好了2点整集合，孟浅提前10分钟到他家楼下，想着上楼以后能跟他独处一会儿。

没想到，她刚到公寓楼下，就看见了路边花坛等候着的许卫民和许佳人兄妹俩。出于礼貌，孟浅主动地跟他们打了招呼。

许佳人一看见孟浅，脸色就变了，俨然一副情敌见面分外眼红的架势，但碍于许卫民也在，并没有发作。孟浅便也像个没事人似的冲她笑笑，然后顺势把鞋子送给许卫民，提前祝他生日快乐。

寒暄完，孟浅看了眼前面的公寓大楼，随口问许卫民："你们怎么不上去？"

许卫民愣了一下，目光斜向一旁的许佳人："不太好吧……"随后他的视线回到孟浅身上，他想提醒孟浅顾时深并不喜欢异性去家里,所以他才没有带许佳人上楼,怕惹顾时深不高兴。

然而孟浅并未领会他的意思,眼神懵懂:"怎么了?"她也循着许卫民的视线看了眼许佳人,依旧不明所以。

"没事……"许卫民最终还是把话咽了回去。看孟浅一副理所当然的样子,他不禁怀疑,顾时深是不是近来性情大变了,不介意女生去家里了?

最终在孟浅的招呼下,许卫民和许佳人跟着她进了公寓大楼里,三个人一起乘坐电梯上楼。

到顾时深家门口时,孟浅轻车熟路地按了门铃。许卫民兄妹俩就在后面看着她,一个比一个惊讶。

门铃响后,没过几分钟,顾时深便来开门了。他似乎刚洗完澡,一身深色家居服,头发湿漉漉的,还在滴水。他看见门外的三个人,轮廓分明的俊脸上神情复杂,视线在孟浅和许卫民兄妹俩身上来回游移,最终皱了一下眉,不情不愿地将许卫民兄妹和孟浅一起迎入了屋内。

"你们坐一会儿,我吹个头发。"顾时深说完,便径直回了主卧。

孟浅领着许卫民他们去客厅坐,还伸长脖子问顾时深家里有没有茶叶,打算给许卫民兄妹泡茶。

让许卫民没想到的是,顾时深竟然特意从卧室里出来应了孟浅。

见状,许佳人也站起来:"顾师兄,我能在你家洗头吗?我出门太急……忘了。"

她的话令孟浅和许卫民同时看向她。前者微微皱眉,嘴角轻撇了一下,没说什么;后者欲言又止,很快便明白了自家妹妹的意思，不打算戳穿她的谎言。不料顾时深冷着脸，视线扫过她，淡淡地道："不好意思，我这里没有女士用的洗发乳。"

没等许佳人说出那句"没关系，我不介意"，顾时深就连声拜托孟浅帮忙照顾好许卫民他们，然后又转身回了卧室。

孟浅后知后觉地应了一声，视线掠过一脸失望的许佳人，心里有些想笑，因为孟浅很清楚，顾时深家是备了女士的沐浴露、洗发乳的。可能是她之前和沈妙妙来借住过，所以他后来在家里备了女式拖鞋和女士的生活用品。虽然顾时深没说过是为孟浅准备的，但这不妨碍她自己对号入座。

人嘛，总要有点儿念想，才能在感情的追逐游戏里孜孜不倦。

下午2点多，顾时深换了衣服，带上一个包。他们四个人正式出发。

据孟浅所知，这次去农家乐参加许卫民生日会的人加上许卫民有八个，正好凑一张八仙桌。

按照计划，他们分成两个小队自驾前往农家乐。顾时深开车带孟浅、许卫民和许佳人。施厌负责拿蛋糕，与他同行的有他那个新交的演员女朋友凌萱，还有玉深动物医院的杨铁军医生以及一位叫江耀的股东。

顾时深的车停在地下车库里，他们四个人从电梯里出来时，许佳人便开始准备说辞，想待会儿坐在副驾驶座上。哪知到了车前，顾时深却直接拉开了副驾驶室的车门，示意孟浅上去。许佳人当场噎住，想说的话卡在嗓子眼儿里，憋得她脸都红了。她皱着眉，憋屈又生气。

"她容易晕车。"顾时深后知后觉地注意到许卫民和许佳人看来的眼神，随口胡诌了一个理由，连眼睛都没眨一下。

眼睁睁地听着他撒谎的孟浅差点儿没忍住笑出声。不过顾时深越是如此，她的心情就越好。至少这说明在他心里，副驾驶座上的人可以是她，他心里或许并不介意她成为他的女朋友。

许卫民相信了顾时深的说辞，因为他认识的顾时深从来不会说谎。所以他自顾自地拉开后座的车门，先上车了。

倒是许佳人一脸不甘心，咬咬嘴唇，对顾时深小声道："顾师兄……我也容易晕车。"为什么副驾驶座不能让她坐？

"我可能晕车晕得比孟小姐更厉害……"许佳人试图打动顾时深，让他更改决定。谁知顾时深只是在孟浅上车后带上了副驾驶室的车门，然后看了许佳人一眼，绕到驾驶座那边上车。许佳人愣了半响，不情不愿地去后座。

大家刚坐稳，驾驶座上的顾时深便从手扶箱里翻出一盒晕车药，让孟浅递给许佳人。

"晕得厉害的话，还是吃晕车药吧。要吐的话提前说，我好靠边停车。"顾时深声音低沉，语气尽显冷淡。这些话宛如一滴滴冰雨砸在许佳人的心里，她整个人都傻住了，心里拔凉拔凉的。

孟浅递的晕车药，许佳人自是不接的，还把因为顾时深积攒的怒气一股脑儿地撒向孟浅："你还是留着自己吃吧。"

孟浅刚要缩回手，许卫民笑着接过去，还温声跟孟浅道了谢。出于礼貌，孟浅自然也要笑着回人家一句"不客气"。

特别日常简单的对话，却让驾驶座上的顾时深听出了别样的味道。他在等红绿灯的间隙从后视镜里看了眼许卫民，看见许卫民的视线一直停留在孟浅身上，心里泛起一股浓烈的酸味。

许卫民选的农家乐在深市郊外,那里属于城乡接合区域,依山傍水,乡土气息浓郁,空气清新,绿植丰富,很适合度假,只是从深大这边开车过去,车程要三个小时左右。

等孟浅他们到地方时,天色已近黄昏。正好有一群鸽子从他们头顶的天空飞过,掠过一排横穿乡间小路的电线,在天际来回盘旋。

孟浅看着窗外绿油油的麦田,忍不住将车窗降下,好让乡野间傍晚的风徐徐地灌入车内。她将手肘搭在车窗上,下巴搭在手肘上,闭着眼睛感受着风里草木的清新气味。

见她如此享受,顾时深不禁放慢了车速。

乡间公路偏窄,基本是单行道,而且山路十八弯,他们每过一个弯道就能看见新的风景,别有一番"柳暗花明又一村"的韵味。

顾时深想:如果车上只有他和孟浅就好了。

历时三个多小时,他们终于到了目的地。黑色大G开进农家乐的大院里,孟浅将车窗升了上去。

许卫民选的地方算得上是比较先进的村庄,路上他们看见地里有劳作的机器,充满科技气息。过了弯弯的山道就是一片视野开阔的平原,麦田里,刚抽的麦穗在风里成了一片青绿色的麦浪。

农家乐门口就是一望无际的麦田。那条乡间小路就像一条绸带,蜿蜒着伸向碧海的尽头。

孟浅下车后,在院门口站了一会儿,吹着傍晚的风,欣赏着难得一见的田野美景。

她不知道顾时深是什么时候过来的,只听到他的声音突然从自己的身后传来:"这里似乎不及陶源镇风景宜人。"

孟浅微微受了惊吓，回眸看见近在咫尺的男人，心跳漏了一拍。她稳住了闪烁的眸光，弯了弯唇角："是吗？你是这样觉得的？"

其实在孟浅童年时，陶源镇也能见到田野和大面积的农作物。不过后来镇上开发旅游业，小镇便发生了翻天覆地的变化。

以前的农田被开辟出来建房，边缘处则退耕还林，搞好绿化。小镇附近建了两三个陶瓷工厂，镇上还有烧窑遗址。每年的陶瓷展、灯会以及与各种节日相对应的活动吸引了全国各地的游客。镇上的居民也因此发家致富，现在再难见到田地。

所以孟浅来到这里，不禁想起了许多儿时的趣事，心里感慨万千。

不过她认可顾时深的说法——陶源镇确实比这个村庄漂亮数十倍，陶源镇的陶瓷文化以及实打实的水乡小镇的名号也不是白白就能得来的，自然要比此处更耐人寻味。

"你很喜欢这里？"顾时深没有回答孟浅的问题。他只是越过她，看向远方，身后拂来的晚风似乎要推着他拥向孟浅。

孟浅点点头，最后看了一眼青翠的麦海："如果只是小住两天，我自然是很喜欢的。"毕竟这里空气清新宜人，远离尘世喧嚣，能洗涤人的心灵。但如果让孟浅在这里定居，她表示做不到，她还是更喜欢陶源镇的风土人情。

暮色在天边默默散开时，孟浅和顾时深进了屋里。

农家乐的老板带他们去了各自的房间。

许卫民订了四间房。施厌和他的女朋友住一间，许卫民和杨铁军住一间，江耀和顾时深住一间，剩下的那间便是孟浅和许佳人的。

客房在三楼。老板将孟浅带到了房间门口，便先离开了。

孟浅本欲直接开门进去，却发现门从里面反锁了，她推了两次推不动，只好敲门。这种情况下，她不用想也知道，肯定是先入住的许佳人把门反锁了，就是不知道许佳人是故意的还是无意的。

孟浅在门口等了大概5分钟，耐着性子一遍遍地敲门，终于等到了许佳人来开门。

"敲敲敲！催鬼呢？"女生拉开房门，脸色很臭，就差把"我不爽"写到脸上。

孟浅放下了悬着的手，扯了扯嘴角，拎着装有衣服和洗漱用品的行李包进门，好脾气地接了一句："没见过这么形容自己的，没想到你还挺风趣。"

她说着，越过许佳人进入屋内，留下半晌才反应过来的许佳人望着她的背影咬牙切齿。

房间里有两张一米二宽的单人床，分别位于阳台落地窗的左右两侧，床尾相对。两张床上都放了许佳人的东西。

孟浅只好站在过道里回头看她："许小姐，你要睡哪张床？"

许佳人不应声，瞥了孟浅一眼，便要往洗手间的方向去。孟浅见状，暗笑了一声，冷眸将右手边床位上的行李包拎起，随手往地上一扔。

既然有人敬酒不吃吃罚酒，她自然也不会惯着。果然，行李包落地的刹那，许佳人便从洗手间折回来了，捡起包便冲着孟浅喊："你这人怎么乱动别人的东西？到底有没有家教？"

孟浅不以为意，从自己的包里拿出酒精喷雾，将整张床喷了喷,悠然地说道:"我家的家教很简单——不欺软,不怕硬,不惯着别人的臭毛病。"

许佳人没想到,孟浅这么难对付。

孟浅给床消完毒,慢悠悠地从自己的包里拿出生活用品,打算先去洗个澡。没想到许佳人毅力可嘉,竟然还没有放弃和孟浅作对,直挺挺地拦在了她去洗手间的必经之路上:"孟浅,我警告你,离顾师兄远一点儿!他不是你这种女生配得上的。"

被拦下的孟浅后退半步,认真地打量许佳人,觉得她就像那种为爱疯魔、盲目自信的小女生,大概从小就被父母和她大哥保护得太好,长这么大还没见识过社会的残酷,没受过毒打。

孟浅一向不喜欢同女孩子争论。她始终认为,女人不该为难女人,但碰到像许佳人这样小女生性子的人,加上事关顾时深,让她只能放弃一贯的原则。

"警告我?"她看着许佳人,眸光犀利,"你以什么身份警告我?顾时深同校的学妹,还是他朋友的妹妹?还有啊,我这种女生是哪种女生?我怎么就配不上顾时深了?"孟浅一连几问,句句咄咄逼人。

许佳人被问得当场噎住,半晌才憋出一句:"我迟早会成为顾师兄的女朋友!"

许佳人这是以"贷款女朋友"的身份警告她?孟浅笑了。她明明和许佳人年龄相仿,却一副大姐姐的做派,伸手重重地拍了拍许佳人的肩膀,扯着唇角一字一顿地说道:"那等你成了再说。"

就是不知道谁先成。

孟浅洗完澡出来,发现自己被拉进了一个微信群里。拉她的人是顾时深，进的群的群主是施厌，里面一共六个人，群名叫"老许庆生大作战"。

施厌："各位看过来，我刚才联系了这儿的老板，订好了今晚的烧烤流水席。"

施厌："就在院子外面的草地上。到时候咱们凑一起给老许唱《祝你生日快乐》，堆个火堆，弄个篝火晚会吧。"

施厌："完事后再放个烟花，完美收场！"

施厌："怎么样？"

凌萱："好呀！"

凌萱："都听阿厌的。"

杨铁军："放完烟花，回屋一起打牌或者玩真心话大冒险怎么样？"

杨铁军："总要来些深夜娱乐活动不是？"

顾时深："你们安排。"

孟浅："服从安排！"

…………

群里没有许卫民，大概施厌是想给寿星一些惊喜。

许卫民过生日，玉深动物医院里其他工作人员本来都想跟着出来玩一玩。可惜大家的职业不允许，连院长苏子玉都留在了院里，跟其他人一起坚守岗位。不过大家合资给许卫民买了一个超大的三层生日蛋糕，也提前给他送过生日礼物。晚上吃饭的时候，苏子玉还代表其他同事给许卫民打了视频电话。大家在视频那头齐声为许卫民送上祝福，后来还跟孟浅他们一起为他合唱了《祝你生日快乐》。

唱完《祝你生日快乐》，苏子玉那边先挂断了视频。施厌带着大家,继续给许卫民庆生。

按照流程,寿星接下来应该吹蜡烛,许下生日愿望。许卫民吹了好几次,才把蛋糕上所有的蜡烛吹灭。

到许愿的环节时,他先是看了一眼夜空中闪烁的繁星,随后目光移向顾时深身边的孟浅,最后才回到蛋糕上。男人在众目睽睽下双手合十,闭上眼睛,把自己的心愿说出口:"希望表白成功,顺利地脱单。"

起初,大家都诧异于许卫民将生日愿望说出口,因为据说愿望要是说出口了,会变得不灵验。

过了几秒,施厌却觉得不对劲,将手搭上了许卫民的肩膀,揶揄道:"老许,你有情况啊!要跟谁表白呢?"

许卫民没有回答,只是笑着说要切蛋糕。他是寿星,施厌自然不能勉强他。这件事便就此揭过了。

没人注意到坐在孟浅身边的顾时深脸色有多凝重。在听到许卫民将愿望说出口的那一刻,顾时深便觉得心脏似乎被揪紧了,搏动的频率和力道与寻常不同,难以言喻的心慌感令他坐立难安。其他人哄笑着陪许卫民切蛋糕时,顾时深的目光才敢悄然转向旁边的孟浅。

她的侧颜在明暗无序的灯火里模糊又醒目,唇角勾着弧度,视线向着许卫民他们那边,似乎完全被热闹吸引了注意力。

顾时深的心跳渐渐变快。他的目光灼热,似乎冷夜里的一簇烈火,散发出源源不断的热意,扑向孟浅。

时间久了,孟浅似乎有所察觉,突然回眸,撞上顾时深直勾勾的视线,心脏停跳一秒,连呼吸都滞住了。

孟浅悄悄抿住嘴唇,收起了唇角的弧度。她被顾时深专注、炽热的目光看得唇干舌燥，如火烧身，好半晌才暗吸一口气，鼓足勇气问他："怎么了？"

顾时深的眸被不远处堆燃的篝火点亮，脸上光影交错，忽明忽暗。他薄唇动了动，喉结滚了滚，正要说点儿什么时，许卫民忽然走了过来。

他叫了孟浅的名字，声音里噙着满满的笑意："饭后放烟花的时候，你能到后院门外跟我单独见一面吗？"

顾时深喉咙一哽，微张的薄唇抿成一条直线。他和孟浅一起看向了已经走近的许卫民，恰好许卫民也深深地看了他一眼。

孟浅有一瞬的呆滞，随后目光诧异地看着许卫民，心里有些狐疑：他这话听着怎么有点儿像是表白的前兆？

就在孟浅迟疑地点头应下时，施厌凑了过去："老许，你干吗呢？是不是想躲酒？"

许卫民没搭理他，只是笑吟吟地对孟浅道："那我们晚点儿见。"

孟浅张了张嘴，欲言又止。倒是施厌看看她，又看看许卫民，最后看看顾时深，几乎把"什么情况"几个字写到脸上。不过他没有多问，只是带着许卫民回到人堆里，继续喝酒。

他们俩走后，孟浅皱着眉想了很久才基本确定，许卫民约她单独见面，可能是要跟她表白。

其实这种事情她早就习惯了，但是这次的表白者是许卫民，是顾时深的同事、朋友，这让她有一定的心理负担。孟浅为此犯难，一直在想到时候该怎么拒绝许卫民，才能不影响他和顾时深之间的关系。

她顿时没什么胃口吃东西了，沉闷地坐在椅子上，连顾时深几时从她身边离开都没注意。

顾时深去了趟洗手间,出来时遇上了施厌。

施厌靠墙站在昏暗处,指间夹着一根烟,身上酒气和烟味交缠,顾时深很不喜欢,直接越过施厌往外走。

哪知施厌却是冲他来的,赶紧站直身追上他:"老顾,你怎么回事?你和小美人到底交往没?"施厌随手搭上了顾时深的肩膀,"要是交往了,你们俩早点儿公开关系啊,别让人误会。"

顾时深站住脚。他刚好停在屋檐下,视线轻易就能越过院子里的竹篱,看到院外那片草地上热闹的画面。孟浅静坐其中,身影在摇曳的火光的辉映下昏暗模糊。

他沉声,明知故问般低声道:"误会什么?"

施厌噎住,欲言又止片刻,"啧"了一声:"你没听见刚才老许跟小美人说什么吗?他约她饭后单独见面,这不是摆明了对小美人有意思吗?"

顾时深像被刺中了心脏,刺痛令他皱起长眉,声音低沉地说道:"我知道。"

施厌挑起眉毛,瞪大眼,满脸惊恐:"你知道还这么淡定?!"

"不然呢?"顾时深扭头,晦暗不明的视线落在施厌的身上。

施厌不理解:"你不喜欢小美人吗?"顾时深不喜欢早说啊!他上也比许卫民上强吧?

顾时深的眉头皱得更深了,他移开视线,陷入沉默中。他的反应让施厌又不耐烦地"啧"了一声:"都这时候了,你还要什么风度啊?喜欢人家不主动地去追,难不成还等着别人自己上门啊?"

"她不喜欢许卫民,不会答应的。"顾时深语气笃定地说道。即便他深知这一点,也丝毫平复不了他内心的慌乱。

"那可不一定啊,老许人长得还是不错的。再说了,就冲人家敢表白这一点,胜算就比你的胜算大了不止一星半点儿。而且就算老许不行,表白失败,像小美人这样的女生可是不缺追求者的。一个老许倒下了,后头还有千千万万个老许呢。"施厌啰唆完,终于引出了正题,"说不定我就是第二个老许。"最后这句话施厌说得小声,因为注意到顾时深越来越难看的脸色,以及最后朝自己看来的眼神沉得活像要吃人似的。

顾时深承认,在施厌说他说不定会是第二个老许时,自己心慌了一下。

毕竟施厌和许卫民不一样。施厌情感经历丰富,人帅钱多,正是十八九岁的小姑娘喜欢的那种坏男人。

如果施厌真的下定决心对孟浅下手,顾时深不确定孟浅会不会沦陷。所以他滚了滚喉结,声音像从喉咙处发出来似的,暗含警告:"孟浅喜欢我。"

施厌:"这就是你有恃无恐的理由?"

顾时深什么时候有恃无恐了?他只是心里太乱,还没有做足心理准备去跟一个小他 8 岁的女孩子开始一段恋情而已。毕竟谈恋爱这种事情,最好还是要奔着结婚去,如果孟浅对他只是一时兴起,没想过与他谈婚论嫁,那他们在一起注定不会有好的结局。他怕自己陷进去,届时孟浅再想全身而退,他怕自己变得病态,不肯放她离去。

"你到底在犹豫什么?既然你都知道小美人喜欢你了,要是你也喜欢她的话,就直接上啊!还是说,她喜欢你只是你自己想象的?是你的错觉?"施厌这人说话直来直去,总能精准地戳在别人的肺管子上。像顾时深这样向来沉得住气、宽以待人的人，这会儿都因为施厌的话青了脸色。

他总不能说是孟浅喝醉酒的时候跟他表白过吧？指不定施厌听了又得笑话他，说他大惊小怪，把人家女孩子的酒后胡话当了真。

其实顾时深也很害怕孟浅那晚说的话是醉话，如梦一样虚幻。

晚上10点左右，农家乐的老板通知他们一会儿要放烟花，让他们到楼下院子外的乡间小公路上集合观赏。

孟浅没想到乡里的夜晚露气重，风吹在身上有些凉意，便回屋加了一件薄外套。

她穿好衣服下楼时，被等在楼道口的许佳人提醒了一句去后院门外找许卫民。

孟浅神色犹疑，心里还在考虑要不要直接放许卫民鸽子。思考了两分钟，她转身回屋，打算在屋里不出去了，就说闹肚子，烟花也不去看了。

但是孟浅没想到，自己在群里刚发完消息说身体不适，要在房间里休息，房门便被人敲响了。

这个时候，这幢房子里除了她应该没有旁人了才对，因为群里的人一个个都说他们去外面放烟花了。

孟浅犹豫着，迟迟不敢开门。因为农家乐的卧室房门上没有猫眼，她无法窥探门外的情况。

敲门声停下后，孟浅背靠房门，沉了口气，提高了分贝问门外的人："谁啊？"

外面一片死寂。就在孟浅疑神疑鬼，脑补一部灵异大片出来前，屋外传来了熟悉的男声："是我……顾时深。"

顾时深一开口，孟浅便听出了他的声音。他似乎怕她听不出来，说出了自己的名字，语气略显局促，好像有些难为情。

就在顾时深酝酿情绪，打算就这么隔着房门把自己想说的话告诉孟浅时，他眼前的卧室门蓦地被人从里面拉开了。

劲风拂动他T恤的衣摆，也扬起了孟浅披肩的长发。她那张美艳绝伦的小脸霸道地闯入他的眼帘，占据他所有的视线。

孟浅的身影以及她满目的惊喜如同一簇烟火，在顾时深昏暗无光的心底冉冉升起。

终于，"砰"的一声，铁树银花盛开后的灰烬落在他心中的每个角落里。心脏用力地跳动着，顾时深抿紧薄唇，小心地呼吸。

孟浅看见他自然惊喜，连眼神都带着光，像是得了上天的眷顾："你怎么来了？不去看烟花？"

顾时深滚动喉结，垂在腿侧的手攥拳："我……"

"你要不要进屋坐？"孟浅的声音压过了顾时深的声音，也截断了他的话。她想着，许佳人不在，自己和顾时深站在房门口说话总觉得有点儿奇怪，所以要么进屋，要么去走廊尽头的露天阳台上。

"算了，还是去阳台吧。"孟浅说完，松开了门把手，"我拿下房卡。"

她转过身去，刚要往屋里走，顾时深却鬼使神差般伸出手，扣住了她的左手手腕。孟浅被顾时深突如其来的触碰吓了一跳。她站住脚，惊愕地回头，却一头撞进了顾时深幽沉复杂的目光中。他双眼晦暗如夜里的海面，她被无边无际的海水包围着，几乎连呼吸都停止了。

顾时深滚动喉结，声音略显粗涩地说道："孟浅……你愿意以结婚为前提……跟我交往吗?

"我是说……你愿意跟我在一起,从恋爱到结婚,一直在一起吗?"

孟浅傻眼了,呆住了。

顾时深的表白如飓风,席卷着滚烫的火星,劈头盖脸地砸在她的身上,燃进她的心里。

他的表白猝然、无迹可寻,让人觉得好不真实。更何况他还说"以结婚为前提",笨拙又真挚。

孟浅有一种错觉,仿佛此刻站在她面前与她表白的不是一个26岁、一贯成熟稳重的大男人,而是一个十七八岁情窦初开的青涩少年。

她好笑又感动,不知怎么眼圈就泛红了,眼里闪着泪花的同时,却又忍不住破涕为笑。

顾时深看愣了,手足无措地松开她的手,结巴起来:"抱歉……我不是……不是逼迫你一定要跟我结婚,我……我只是希望你可以慎重地考虑一下……

"就算你不想跟我结婚,只想谈恋爱……也没关系。"

孟浅咬住嘴唇,眼里噙着泪与笑意,目光炯炯地看着男人慌乱的、不知如何是好的模样,心里有种守得云开见月明的豁然,又像是之前吃的蛋糕的糖分终于在她心里化开了,甜意源源不断地扩散。

顾时深还在极力解释。沉稳如他,平生头一次这样心慌意乱,仿佛满身是嘴也说不清楚,心里急得不行。就在这时,与他一门之隔的女孩儿却突然扑了过来。她温暖柔软的身子扎进他的怀里,带着一身淡香,紧紧地抱住了他的腰。

"我愿意……我愿意从恋爱到结婚，一直一直跟你在一起。"孟浅闷声说着，声音里带着些哭腔，"这不是梦吧……顾时深？"

她的一番话奇妙地让顾时深的内心平静下来，就像一场及时雨，浇灭了他心里急出来的火。

同样的不真实感也萦绕于他的心头。许久，他才回抱住怀里的人。他小心翼翼地低头，像一只大狗狗似的蹭了蹭孟浅的鬓角、耳郭，音色粗哑地说道："当然……这不是梦。"

"砰——"房间的落地窗外，漫无边际的夜空中绽放起一朵又一朵的烟花，忽明忽暗的光照亮了门口昏暗处相拥的两个人。

走廊楼梯口，刚上楼的许卫民和许佳人双双僵直了身体。

第十章
## 美梦成真

乡野的夜空纯黑如墨，今晚又无月无星，绽放的烟花便显得格外绚烂些，动静也大，生生地撕裂了夜晚的宁静。

楼梯口呆愣的许佳人在第一轮烟花燃尽时醒过神来。她仿佛受到了剧烈的冲击，脸色一瞬惨白，手脚冰凉，心中悲愤。她缓了缓，从暗处冲了出去，一路带亮了走廊的感应灯。

"你们在干什么？！"许佳人颤声厉吼，五官因愤怒变得扭曲，迎着走廊里的冷白灯光一路过来时，活像一个索命的女鬼。

孟浅看得一愣，好半晌才认出人来，和顾时深默契地分开了，依旧不远不近地靠着。

顾时深见许佳人气势汹汹而来，下意识地想护住孟浅。

"顾师兄！"许佳人走近后，终究还是顾及自己的形象，压下了一半的忌妒和愤懑，红着眼圈看着顾时深，"你不要被她蛊惑了……我之前分明看见她和江之尧在一起，他们……"

许佳人咬住嘴唇，忽然噤声，因为她发现，顾时深压根儿没听她说话,而是将视线越过她的发顶,往她身后看去。

许佳人吸着鼻子哭了出来,抽抽搭搭的,不甘且委屈。她不明白为什么连顾时深也这么肤浅,喜欢孟浅这样看着就胸大无脑的?她不愿接受自己亲眼所见的事实,不信顾时深真的喜欢孟浅……说不定他就是受了孟浅那女人的蛊惑,一时鬼迷心窍了。

顾时深没有搭理凑上来无理取闹的许佳人。他将目光放远,看着从楼梯口缓步过来的许卫民,不自觉地伸手牵住了孟浅,将她柔软细嫩的手裹在自己燥热的掌心里,仿佛心脏也被填满,感到充实。

踏实感填满他的胸腔后,顾时深看向许卫民的眼神变得更加坚定。待许卫民走近,顾时深面容冷静地沉声道:"抱歉,她现在是我的了。"

孟浅心肝乱颤,小鹿乱撞,视线落在顾时深宽广的后背上,片刻后才微微偏头,视线擦着他的臂膀看向许卫民和许佳人——他们兄妹俩的脸色一个比一个难看。

许卫民欲言又止,几番纠结,最终将视线从顾时深冷峻坚毅的脸上移到从顾时深身后露出半张脸的孟浅的脸上,直勾勾地看着她:"你和老顾……真的在一起了?"

顾时深薄唇微动,欲替孟浅回答,许卫民却犀利地看了他一眼,厉声道:"我要听她说!"

顾时深愣住,语气和缓地说道:"不管你信不信,这就是事实。"

许卫民:"……"他都说了,要听孟浅亲口说,这人怎么这么霸道?

好在孟浅比较讲理,在顾时深身后悄悄拉了拉他的衣袖,在他低头朝她看时给了他一记安心的眼神。

顾时深犹豫几秒,给她让道。

孟浅冲许卫民微微一笑,温声回答他刚才的问题:"如你所见,我们在一起了。"

孟浅的答案无疑冻结了许卫民炽热的内心。他抿唇,表情苦涩,艰难地扯起唇角:"知道了……"

"哥,你就这么让他们在一起吗?"许佳人咬住嘴唇,满目不甘、忌妒。她指望着许卫民能争一争,哪怕她不喜欢孟浅,可这个时候让孟浅做自己的嫂子总比让孟浅和顾时深在一起好。可惜她哥不争气,一击即倒。

许佳人狠狠地咬唇:"顾师兄,今天好歹是我哥的生日,你怎么能这么对他?"她还想争,不想就此放弃。

可惜顾时深不吃这一套,神色仍旧淡淡的:"抱歉。"他说着,视线轻轻地落于孟浅的脸上,温柔地凝视着她:"你身体舒服些了吗?"

之前孟浅在群里说身体不适,要在房间里休息。顾时深心下庆幸,鬼使神差地跑来找她了。他在她的门外酝酿许久,做足了心理准备才敢敲响房门。

而表白的念头实属临时起意——就在门开的刹那,就在他看见孟浅那双潋滟风情的桃花眼看见他盛满惊喜时。那一刻,顾时深认为自己应该说点儿什么,至少把自己的心意先传达给她。于是他便稀里糊涂地表白了,只凭着一腔浓烈的情意。

孟浅点点头。她本来就没有不舒服,只是找个借口逃避许卫民罢了。

"那我们去放烟花?"顾时深沉声,声音沙哑有质感,蛊惑动人。

孟浅不自觉地便点头，目光里只有他，俨然忘了旁边还有许卫民兄妹的存在。顾时深牵着孟浅的手绕过许佳人和许卫民，连招呼都不打了，直接下楼去。

今晚这件事已经算是闹到了不可挽回的地步。顾时深知道许卫民需要时间消化这件事，也知道这件事给许卫民造成了一定的心理打击。但他相信，这件事不会影响到他和许卫民的兄弟情谊。

孟浅和顾时深离开后，许卫民脸色沉重地回了自己的房间，任凭许佳人追着他哭闹也不理会。他和许佳人不一样，不会做无谓的纠缠，更不会大哭大闹的，像个没吃到糖的孩子。

许佳人被许卫民关在门外后，情绪彻底崩溃了。她在走廊里哭了许久，觉得累了便回到卧室里锁上门继续哭。

除了哭，她也没有别的办法。因为顾时深这人平日里看似对谁都温和有礼，实际上，淡漠疏离才是其本质，而且一旦他决定的事情，他便是铁石心肠到底，绝不会再有转机。就算许佳人一哭二闹三上吊，他也不会有所动容。

至于孟浅……许佳人自知不是她的对手，所以只能锁上门，自己打碎门牙往肚子里咽。

孟浅和顾时深牵着手下楼，穿过庭院往外走时，第二轮烟火正好开始。

夜风拂面，孟浅低眸凝视着自己与顾时深牵在一起的手，心脏"突突"狂跳，脚步也比平时轻盈许多。

他们俩牵着手走出院门时，不远处在小路上放烟花的施厌等人先后朝这边看来。

看见他们俩牵在一起的手,施厌"呜呼"了一声,几欲盖过夜空中绽放的烟花声响:"你们俩可算是牵上手了,今天还真是双喜临门。"施厌意味深长地笑着。

旁边的杨铁军和江耀盯着孟浅和顾时深牵在一起的手好一阵,最后谁也没多问。

凌萱挽着施厌的胳膊问了几句,两个人笑闹着又岔开了话题。

顾时深拿了些仙女棒,带着孟浅去旁边安静些的地方单独燃放。

看着他们俩的身影,杨铁军终于忍不住凑到施厌面前:"他们俩这是在谈恋爱?"

施厌还搂着凌萱,眉尾飞扬,笑得肆意:"不然呢,谁没事手牵手啊?"

杨铁军好奇:"什么时候的事?怎么之前没发现?"

"你又不是不知道顾时深那货,心思比谁都深,他要是想藏事,谁也甭想看出端倪来。"施厌没忍住,吐槽了两句。

随后杨铁军又说起许卫民和许佳人:"也不知道寿星哪儿去了,今天明明他才是主角。他妹妹也不知哪儿去了……"

施厌朝顾时深那边瞥了一眼,叹口气:"暂时先别管他们了,毕竟这世上的常态就是有人欢喜有人愁。"

"唉!可怜的老许,出师未捷身先死。"施厌虽是叹息,但唇角分明勾着弧度,更像是幸灾乐祸。没办法,谁让许卫民的对手是顾时深——仗着孟浅的喜欢直接截和。

杨铁军皱眉,听得一脸茫然。

顾时深拿了一把仙女棒,牵着孟浅远离了那几个人。四周静下来，只剩下过耳的夜风"呼呼"地吹着。

他与孟浅贴合的掌心溢出细汗，掌心逐渐发黏。正好要点燃仙女棒，顾时深便松开了孟浅的手。

"刺啦——"

一根仙女棒被点燃，火花四射，绚烂地在顾时深的手里绽放。他将点燃的仙女棒递给孟浅："别让火星溅到衣服上，小心点儿。"

孟浅点头，心里仍不踏实。她拿着仙女棒，隔着迸射的火花看向顾时深，心里还盘旋着他不久前的告白。

待顾时深也点燃一根仙女棒，抬眸朝孟浅看来，她轻吸了一口气："顾时深……"

顾时深沉声应她，目光专注，静等她后面的话。

孟浅接着道："你怎么……突然想起来跟我表白了？"因为太过突然，所以她感觉不真切，像做梦一样。她思虑再三，还是想追问一句。

顾时深似乎被问住，神情为难："一定要说？"

孟浅点头。下一秒，顾时深别开了视线，侧脸露在仙女棒燃烧的星火微光下，耳尖被火光染上了红晕。过了半晌，他才艰涩地开口，吞吞吐吐的："因为……忌妒，还有……害怕。"

孟浅睁着懵懂的双眼，不明所以。她手里的仙女棒悄然燃尽，只剩顾时深手里那根还闪烁着微光。四周寂静得只能听见花火迸射的声音和风声。

片刻后，低沉而又充满磁性的男声再次响起："不喜欢许卫民看你的眼神，这是忌妒；也不希望许卫民跟你表白……这是害怕。"

孟浅愣住，浑身血液仿佛冻结，万籁俱寂，唯独心脏越跳越快，声响越来越大，简直震耳欲聋，尤其在顾时深手里的仙女棒燃尽，他们周围失去光亮，陷入昏暗中时。

视线悄无声息地转回到她的脸上，顾时深语气前所未有地认真："即便我千万次地否认，依旧无法改变我喜欢你这件事。与其偷偷喜欢你，不如光明正大地拥有你。"这就是表白前的那一秒，他心中所想。他本觉得这些羞于启齿的话不便说出口，但此刻，他的目光描摹着昏暗中孟浅的五官轮廓，嘴好像忽然不听使唤了，连声音都失了平时的沉稳淡然，变得缱绻，似妖魔鬼魅蛊惑人心："浅浅，你真的做好了要被我纠缠一辈子的准备吗？"

孟浅心跳如擂鼓，呼吸收紧，似乎被强大的气压挤压着胸腔，惊讶又紧张。虽然光线昏暗，但她确切地感受到了顾时深望向她时眼里的炽热。

他就像那涟漪轻泛的深蓝的湖泊，淡淡的水纹下，暗潮早已汹涌多时，跃出湖面便成了水龙卷。在察觉到他的感情时，她已被深卷其中，逃脱不得。

顾时深就是这样一个不显山不露水、不擅长表达自己情感的人，却让她真切地感受到了他滚烫的爱意。

孟浅差点儿喜极而泣，但忍住了。她弯着唇角，目光坚定地看着顾时深，朝他迈近小半步："是我先决定纠缠你一辈子的，所以……无须准备。"

这次换顾时深深刻地体会到怦然心动的感觉。他险些被孟浅逼退，因为她信手拈来的情话反击，心里的困兽横冲直撞不消停，又因为她靠近后随夜风拂来的淡香情动难歇。

顾时深频频滚动喉结后，眼里织出一团欲色。他端详孟浅的眼神，早已不是当初看小孩子的眼神，而是带着男人对喜欢的女人的某种本能的渴望。

施厌买的烟花被全部放完,已经是大半个小时后的事。

烟花燃尽,夜深风冷。施厌号召大家回屋去,凑在一起玩真心话大冒险。

游戏开始时,孟浅挨坐在顾时深旁边。忽然想到什么,她拿手机登录了微信,犹豫两秒后在宿舍姐妹群里冒了个泡。

晚上近11点,苏子冉和沈妙妙都还没睡,各自在家,似乎都在守着手机等孟浅的消息。

沈妙妙:"你终于出现了!"

沈妙妙:"废话不多说,成没成?"

苏子冉也发了个跪坐静等的表情包。

孟浅酝酿了一阵,在手机上敲敲删删,最后干脆举起手机对着身边认真地玩游戏的顾时深,偷拍了一张他的侧脸照。顾时深并未察觉,注意力都在施厌转动的空酒瓶上。

孟浅拍了照便直接发到群里,紧接着又发了一条消息:"我的!"

沈妙妙:"妈呀,猝不及防的'侧颜杀'!距离很近嘛,顾大哥坐在你旁边?"

苏子冉:"恭喜浅浅,抱得美男归。"

沈妙妙:"对对对,恭喜浅浅!"

沈妙妙:"顾大哥是真帅啊!难怪能把咱们孟大校花迷得七荤八素。"

过了几秒,沈妙妙开始在群里追问细节。她原以为是孟浅向顾时深表白的,知道真相后,整个人都震惊傻了。

沈妙妙:"真的是顾大哥跟你表白的?"

沈妙妙:"他那么沉稳淡漠的男人,居然会主动表白?!"

苏子冉:"这一点我也没想到……"

苏子冉:"你们俩这算是双箭头吧,早就互相暗生情愫了,就等一个契机。"

孟浅:"老实地说……我也不是很敢相信。"

孟浅:"到现在为止,我都觉得这件事不真实。我今晚恐怕得失眠了,万一明早醒来发现这就是一个美梦……"

孟浅撇了撇嘴角,在群里发了一个大哭的表情包,吓得沈妙妙和苏子冉抢着安慰她。

沈妙妙:"不哭啊,我刚掐过我自己了,这不是梦!掐得可疼可疼了!"

苏子冉:"放心吧,明早你们醒了,要是顾大哥不认,我和妙妙替你做证!"

苏子冉:"我截图了。"

沈妙妙:"不愧是你@苏子冉。"

片刻后,沈妙妙又突发奇想:"我有个主意!"

孟浅:"什么?"

沈妙妙:"你今晚和顾大哥一起睡呗,这样明早醒来,你睁眼就能看见他!"

苏子冉:"……"

孟浅:"……"

让她和顾时深一起睡觉……这进展……太快了吧?

孟浅想象了许多,觉得脸红心跳。她有些口干,放在茶几上的杯子里又没水,急得她四处找水壶。

这时,安坐于她身旁的顾时深递来了他自己的水杯。玻璃质地的水杯被塞到孟浅的手里时，触感温热暖人。她一下子就冷静下来了，忘记了口干舌燥。

"很热吗？"顾时深借着客厅的灯光打量她泛红的脸。

孟浅条件反射地摇头，端着水杯掩饰似的喝着，却慌张到呛到自己，一阵轻咳。顾时深微微侧身，一只手搭上她的肩膀，另一只手替她顺着后背："慢点儿，喝太急会被呛到。"

他的声音如和风细雨，绵密地润湿了孟浅的心。她点点头，无颜面对他，只好低垂着眼睫。

恰巧这个时候，施厌点了孟浅的名："小美人，终于转到你了！"

孟浅咽了口唾沫，勉强地止住咳嗽。孟浅抬眸朝施厌看去，只见他指着茶几上的空酒瓶，酒瓶瓶口正好对着她。按照游戏规则，她应该接受惩罚。

"说吧，选真心话还是大冒险？要想清楚哟！"施厌搓手，一副跃跃欲试的激动模样，"选真心话吧，我有老多问题想问你了。"

孟浅承认自己被施厌八卦又狡黠的神情吓到了，下意识地选了大冒险。殊不知，她这样反倒落入了施厌的陷阱里。

在她选完的那一刻，施厌乐得站了起来，迫不及待地露出一副看好戏的表情："既然你选了大冒险，那你就和顾时深亲一个吧。"

"快点儿快点儿。"见孟浅似乎没反应过来，施厌看热闹不嫌事大地催促着。

孟浅没想到施厌已经恶劣到了这种程度。

见她愣着不动，一副被吓到了的表情，施厌不乐意了，皱着眉："你和老顾都已经正式交往了，亲一个不犯法啦！你们俩快点儿，别让我们干等。"

孟浅咽了口唾沫。虽然她的确渴望顾时深已久，但让她当着旁人的面和他亲吻，她当然还是会有所顾虑。而且她和顾时深才交往不到两个小时，就让他们当众接吻，未免唐突了点儿。

就在孟浅犹豫为难之际，她身旁传来顾时深的一声轻咳。她侧目看去，顾时深以手抵唇，朝她投去目光。

目光相接的那一秒，他又咳了一声，不自在地为她解围道："我替她罚酒。"话音刚落，顾时深便拿起茶几中间的玻璃酒杯，接连喝了三杯啤酒。

好戏没看成，施厌"啧"了一声，揶揄顾时深玩不起。可惜顾时深不是那种会受他人言论影响的人，罚完酒，他牵着孟浅的手站起身，便打了招呼说要出去散步透口气。

"乡下的晚上四处乌漆墨黑的，你们俩到底是去散步透气，还是背着我们去卿卿我我啊？"施厌调侃道，结果被顾时深冷冷地一瞪。

看着顾时深充满警告的眼神，施厌终于安静了，觉得顾时深这人真是好没意思，半句玩笑都开不得。

顾时深带着孟浅离开客厅后，径直往后院的方向走。那边有露天停车场，其实就是一片广阔的干涸的田野被草率地碾平，当停车场用。顾时深的黑色大G就停在停车场的边缘处。

他打开手机的手电筒，带着孟浅穿过停车场，上了车。

"这里安静，适合独处。"顾时深带上车门，并未打开车内的照明灯，只是将副驾驶座的靠背往后降了一些，方便孟浅靠躺。

此时的夜空黑云尽散，竟隐约能看见几颗星星。车顶的天窗便成了一方画布，将泼墨般的夜色和淡星囊括其中。

孟浅望着天际，忽然打破了车内的沉寂："刚才你干吗要替我罚酒？"说着，她偏头去看驾驶座上与她躺在同一平面上的男人。

这种感觉就像是他们真的躺在一起，同床共枕，让孟浅的心跳忽然加速。

顾时深也侧头朝她看过去，两个人的视线对上，隔着朦胧的夜色胶着在一起，干柴烈火。顾时深暗暗滚动喉结，声音沙哑地说道："不想让你为难。"

孟浅交叠在小腹上的手十指绞紧，心跳频率越来越快："你怎么知道……我就一定很为难？说不定……我就是想趁机亲你呢！"

其实她当时确实有那么几秒钟想过豁出去算了，不就是当众接个吻吗？只要对象是顾时深，她倒也没那么介意。毕竟，他是她喜欢的人。面对喜欢的人，她怎么可能真正做到心如止水，不起色心？

她的声音轻软微甜，听得顾时深眸色一黯。他频繁地动了动喉结，几次想要压制什么，终究还是功亏一篑，没忍住把心里话说了出来："真那么想的话……现在也不迟。"

顾时深话音刚落，孟浅便听到昏暗的车内传来一阵"窸窸窣窣"的声响。紧接着，她闻到了顾时深身上雪落寒梅的淡淡冷香。他已经坐起身，欺身朝她压来，越来越近。

孟浅的整颗心都提到了嗓子眼儿，搏动的频率和力道远超之前，仿佛困兽即将挣破囚笼。她脑子里一片空白，只回荡着顾时深刚才那句"现在也不迟"。

黑影越发接近，压迫感令孟浅浑身绷紧，本能地闭上了眼睛。顾时深的脸在距离她的脸1厘米处停住，温热的呼吸湿潮地铺洒开。他的嗓音哑到极致："要试试吗，浅浅？"

孟浅的呼吸滞住,她感觉自己几欲爆体而亡。她幅度很小地点了点头,算是对顾时深的回应。可真当顾时深垂着睫毛压近时,她忽然想到今晚在户外吃烧烤的时候吃过两串烤大蒜……

霎时间,孟浅提到嗓子眼儿的心凉了半截。她迅捷地捂住了自己的嘴,以至于顾时深滚烫软和的薄唇冷不防地印在她冰凉的手背上。

顾时深僵住,温热的呼吸微滞。他徐徐地掀开眼睑,目光蒙眬地望向默默退开的、两只手一起捂着嘴的孟浅,整个人呆住了。

"下……下次吧,下次再亲!"孟浅的声音从她纤细莹白的指缝中流出,带着慌乱和忸怩。

在顾时深看来,孟浅的反应无疑是避他如蛇蝎,更何况慌乱之后,她还推开副驾驶座的车门下去了。

"时间……时间不早了,我们快回去睡觉吧。"说着,她便一头扎进夜色里,留下车内撑着半边身子探向副驾驶座的顾时深心跳怦然。他没来得及多想,跟着孟浅也下了车,没入夜色里。不管怎么说,身为她的男朋友,他至少应该先送她回去休息。至于内心万千复杂的情绪,他晚些时候再慢慢理也不迟。

其实,吹了一路夜风回到室内,顾时深也把思绪整理了一下。他后知后觉地发现,刚才自己好像过于唐突了。毕竟他和孟浅刚刚交往,接吻什么的,总觉得发展得太快。

其实顾时深原本也没想发展得这么快,只是刚才在车上时,不知道怎么了,内心深处一直有个声音催促他、蛊惑他亲下去。一向理智自持的他,那一刻没能战胜身体的本能。

孟浅一定吓坏了吧——她可能只是说说而已,他却当真了,真的付诸行动。又或许在孟浅看来,他刚才的行为过于轻浮了。她该不会把他当成像施厌那样只会用下半身思考的男人吧？顾时深心里有点儿慌乱。

将孟浅送到房间门口时，他抓住了她的胳膊："浅浅……"他想要解释，却又无从开口。

孟浅本就心慌意乱，懊恼叹惜，注意力不集中。被顾时深轻轻拽住，她回身撞进他翻涌的目光中，心跳蓦地漏了一拍。

"刚才……抱歉。"顾时深跟她道歉。

孟浅愣了几秒，意会过来："跟你没关系……是我的原因。"要是她今晚没吃烤大蒜就好了。早知道，打死她也不吃那两串烤大蒜！

顾时深不明所以，孟浅没有跟他细细解释，只是安抚似的扎进他的怀里，抱了他一下："晚安，顾时深。"

她希望这一切不是梦，希望明天早上醒来时，他还是她的男朋友。

孟浅回屋时，许佳人早就睡熟了。房间里有一股浓烈的酒味，可见许佳人一个人在房间里喝了不少酒。

出于人道主义精神，孟浅在路过许佳人床边时，替她拉了下被子，随后去洗澡，在洗手间里吹干了头发。

躺到床上后，孟浅却辗转难眠，抱着手机，盯着微信上顾时深发给她的那句"晚安"，发愣到凌晨2点多。

翌日上午10点，孟浅醒来。房间里依旧安静，许佳人还在睡，落地窗外阳光普照。

孟浅缓过神来的第一件事就是拿手机给顾时深发消息，先是试探性地问他在不在。对方秒回："在。"

随后又是两条消息。

S深:"早安,浅浅。"

S深:"洗漱完记得下楼吃早饭。"

一如往常的对话内容却让孟浅心雷滚滚,打了鸡血似的兴奋,因为顾时深对她的称呼。

孟浅:"顾时深。"

S深:"嗯,我在。"

孟浅:"我是你的谁?"

S深:"你怎么了?"

片刻后,顾时深又发来一条消息:"早安,女朋友。"

他仿佛隔着手机猜透了她的心思,又接连发来两条消息:"昨晚睡得还好吗?"

"没有忘记你已经接受我的表白这件事吧?"字里行间透着小心翼翼,顾时深似乎也和孟浅一样,对他们之间刚刚确定的关系有所担忧。

孟浅"扑哧"一声笑了出来。为了不吵到许佳人,她拿手机去了洗手间,然后给顾时深打了电话,对方秒接。

"浅浅。"男声低沉,似乎昨晚没睡好,有些暗哑。

孟浅抵着胸口,感受着心脏的跳动,低低地应了一声:"我没忘……"

"那就好。"顾时深似乎松了一口气。

随后电话两端皆陷入了漫长的沉寂中,静得孟浅能听到手机里传来的顾时深轻微的呼吸声。她默默地吞了口唾沫,打破静谧:"早安……男朋友。"

在农家乐用过早饭后,孟浅他们准备回市里了。

许卫民和许佳人的脸色都不太好,精神状态与来的时候截然不同,而且他们兄妹俩还拒绝坐顾时深的车回去。

最终和顾时深、孟浅同车的人变成了江耀、杨铁军,施厌负责送许卫民兄妹俩到家。

昨晚孟浅没睡好,上车后,在正烈的阳光下,她的困意挡都挡不住。车子才开出村里,刚上高速公路,她就歪头靠在椅背上睡着了。

车内的静谧很快被后座的江耀打破。

"我听说温寒在成远集团如日中天。"江耀沉声道,语气散漫,仿佛只是老友间闲话一二。

不过顾时深没应,而坐在他身边的杨铁军则听不太懂这话。

虽然他们三个读研时都是室友,但江耀和顾时深出身不凡,有些话题不是杨铁军和许卫民能参与的。

沉默蔓延一阵后,江耀继续说道:"阿深,你真的打算把你家的家业拱手让给他一个外人?"

"我才是那个外人。"驾驶座上的顾时深冷笑一声,眉宇间浮起躁意。他不想谈论这个话题,何况孟浅还在旁边。

江耀却偏要说一些他不爱听的:"我还听说,顾叔有意让你和茂林集团的千金联姻。你如今背着他和一个不谙世事的小姑娘谈恋爱,他老人家怕是不会同意。"

"那又如何?"顾时深将车开进了服务区里,声音略冷地说道,"我的事情,轮不到他来管。"

说完,顾时深已把黑色大G在车位上停稳,将手搭在了方向盘上,抬眸从后视镜里沉沉地看向江耀。

那一刻，江耀读懂了顾时深的眼神——若是自己继续说下去，只怕顾时深会把他直接扔在服务区。

下午2点多，顾时深将杨铁军和江耀放到玉深动物医院门口。这次旅途便算是正式结束了。

江耀和杨铁军下车时的动静吵醒了在副驾驶座上熟睡的孟浅。她拿手挡着眼睛，挣扎着慢慢睁开双眼，声音含混地说道："到了？"

驾驶座上的顾时深单手搭在方向盘上，正侧首专注地看着她。

玻璃窗外阳光斜入，均匀地落在孟浅身上。她就像一只刚睡醒的猫，懒洋洋地伸展双手，打着哈欠，徐徐地转头朝他看过来。

看见顾时深的那一刻，孟浅合上了张到能看见嗓子眼儿的嘴，还下意识地抹了抹嘴角，尴尬地抠紧脚趾。

"到了。"顾时深抿着唇角，似乎在拼命隐忍，可惜笑意早已从他看向孟浅的眼神里流露出来。

她的形象……

顾时深很快调整好了情绪，探手摸了摸孟浅的脑袋："没事，我觉得很可爱。"

他不说还好，一说她更加无地自容了。好在下一秒他便岔开了话题："我送你回学校？"

孟浅不想这么快就跟顾时深分开，下意识地摇头，绞尽脑汁地找了个理由："现在都已经过了午饭的饭点了，学校食堂应该没什么吃的了。"

顾时深"嗯"了一声，会意一笑："那你想吃什么？我带你去。"

奸计得逞的孟浅也笑了:"想吃你亲手煮的牛肉面……行吗?"

顾时深心下一动,忍俊不禁:"行,那去我那儿。"

回公寓的途中,顾时深找了一家卤菜店,在里面挑了一块卤牛肉,顺便还给孟浅要了一些卤鸡脚、卤鸭脚。

到了他的住处,顾时深直奔厨房,给孟浅和自己煮了牛肉面。除此之外,他还用冰箱里的最后两枚鸡蛋蒸了两碗鸡蛋羹。

孟浅全程在旁边看着,不由得调侃:"看来我眼光不错,找了一个厨艺很好的男朋友,往后余生有口福了。"

顾时深被她逗笑,尤其喜欢她的那句"往后余生",仿佛能从她的话里听见他们漫长的未来。

3点整,顾时深和孟浅在餐桌边落座,面前各放了一碗牛肉面和一碗撒了葱花的鸡蛋羹。

孟浅咽了咽口水,眸光闪烁地看向顾时深:"好香啊!那我开动了。"

顾时深只给了她一个眼神,薄唇勾着浅浅的弧度。

两个人各自吃着面和鸡蛋羹。起初孟浅还在认真地吃自己的,但她的注意力很快便被对面的顾时深分走了。

顾时深穿着白色衬衣,挽着袖口,露出一截小臂。阳光替他覆上一层薄薄的釉色,他的脸部线条被勾勒得明暗清晰。

孟浅起初只是欣赏顾时深被窗外阳光映得微光徐徐的身姿,随后又被他吃东西时慢条斯理的姿态吸引,莫名其妙地觉得,他的那碗鸡蛋羹味道应该比她的这碗更好。

"顾时深。"她唤他。

顾时深进食时斯文俊雅的动作因她的声音突然停住,他抬眸看向她,轻轻应声:"怎么了?"

孟浅握紧了陶瓷勺子的勺柄:"我想尝尝你的鸡蛋羹。"

她的视线落到顾时深手边的碗里。他已经吃了一半了,像是用尺子比着画了一条中线,吃了一半,还剩一半,均匀整齐。

顾时深愣了一下,随后将自己那碗推向孟浅,示意她吃。不料孟浅却红了耳根,双目炯炯地看着他:"你喂我。"说完,她微微倾身,冲他小幅度地张开嘴,一副等待投食的姿态。

顾时深被她出乎意料的举动惊到了,心跳难免变快。他看着孟浅微张的嘴,平白生出几分紧张来。

默了几秒,顾时深动了动喉结,还是乖乖地按照孟浅说的,舀了一勺鸡蛋羹喂给她。因为心弦紧绷,他没有考虑到用自己的勺子喂她有何不妥。

待喂完之后,孟浅收身坐直,他才后知后觉地意识到他们俩刚才那样应该算是间接接吻。

就在顾时深心海浮荡之际,对面的孟浅故意用舌尖舔了一下嘴唇。

顾时深正好看见,思绪一空,仿佛孟浅的舌尖也扫在了他的唇上。他没来由地感觉浑身酥麻,被勾得口干舌燥、心潮澎湃。

之后,牛肉面和鸡蛋羹在顾时深嘴里都失了味道。他没办法再专心地吃东西,目光时不时地往孟浅那边瞟。

艰难地熬到她吃完,顾时深打算收拾残局,结果苏子玉一个电话打来,让他开视频会议。

"你去吧,我来收拾就行。"孟浅十分体贴。

其实也没什么可收拾的,她把碗筷放进洗碗机里即可,顾时深犹豫了片刻,最终还是放心地把残局交给她,去书房准备开会。

孟浅将碗筷放进洗碗机里后，把桌子也擦了一下，然后去客厅那边的阳台帮顾时深浇花，再撸撸猫。

似玉生的小猫咪一天天长大，过一阵子就可以断奶了。顾时深的意思是给小猫咪们找新的主人，他继续养着似玉、如墨这小两口儿就行。

约莫半小时后，孟浅起身去厨房洗手，然后翻出顾时深家的茶叶，泡了一壶花茶。

午后的阳光晒得人骨头发软，形容懒散，这时最适合喝点儿热茶，抖擞下精神。

孟浅泡好茶，正好看到沈妙妙在群里@她。

沈妙妙："浅浅，你回学校了没？能不能帮我看看，我的身份证在不在抽屉里？"

孟浅："我还没……"

苏子冉："还在农家乐那边？"

孟浅："不是……"

苏子冉："嗯？"

沈妙妙："哎呀，冉冉，你是不是傻？她现在刚和顾大哥谈恋爱，肯定腻在一起。"

沈妙妙："没在宿舍，也没在农家乐，铁定就是在顾大哥家了！"

孟浅："……"

她以前从没觉得沈妙妙这么聪明，怎么没见沈妙妙把这股机灵劲儿用在学业上？

沈妙妙："话说，你们俩单独在一起时都干些什么啊？有没有亲亲？"

孟浅："……"

沈妙妙："那可是你朝思暮想、喜欢了两年多的人啊，我就不信你跟他独处时能把持住。"

沈妙妙："除非近距离靠近顾大哥后，他让你失望了。"

孟浅："他没有。"

他没有让她失望，反倒让她觉得自己的眼光真不错——春心萌动的第一个对象，就是顾时深这样优秀温柔的男人，自己简直就是这天底下最幸运的人。

沈妙妙："那你怎么忍得住？不会想抱他、亲他吗？"

孟浅："想……"

孟浅没说昨晚的事，说了沈妙妙还不知道怎么笑话她。但沈妙妙的话无端勾起了她想要造次的心理。她想到顾时深进食时俊雅斯文的样子，实在秀色可餐，让人想"吧唧"亲一口。

孟浅艰难地咽了口唾沫，看了眼泡好的茶，忍耐着心下的躁动，端着茶敲开了顾时深书房的门。

彼时顾时深已经结束了视频会议。他端坐在书桌前，刚摘掉钢笔的笔帽，打算将之前遗留的文件处理完，听见敲门声，便将笔帽盖了回去："进来。"

孟浅推门而入，单手托着茶盏。

顾时深见状，欲起身，却被孟浅制止："你坐在那儿别动。"

顾时深只好坐回去，视线却一直跟着孟浅，直到她来到他跟前，将茶盏放到书桌上，倚着桌沿贴着他的大腿，亭亭而立。

顾时深下意识地垂眸看了眼她贴过来的腿，隔着两层衣料仍能感觉到她腿上的热度。

也不知孟浅是有意还是无意，她微微侧身，动作间轻轻蹭过他的腿，似羽毛划过平静的水面，带起涟漪。顾时深心里一阵战栗，酥麻感如野火，烧遍全身。

他赶紧挪开一些，逃避孟浅的触碰。不仅如此，他还端起热茶猛喝了一口，试图压制不宁的心绪。

喝完茶，顾时深察觉到了孟浅落在他身上的目光，斜眸扫过去，却见孟浅低垂眼睫，视线似乎聚焦在他的嘴上。

顾时深滚了滚喉结，观察了一阵，果然孟浅在盯着他的嘴。而且她好像有些走神儿，小脑袋瓜儿在想着什么，盯着他的嘴，时不时咬紧她自己的嘴唇。

"怎么了？"顾时深开口询问，试图化解自身的不自在，也想支开孟浅灼人的目光。

孟浅回神，慌乱地摇了摇头："没什么。"说完，她便想着把托盘拿出去，先不打扰顾时深比较好。因为再继续和他独处下去，她也不知道自己会不会发癫发狂，做出什么禽兽不如的事情来。

就在孟浅站直身，拿起托盘准备出去时，椅子上的顾时深扣住了她的手腕，顺势拿走了她手里的托盘，放在桌上。随后他微微使力拉扯孟浅，她一个不留神，便趔趄着扑进了他的怀里，惊呼一声，响彻整个书房。

她的左手手肘抵在了顾时深的胸膛上，她半趴在他的怀里，与他四目相对。咫尺距离，呼吸可闻，暧昧的氛围在他们俩对视的几秒钟里迅速地凝聚，逐渐浓郁。

孟浅屏住呼吸，眼神慌乱，心脏"突突"地跳。但她看着顾时深的眼神闪着光亮，璀璨若宝石，反倒是顾时深凝视她的眼神十分复杂，涌动暗欲。

半响，顾时深艰难地开口："你是不是……想亲我？"

孟浅的心脏"咚咚"狂跳了两下,脸上露出被看穿心思的慌乱,她不自觉地想要逃,却又没力气挣开他的禁锢。

最终她只能继续趴在他的怀中,似一个纨绔女欺压一个良家男,明明心虚不已,脸上却装得硬气:"才……才没有……我才没有那么急色。"

早已看穿她心思的顾时深弯了弯唇角,有些忍俊不禁,看她的眼神是连他自己都没察觉的温柔宠溺。

因为情动,顾时深的身体有些不受控制。他宽大的手掌从孟浅的腰爬上她的后脑勺儿,压着她的脑袋又凑近他一些,薄唇则顺势轻柔地印在了她的眉心上。他声音沙哑地说道:"那就是我想亲你……行吗?"

孟浅此刻连呼吸都忘了,心脏险些从嗓子眼儿里挤出来。

男人的薄唇印在她的额头上时,她闭上了眼睛。她心跳狂乱,花了好几秒钟才平复一些,颤声轻语,猫撒娇一般低低地"嗯"了一声,娇媚得让人失魂。

顾时深动了动喉结,却也没忍住对孟浅的渴望,薄唇如羽毛一般,擦着她的鼻梁、鼻尖,一路往下。

他湿热的呼吸铺洒而下,痒意爬满孟浅的心房,她不自觉地微张红唇,想要迎接他。

终于,男人炙热的薄唇柔情地覆上了她的嘴唇,他生涩地辗转、厮磨,与她呼吸交融。

孟浅就像喝了酒,处于微醺的状态中,脑袋里一片空白,感官集中到了唇上。

她的呼吸被顾时深点燃,她燥得心慌,只想他吻得用力些,深一些,仿佛这样她能从他那儿汲取一点儿水分。

终于，顾时深撬开了她的齿关，湿热柔软的舌灵活地探了进去。

孟浅被他缠上，呼吸顷刻间被夺去，浑身的力气被抽干，化成了一摊春水，彻底软在了男人的怀里。

还好顾时深的手臂足够有力，及时滑到她的后腰，揽住她的腰。他将另一只手绕过她的腿弯，收力一钩，再一提。

孟浅吓了一跳，呼声被全然吞没，人已经被顾时深抱坐在他的腿上，侧靠在他的怀中，搂着他的脖颈，尽情肆意地迎合着这个吻。

这是孟浅第一次接吻。

她以前看过小说里的描写，也看过电视剧里的演绎，但此刻的感受是她平生所学的词汇都难以描述的。

她时而在云端，时而在谷底。

他时而温柔，时而野蛮，令她欲罢不能。

也不知道过了多久，在孟浅差点儿因为气竭晕厥前，顾时深终于松开了她。

他们呼吸错乱，却又几乎同步。两个人都像涸泽之鱼回到了水里，拼命呼吸新鲜空气，看向彼此的眼神，却涌动着化不开的欲。

顾时深的手又回到了孟浅脑后。他压着她，与她额头相抵，呼吸相闻，黑眸涌着暗欲，声音低沉沙哑，好听到能让人的耳朵怀孕："原来接吻真的很甜……"

孟浅羞红了脸，红晕已爬满她的脖颈，烧红她的耳朵。她耳垂上的那颗红痣更是红得妖艳妩媚，催人动情。

激吻过后，孟浅那双桃花眼似沾了妖气，越发摄人心魄。

她也确实像个惑世的妖女，不怕死地伏到顾时深的耳边，婉转低语:"那你以后可以经常吻我吗?"

顾时深的身体僵了几秒,他半晌才失笑,无奈地将她揉进怀里:"你这个小姑娘,怎么一点儿也不害臊?"

孟浅也不挣扎,乖乖地依偎在他的胸口上,感受着他滚烫的体温和强有力的心跳,半开玩笑地说道:"没办法,谁让我找了个纯情的老男人做男朋友?"

听了这话,顾时深立刻便松了力道,随后将她扶正坐好,让她正视自己,蹙起了眉头,神情严肃:"我很老吗?"

虽然是开玩笑,但她好像说错话了。

意识到这一点,孟浅立刻摇头:"不老,26岁,正是风华正茂、魅力四射的年纪,一点儿也不老!"

顾时深:"……"

虽然孟浅的眼神很真诚,语气也很坚定,他心里却不知道怎么的,像是扎了根软刺似的,始终有点儿不舒服。

他很在意。

就在这时,孟浅的手机响了,是视频电话。

她从顾时深的腿上起来,看了眼手机。见是孟航打来的,她正好借机逃离这个尴尬的境地,便跟顾时深打了招呼,拿着手机逃出了书房。

于是书房里只剩下顾时深一个人。他还蹙着眉,在想自己老不老的问题。

片刻后,顾时深拿手机给施厌发了一条微信:"我是不是老了?"

施厌倒是秒回,大概正闲着:"男人至死是少年,没听过?"

S深:"可浅浅说……我是纯情的老男人。"

施厌:"扑哧。"

紧接着,施厌又发来一条:"她怎么这么说?是不是你表现得不好?"

顾时深:我是不是该给施厌选块墓地了?

施厌:"不对啊,你经常健身,体力、精力应该不比我的差吧?"

施厌:"难道是缺乏经验?"

施厌:"这样吧,回头我传你几个视频,你有空学习一下就好了。"

顾时深咬肌绷紧,见施厌越说越离谱儿,直接回了一个"滚"。

发完消息,顾时深把施厌拉黑了。

不多时,施厌便打了电话过来,顾时深给挂了,反手又是一个拉黑。

客厅阳台上,下午的风将花盆里的太阳花吹得花枝摇曳。小小的花朵开在枝头上,颜色绚烂纷繁,像一张张灿烂的笑颜。

孟浅在和弟弟孟航语音通话,修长的食指正百无聊赖地拨弄着太阳花的花瓣。

孟航说他这个月下旬要回深市参加比赛,顺便陪她过生日。

说完正事,孟航话题一转:"孟浅,我记得我好像给你打的是视频电话。"

手机这头本以为能蒙混过关的孟浅:"……"

孟航的确打的是视频电话,但是孟浅接听的时候转成了语音电话。而且,为了阻止他追问,电话刚接通,她便先发制人问他什么事。

孟航便顺势说了回深市比赛的事。

当时孟浅松了口气，以为自己糊弄过去了，没想到孟航这货临了竟然又想了起来。

"是吗？我没注意。"孟浅打完哈哈，抿紧了嘴唇。

其实孟浅也不知道自己在心虚什么，或许是怕孟航这货揶揄她"小牛吃老草"？

"你在哪儿？"许是因为他们俩是龙凤胎，也是这世上最了解彼此的人，孟航敏锐地捕捉到了孟浅的不对劲。

但孟浅很镇静。至少隔着手机，不用看着孟航的眼睛说话，她认为自己应该能忽悠过去，便装作随意地回答："宿舍啊。"

孟航沉吟片刻，"哦"了一声，听起来很是不信她的话："那开一下视频，我看看你又丑了没。"

孟浅差点儿没忍住对她这个宝贝弟弟爆粗口。深呼吸三次，她才一字一顿道："我——在——洗——澡。"

片刻后，孟浅又补充一句："你才丑，你全家都丑！"

孟航摇了摇头："蠢货。"

后知后觉的孟浅气得直接挂断了电话。

通话结束后，孟浅对着手机骂了孟航几句。

她跟这个龙凤胎弟弟从小打到大，只有时淼觉得他们俩感情好，实际上他们姐弟的感情维系全靠时淼这个中间人。

不过孟航这家伙从小就在射击方面有很高的天分，每年灯会射击气球拿奖品，都靠他出马。所以孟浅对他算是又爱又恨。

其实她这个弟弟本性不坏，就是长了一张讨人厌的嘴，不然她一定会更喜欢他一些。

平复好情绪后，孟浅回到了室内，一抬头便看见了两只手揣在裤兜里、长身立在茶几旁看着她的顾时深。

也不知道他在那里站了多久,有没有听见她骂孟航。

孟浅莫名其妙地觉得有些尴尬,伸手挠了挠头发,垂着长睫,不去看顾时深噙笑的眸:"我弟弟……"

顾时深知道。他点点头,向孟浅伸出一只手:"过来。"

孟浅搭上顾时深的手掌,被他轻轻拉到了怀里。他像撸猫一样抚着她及腰的长发:"时间不早了,你是不是该回学校了?"

顾时深刚才在书房里想了许久。

其实之前接吻时,他好几次都想上手,更进一步。身体里仿佛关着一头欲望的野兽,致使他好几次失控,吻得又深又重。

虽然他也舍不得孟浅离开,但是她要是继续留下来,孤男寡女相处,保不准会再发生些什么。

顾时深没有把握每次都能控制住自己。曾经他引以为傲的自制力,在孟浅的面前显得那么微不足道。为了更好地保护好孟浅,他只能忍痛送她回学校。

可惜孟浅很不乐意,抱紧他的腰,声音恹恹的:"回宿舍也只有我一个人……"她实在不想回去。

最重要的是,她想和顾时深能有更多的时间相处,升温感情。

"晚点儿我给苏子冉打电话,请她回学校陪你。"顾时深已经做了决定,揉了揉孟浅的脑袋,松开她,带她往入户门那边走。

"你先换鞋,我去帮你拿行李。"顾时深将她安置在鞋柜前,转身去了主卧。孟浅去农家乐时带的换洗衣服和生活用品,都放在他的房间里。

把包拎出来时,顾时深看见孟浅抱着膝盖蹲在鞋柜前,一动不动,低着脑袋,垂头丧气的,好似有天大的委屈,样子可怜极了。

顾时深走了过去，把包放在鞋柜上，然后在她跟前单膝半跪，拿出了她的休闲鞋，又将她扶坐在鞋凳上，握住她的脚，亲手替她换鞋。

孟浅不情不愿地绷着劲儿。顾时深察觉后，抬头看了她一眼，恰好撞见她眼圈泛红，咬住嘴唇，委屈地看着他。

那一刻，顾时深心软了，好不容易整理好的思绪又乱成了一团。那些担忧瞬间被他抛到了脑后。

在孟浅含泪的注视下，顾时深低下头去，将他刚替她穿上的鞋又脱了下来，重新把那双粉色的兔兔拖鞋套在她嫩白如玉的脚上。其间，他觉得她粉嫩的脚指头可爱，还上手捏了捏。

孟浅因此从诧异中回过神来，轻咬的嘴唇松开了："顾时深？"她难以置信地唤他，满怀期待，暗藏欣喜。

顾时深站起身，暗暗叹了一口气："不是说宿舍里只有你一个人吗？那还是别回去了。"

孟浅愣住，半晌才抬眸看向他，眼里还水汪汪的。

顾时深见状，将她从鞋凳上拉起，带到怀里："留下来吧。其实……我也舍不得放你回去。"

他浓情蜜意的声音磁性好听。孟浅顿时心花怒放，在他的怀里一阵点头。

在顾时深打算松开孟浅时，她紧了紧环在他腰上的手。

她在他的怀里仰起头，泪意斑驳的双眸中带着欢欣。忽然，她踮起脚，抬手搂住了顾时深的脖颈，吻上去。

顾时深当时便惊到了，双眸微敛，本能地扶住孟浅的腰。迟疑了半秒，他垂着长睫，迎上了她的吻，并加倍回应。

屋内寂静，唯有他们俩接吻时错乱的呼吸声。

顾时深最终难逃失控,将孟浅抵在了边柜的门上,孟浅感受到了他滚烫的体温。

他吻得粗重了些,如狂风肆虐。孟浅呜咽一声,咬破了男人的唇角,尝到了一丝血腥味。

顾时深那一吻让她羞红了脸,她心神激荡,不知所措。

而顾时深也因为唇角的刺痛恢复了理智,徐徐地松开了孟浅的唇,架着她的一条腿的手也松了力道。理智回笼后,他心下顿生懊悔,也有些无措:"抱歉,浅浅……"

顾时深几乎哑声,低眸看着孟浅被自己吻得殷红胜血的唇,燥意又生。他退开了一些,尽量不让自己再冒犯到她半分,又抬手整理她被他情动时揉乱的头发,声音克制压抑,有些痛苦:"以后不要随便亲我,我会管不住自己……"

孟浅见他一副难过受伤、情绪低落的样子,顾不上心里的异样和害羞,又贴上他,环住他的腰,赖在他的怀里,闷闷地接话:"那就别管……我什么都愿意给你。"虽然他们才交往不到一天,可是孟浅已经爱了顾时深两年多,对他的心意早就坚如钢铁。

可惜顾时深不知道,只是差点儿被她的话撼动理智,仍有些失控,将她揉在怀里,搂得很紧。

好半晌,顾时深才伏在孟浅的肩头,偏头亲吻了一下她右耳耳垂上那粒红色的小痣,声音隐忍,低沉磨人:"浅浅,你是不是想要了我的命?"

他本就心志不坚,自制力也越发差劲,她还偏要说些撩拨人的话,实在要命。